喜妃傳

第二部

三

解語 著

熹妃傳

目錄

第五百六十九章　私見

就在眾人皆將注意力放在煙花上時，綠意悄無聲息走到站在那拉氏身後的福沛旁邊，拍一拍他的肩膀，又做了一個禁聲的手勢。福沛會意過來，小心地隨她往旁邊走去。

綠意帶著福沛悄然走到東次間，年氏早已在那裡等候，看到福沛過來，激動得上前將他摟住，一遍一遍喊著他的名字。分別不過半月，然對從不曾離開過福沛的年氏來說，顯然太過漫長，她每日都盼著念著可以與福沛相見。

「額娘！」福沛同樣激動不已。年氏不同於那些低等嬪妃，生完孩子後無資格自行撫養，她一直親自照料福沛，彼此的感情自是深厚無比。

年氏好不容易吞下喉間的酸澀，將福沛稍稍拉開些許。「福沛，這半月在坤寧宮中可還好，皇后他們有沒有薄待你？」

福沛雖然性子不好，對年氏卻甚是孝順，搖頭安慰道：「額娘不必擔心，兒臣一切皆好，皇后經常來看兒臣，一應吃穿用度更是不曾少給，也有宮人伺候，只是兒臣總覺得住著不習慣，心中又惦念額娘。額娘，兒臣好想回翊坤宮。」

這一說頓時將年氏的眼淚激了出來，哽咽道：「額娘也想，白天夜裡沒一刻不想，可這是你皇阿瑪的命令，額娘實在沒辦法。」

福沛腦袋往年氏懷裡鑽，悶悶道：「皇阿瑪好狠的心，兒臣不喜歡皇阿瑪了。」

年氏輕輕撫著福沛的肩膀，眼眸於淚落中迸出無限恨意。「不是你皇阿瑪狠心，而是有人從中挑撥。你放心，額娘一定不會放過她，終有一日，額娘會讓她自己也嘗嘗骨肉分離的滋味。」

「嗯！」福沛用力點頭，隨後又抬手拭去年氏不斷落下的淚，懂事地道：「額娘不哭了，還有半月，半月後兒臣就可以回來了。兒臣一直很用心地在看《春秋左傳》，沒有一日偷過懶，如今已看了一大半。半月後，兒臣一定可以令皇阿瑪滿意，到時候就可以侍奉在額娘身邊了。」

這半個月是福沛最勤快的日子，每日天不亮就起床看書，一直看到深夜。《春秋左傳》差不多有十八萬字，通體看下來自是沒問題，難就難在不光要看完，還要爛熟於胸，對之有深刻的理解，這樣才可以應對胤禛的考問。福沛以前並未仔細學過這本書，只在朱師傅的教導下翻過幾頁而已，即便他再怎麼聰明，一下子學起來也有些吃力，只能盡量多一些時間去融會貫通。

「額娘知道你懂事。」年氏欣慰地說著。

她又問了幾句後，綠意過來催促：「主子，外頭的煙花就快放完了，咱們得趕緊出去，否則該讓人發現您與三阿哥不在了。」

「本宮知道了。」年氏滿心酸澀。明明是親生母子，見面卻要偷偷摸摸，唯恐被人發現，如今也只能盼著半個月後，福沛可以通過胤禛的考問，回到她身邊。

在臨出門前，年氏不放心地叮嚀：「剩下這半個月，你在坤寧宮依然要處處小心，萬不可大意了去，特別是要當心皇后。」

這一回福沛沒有立刻答應，而是在停了一會兒後遲疑地道：「額娘，兒臣覺得皇后娘娘待人極好，並不像您說的那麼壞。」

「偽君子遠比真小人更可怕。」年氏心中一緊，凜然盯著福沛不解的目光。「相信額娘嗎？」

「嗯！」福沛想也不想便點頭。於他來說，這十三年來最親的人便是年氏，自無不信之理。

年氏心頭微鬆，儘管知道福沛不可能短短半月就與皇后多親近，依然免不了擔心。這世間、這宮中，唯有一個福沛是完完全全屬於她的，若連福沛也沒了，她會瘋的！

「主子，奴婢看到翡翠與三福在外面找人了，當真不能再耽擱了。」

年氏用力抓緊福沛的肩頭，一字一句道：「福沛，記牢額娘的話，在這後宮之中，能相信的永遠只有自己與額娘。」

「兒臣會牢牢記住！」

就在福沛話音剛落之時，雕花朱門被人用力推開，緊接著一個急切中帶著幾分驚喜的聲音響起——「娘娘，奴婢找到三阿哥了，他在這裡！」

是翡翠，她的聲音吸引了所有人的視線，包括正擰眉不展的胤禛。

「福沛！」那拉氏輕呼一聲，扶了三福的手快步走來，進得屋中就拉了福沛的手，緊張地問：「你怎麼一個人跑到這裡來了，可知你皇阿瑪與本宮發現你不見後有多著急！」

「兒臣知錯，請皇阿瑪與皇額娘恕罪！」福沛也不說什麼，只是低頭認錯。

「行了，煙花已經放完，隨你皇額娘回坤寧宮吧。剩下這半個月，好生溫書。」胤禛看到了年氏，卻如沒看到一般，漠然的神色令人猜不透他在想什麼。

「是！」福沛行禮，跟在那拉氏身後走出儲秀宮。因為知道有無數人望著自己，所以他極力克制著回頭的欲望，可親情之間的羈絆令他在跨出宮門時還是忍不住回頭張望一眼。

那一眼，他看到年氏淚眼迷濛，身子抑制不住的顫抖。他用力，再用力咬緊牙關，強迫自己回頭，緊緊跟上那拉氏的腳步。他很清楚皇阿瑪的性子，哀求軟弱是沒有的，唯一能做的就是努力再努力，直至達到皇阿瑪定下的要求。

額娘，等著兒臣，半月，還有半月，到時兒臣一定會侍孝在您膝下！

年氏目送福沛離開，在他離開自己視線範圍的那一刻，終於忍不住落下淚來。

她的孩子，她的心頭肉啊！

嬪妃一個接一個離開，對於年氏的落魄，她們自是幸災樂禍得多，只是當著胤禛的面卻不敢多說什麼，只能禁聲離開。

在胤禛一隻腳跨過及膝的門檻時，強忍悲傷的年氏忍不住衝上去重重跪在他身後，雙手扯住那身代表世間一切權力尊貴的明黃色龍袍，淚眼婆娑地道：「皇上，臣妾知錯了，臣妾以後都不會犯，求您讓福沛回到臣妾身邊好不好？臣妾真的很思念他！」

第五百七十章 弘晟

胤禛被迫停下腳步，回頭，眸中是如夜的深幽冷暗。「福沛在皇后宮中很好，貴妃不需要擔心他。貴妃若真心疼福沛，這段時間就不要再見他。」

令年氏絕望的聲音從頭頂垂落，帶著幾許餘音消散在冰冷的空氣中。

「為什麼?他是臣妾的孩子，臣妾為何不可以見他？」年氏尖銳如刀的聲音劃破一室寂靜。在日復一日的煎熬中，令她無法做到平靜，哪怕僅僅是表面的平靜，所以她質問胤禛，質問這位掌著天下生殺大權的帝王。

胤禛沉眸盯了她許久，慢慢收回跨出去的那隻腳，在旁邊伺候的四喜連忙會意地關起雕花長門。

待屋中只剩下自己與年氏時，胤禛方道：「朕的四個兒子，弘時資質平庸卻重孝重情，弘曆聰慧懂事，弘晝乖巧，福沛呢？福沛有什麼？」

年氏張了張口，剛要說話，胤禛的聲音已經驟然一厲，似暴雨疾風一般朝年氏兜頭罩去。

「朕曉得妳要說福沛聰慧不下於弘曆，不錯，福沛是聰明，可是性格乖戾自大，絲毫不念手足之情，且處處針對兩個弟弟，稍一不順其意就橫眉冷眼。他是阿哥，是皇子，不是市井小子，更不是混帳無賴！」

其實胤禛還有更多的話沒有說出來，包括杭州軍備庫及淩若被追殺的事，但只是福沛這件事就轟得年氏幾乎窒息，怔怔看著胤禛，連辯解也忘了。

許久，有兩行清淚自頰邊滑落，她逸出嘴脣的聲音顫抖如秋風下的落葉：「皇上總說臣妾與福沛百般不對，可皇上自己呢？給過臣妾與福沛多少關心？又心疼過多少？熹妃犯了這麼大的過錯，您都可以既往不咎，甚至親自出宮將她接回來，寵眷有加；如今臣妾只是犯了些許小錯，您就揪著不肯放，甚至狠心地分開臣妾母子。」

「還有福沛，皇上至今都沒給他取過正式的名字，如今依然沿用小時的乳名。臣妾與熹妃一樣伴了皇上近二十年，也一樣為皇上生兒育女，可眼下皇上只見到熹妃母子的可憐，可曾見到臣妾母子的可憐？」

「妳是說朕錯了？」胤禛的聲音是寒涼的，與屋外呼嘯而過的冷風一樣，凍得人連呼吸都要凝結。

「臣妾不敢。」話雖如此，年氏眼中卻透出一絲倔強。她本來就是一個極端驕傲的女子，怎甘心自己事事落在他人之後。

胤禛垂目俯視，忽的又仰頭，盯著梁上描金彩繪的圖案，沉沉道：「也許朕真的錯了，所以……該是時候將錯誤改回來了。」

年氏愕然，顯是沒料到胤禛會突然直接承認自己有錯，更不解他後面那句話的意思。當她還要再問時，胤禛已經開門離去，身影很快便沒入華燈未曾照到的黑暗中。

雍正元年的除夕在年氏的失落疑惑中過去，唯一令她欣慰的是，在初二這日，胤禛下旨賜福沛弘字輩排名，是為弘晟，此後不再以乳名相稱。

除夕過後的新年，胤禛在朝堂接受群臣朝拜，後宮諸妃則依序向太后、皇后請安。初二這日，則是各府第福晉、格格，以及一、二品大臣之女入宮問安。初三至初七，則在暢音閣連演五日戲，當中還有雜耍等玩藝。

初五這日，淩若沒有去暢音閣，而是在宮中翹首期盼，今日是胤禛答應她家人入宮的日子，一想到可以見到阿瑪、額娘，心中便說不出的激動。她昨夜躺在床上一夜未曾入睡，晨起之時還不慎扯斷了一條翡翠鍊子。

「主子，如今時辰尚早，您先坐著歇一會兒，這樣站著，再加上外頭風大，凍到了可是不好。」水秀在旁勸著。雪在前日就停了，堆在院中的積雪在冬陽照耀下正緩緩化成雪水。雪化之時，要遠比下雪時冷，水秀只是站了一會兒就覺得露在袖外的手指凍得有些發麻。

「不礙事。」凌若心不在焉地搖搖頭，旋即又對其道：「妳若冷便去裡面待著吧，本宮這裡暫時不用伺候。」

「奴婢不冷。」水秀哪肯答應，陪著她一道在外等，又見凌若沒捧暖手爐，便進屋去拿。水秀記得主子慣用的那只平金暖手爐放在後寢殿，剛一進去，果然在床邊的黃花梨小几上看到暖手爐。

因為沒加炭的緣故，暖手爐摸著冰冰涼的，水秀拿了正要去加炭，忽的看到花梨木透雕纏枝葡萄紋嵌絹絲屏風後面似乎有人影閃動。奇怪，難道是水月？又或者是南秋？可她們這時候在寢殿中做什麼？

「誰在那裡？」水秀試探地喚了一聲，屏風後的人影再次閃動一下，卻始終不見走出來。

水秀心中越加奇怪，這屏風後面必定是有人，卻不曉得為何不肯露面，難道是進賊了？只是宮裡哪個膽大包天的奴才敢溜到承乾宮來作賊？

想到這裡，水秀整顆心頓時提了起來，小心翼翼地踮著腳步走過去。這寢殿鋪著波斯來的長絨毯，再刻意留心腳步，即便是近在咫尺的人也聽不到任何響動，更不要說還隔了一道屏風。

在走到屏風前時，水秀悄然舉起手裡的平金暖手爐，然後驟然加快腳步，一下子轉到屏風後，用力將暖手爐往視線裡的那人砸去。

那人沒想到水秀會突然出現，整個人都被嚇傻了，愣愣看著衝自己砸來的暖手爐。

眼見暖手爐就要砸到對方頭上，水秀認出屏風後的人，驚呼一聲，總算是在將要砸到人之前生生收住手了；即便如此，暖手爐急速落下時帶起的風也拂亂了那人的額髮。

「妳怎麼會在這裡？」水秀輕吁一口氣，問還傻站在那裡的莫兒。

「我、我見這裡有點亂，就進來收拾一下。」

莫兒在回答時神色有些慌張，看得水秀一陣狐疑，再聯想到剛才的情況，詢問：「既是如此，為何我剛才叫妳時沒答應？」

「我剛才只顧著收拾，不曾聽到妳喚我。」水秀的目光令莫兒渾身猶如針在刺一般難受，躲閃著低了頭道：「若沒什麼事，我先出去了。」

「慢著！」水秀突然出聲將她喚住，緩步走到她身後，涼聲道：「妳是在外間伺候的，何時輪到妳來這裡收拾？是哪個讓妳進來的，水月還是南秋姑姑？」

第五百七十一章 貪心惹禍

「是……南秋姑姑。」莫兒低頭回答，雙手不自覺地背在身後。

她這個舉動令水秀更加懷疑，又想起自剛才起莫兒就一直刻意蜷著雙手，蹙眉道：「把手伸出來。」

莫兒神色一變，手卻是往背後藏得更深，任憑水秀怎麼說都不肯拿出來，這個樣子分明是心裡有鬼。水秀強行扯過她的手，用力掰著她的手指，口中喝道：「還不把手鬆開！」

「不要！」莫兒驚惶地說著，死死扣著手指。

兩人拉扯之際，莫兒手一抖，有什麼東西從掌心裡掉下來，水秀眼尖，立馬蹲下身從地毯上撿起來，卻是一顆通體碧綠的玉珠。這不是晨起時，主子不小心扯斷的翡翠鍊子上的珠子嗎？怎麼會在莫兒手中？難道……

水秀快步走到梳妝檯前，打開其中一個沉香木製的匣子，裝在裡面的正是這些翡翠珠子。因為數量眾多，即便是有人拿走了幾顆也斷然看不出。

水秀頓時明白莫兒出現在這裡的原因，厲聲喝道：「妳好大的膽子，居然敢偷主子的東西！」

「我沒有！」莫兒慌張地搖手，隨著她手掌不慎張開，更多的珠子從掌心掉落，至少有四顆。這下子她更慌了，結結巴巴地道：「這些是我、我從地上撿的，沒有動匣子裡的珠子。水秀姊，妳相信我，我真的沒偷。」

水秀嗤笑一聲道：「掉地上的珠子我與水月早就撿起，再說就算真有遺漏，頂多也就一、兩顆，哪會這麼多。莫兒，妳可真是賊膽包天，連主子的東西都敢偷，今兒個是翡翠珠子，那昨兒個、前兒個又是什麼？」

「當真沒有！」莫兒一張臉漲得通紅，指著梳妝檯下的一個角落道：「我就是在那裡撿的，總共撿了五顆，水秀姊，我真的沒騙妳，求妳相信我！」

「哼，還在砌詞詭辯。當初妳死皮賴臉非要跟著進宮，為的是什麼妳心裡清楚。」

莫兒平常沒少在人前抱怨宮中月錢不夠多，說以後出宮去了難過安逸的日子。這宮中本來就是話傳話的地方，水秀自然有聽說，只是大家都是在同一個地方做事的，水秀便裝著不知曉得，免得傷了彼此和氣；但是現在莫兒做出這種偷盜行為，原先的情面自然沒了。

「妳什麼都不必說，我這就將此事告訴主子去。」水秀扭頭就走，雙腿卻被人死死抱住。

抱住她的人自是莫兒，苦苦哀求道：「水秀姊，不要，求求妳，千萬不要，這珠子確實是我撿的，最多……最多我還給妳就是了。」

「做錯事便該受到應有的懲罰。」水秀厭惡地瞥了莫兒一眼，用力掙了幾下沒能掙開，不禁怒喝道：「趕緊放開！」

「不要啊，水秀姊，若讓主子知道了，她定會趕我出宮的，我……我還沒攢夠銀子，出去會像以前那樣挨餓受凍的。妳就當可憐可憐我，不要把這件事張揚出去好不好？」莫兒拚命地想要讓水秀將這件事掩藏下來，以前受過的苦她絕不想再受第二次。

可惜，不論她怎麼哀求都沒有用。在水秀心中，主子的利益甚至比她自己更重要，何況又認定莫兒偷竊，怎肯留一個手腳不乾淨的人在宮中。俗話說賊性難改，有了初一就一定會有十五。

「水秀，妳拿個暖手爐怎樣這麼久還不出去？」

正當兩人僵持不下時，南秋挑簾走了進來，看到跪在地上的莫兒，神色一怔，詫異地道：「這是怎麼了，無端跪在地上做什麼？」

水秀冷笑道：「哪是無端，這個奴才手腳不乾淨，偷主子的翡翠珠子，恰好被我抓了個現行，正要去回稟主子呢。」

「姑姑，我沒有。」莫兒趕緊替自己辯白。「我只是聽說主子鍊子斷了，就想著是否有幾粒掉在地上沒撿起，所以才來此處撿珠子，確實沒有偷竊。姑姑妳一定要相信我。」

「哪個當賊的會承認。」水秀根本不信她的話。「姑姑別聽她花言巧語，快將她拉開，我好去稟了主子。」

南秋點頭，上前拖開莫兒。看著水秀離開的背影，莫兒忍不住痛哭出聲。她真的沒有偷啊，為什麼沒人願意相信她！

南秋望向莫兒的目光有同情，畢竟莫兒可說是她一手帶出來，多少有些感情，可是也僅止於此罷了。宮中最不需要的就是同情。

凌若在前殿得了水秀回稟後，既驚訝又震怒。不說宮裡，就是王府中也從未出過監守自盜的事。原本兩人就是萍水相逢，並無深交，自己一路她帶回京不說，又答允她入宮，已是多番開恩，這樣的恩情即便不說報還，至少也不該以怨報德。

「主子，奴婢當真沒有！」莫兒跪在地上磕頭如搗蒜，臉上盡是淚痕。她不記得辯解過多少次了，可是沒有一個人願意相信。主子會相信嗎？莫兒沒有一點兒信心。

凌若打理著水秀拿上來的那幾粒珠子，神色陰晴不定，直至莫兒磕得頭上出血後，方才輕聲道：「不必磕頭了，起來吧。」

莫兒心中一喜，抬起頭來道：「主子，您相信奴婢是無辜的？」這樣的喜意只維持了片刻便化為更深刻無助的絕望，因為她看到凌若搖頭。

「偷，是為賊心；撿，是為貪心。不論哪一樣，都不是本宮需要的奴才。」

凌若這句話等於是判了莫兒死刑，因為她已經連事實真相都不在乎了。

「不要！主子，求您饒過奴婢這一回，奴婢以後一定謹守本分，再也不會做出任何令主子不喜的事。奴婢若出宮，一無親人可投奔，二無棲身之所，當真會餓死街頭。主子是大慈大悲觀世音再世，求主子給奴婢留條活路！」莫兒惶恐地磕頭，彷彿只要她不停地磕，凌若就會饒過她一樣。

第五百七十二章　網開一面

「本宮說過，妳不必再磕頭。」凌若起身，走到莫兒跟前，漠然道：「因為不論妳怎麼磕，本宮都不會再留一個有貪心或賊心的人在身邊。」低頭，看了一眼如遭雷擊的莫兒，言道：「念在相識一場，本宮不將妳趕出宮，待會兒本宮會知會內務府總管，讓他替妳在宮中另謀一個差事。」

「主子……」莫兒絕望地看著凌若，心中悲苦莫名。早知如此，她就不貪那幾顆珠子了，現在可倒好，什麼好處沒占到，反而還平白丟了一份好差事。她在宮中的日子雖然不長，卻也分得出好壞，凌若待下人寬厚是有目共睹的事，換了其他主子，還不定會怎樣呢。

「本宮言盡於此，趁著本宮還沒改變主意趕緊下去吧。」凌若回身，不再看莫兒一眼。宮中處處險惡，身邊之人必須忠實可靠，方能一步步走下去，而莫兒，無疑是不合格的。

一切皆已定下，莫兒知道自己再哀求也無用，只得哭哭啼啼地下去了。

就在她離開後，凌若緩緩回過身，對水秀道：「妳親自去一趟內務府，告訴內務府總管，替她安排一個好差事，不要太過虧待了，也算是本宮對她的最後一點兒情意。」

「奴婢知道了。」水秀雖然極度不屑莫兒的行為，卻沒有因此違抗質疑凌若的命令。在將平金暖手爐加好炭遞給凌若後，她轉身出了承乾宮，直奔內務府。

這麼一鬧騰，已過了大半個時辰。在凌若期盼的心情中，凌柱一行人終於在小太監的引領下出現在承乾宮。

「阿瑪！額娘！」若非南秋提醒她如今的身分，凌若幾乎就要衝過去，饒是如此，身子也不住顫抖，激動的淚意浮現在眼底。她的親人啊，終於再相見了！

這一次胤禛格外開恩，除卻凌柱夫婦外，榮祿、榮祥等人都被允許入宮。彼此相見，皆是熱淚盈眶；尤其是富察氏，即便凌柱一直在邊上勸著，依然不住抹淚，整塊絹子都被淚水浸透了。

好不容易走到凌若跟前，凌柱與眾人一道跪下，哽咽道：「奴才凌柱攜家人給熹妃娘娘請安，娘娘萬福！」

「阿瑪、額娘快快請起。」在被迫受了一禮後，凌若連忙彎身將凌柱與富察氏等人一個個扶起來。另她意外的是，李耀光居然也在。

凌若已經曉得阿瑪他們入獄的時候，李耀光常去獄中探望，是以對這位厚道重情義的妹夫頗有好感，朝他微微一笑後，側身去扶最後一個人。因為那人頭低得很低，凌若一時未能看清楚她的長相，只從那高聳的肚子看出是一個孕婦。

「大哥，嫂子又有孕了嗎？」凌若欣然笑問，卻見榮祿臉上一絲笑意也無，反而透著幾分令人不解的沉重。不過在那位孕婦抬頭的那一剎那，這絲不解得到了解釋。

「姊姊，是我。」這名孕婦並不是榮祿之妻江氏，而是伊蘭，她渾身皆在微微發顫，看向凌若的眸光透著害怕與憂心。

幾乎是在看清伊蘭的一瞬間，凌若便立即放開手，所有喜悅盡皆化為厭惡，後退一步冷冷道：「妳還有臉來見本宮？」

富察氏正要說話，伊蘭已經「撲通」一聲跪在凌若面前，拉著凌若冰涼的手，聲淚俱下地道：「姊姊，我知道錯了，我真的知道錯了，求姊姊相信我，原諒我當初的無知跟愚蠢！」

「原諒妳？」凌若吃吃一笑，用力甩開她的手，秀美的臉上帶著無盡諷刺。「鈕祜祿伊蘭，妳自己數數，我原諒過妳多少次，結果是什麼？是妳的出賣，是宮外的險死還生。而今妳看到我沒死，就又來求我原諒？鈕祜祿伊蘭，妳可知道本宮隨時都可以要妳的命？」在說到最後一句時，激動的情緒漸漸穩定下來，記起了該有的自稱。

伊蘭泣聲道：「我知道，我知道姊姊恨極了我，若姊姊想殺我，我絕不會有任何反抗，這原本就是我欠姊姊的。」

「別以為妳這般說，本宮就會心軟。」凌若厭惡得不願多看伊蘭一眼，那張臉只會讓她覺得噁心，素手一指宮門道：「滾！給本宮滾出承乾宮，從今往後，本宮都不想再見到妳！」

看著自己一手造下的孽，伊蘭悔恨不已，挺著肚子艱難地磕著頭，悲泣道：「若姊姊不肯原諒伊蘭，伊蘭就長跪在這裡。」

「跪？」凌若掩嘴一笑，刺聲道：「伊蘭，這麼多年過去了，妳的把戲還是沒什麼長進，除了哭就是跪，妳不厭煩本宮都厭了。妳要跪儘管跪著，即便是跪到死，本宮也絕不會原諒妳！」她斬釘截鐵地說著，壓在心中所有的恨意皆在此刻爆發出來，令她的聲音聽起來是從未有過的尖酸刻薄。

「娘娘……」富察氏剛說了兩個字，就被凌若驀然掃來的眼神嚇得心頭狂跳，竟不敢與之對視。

「額娘。」凌若毫無感情的聲音在富察氏耳邊響起。「事到如今，您還要一味護著伊蘭嗎？難道非要等伊蘭將本宮害死，您才高興？」

「臣婦不敢！」富察氏低頭，透著無盡的惶恐。雖然還是那張臉，還是她的女兒，卻令她不由自主的害怕，在凌若的迫視下，似乎連呼吸都變得極為困難。

凌柱與榮祿、榮祥皆站在一旁沒說話。這段時間，他們都親眼看到伊蘭變得溫順賢慧，可是這並不能抵消她曾犯下的過錯，至親之間鬧到這個地步，實在令人心痛。

李耀光在痛哭流涕的伊蘭身邊跪下。「娘娘，伊蘭這一次是真的知悔了，求您最後再原諒她一次。」

「不可能！」凌若斷然拒絕他的要求，旋即又快速瞄了伊蘭一眼道：「她腹中的胎兒是你的？」

「回娘娘的話，是微臣的孩子。」

李耀光的話令凌若目光微微一軟，但也僅限於那麼一瞬間罷了，復又冷硬如鐵。「看在這個未出世孩子的分上，本宮可以饒過伊蘭，但這是最後一次，若再犯事，本宮絕不會再姑息。」

她終歸還是網開一面了，儘管曾答應過溫如言與瓜爾佳氏，不會再心慈手軟，可真到這一刻時，依然是沒起殺心。孩子……不過是一個藉口罷了。

第五百七十三章　理由

伊蘭低著頭，一滴滴炙熱的淚滴落在手背上，她從未嘗過這樣深重無解的悔恨。為什麼，為什麼她當時要鬼迷心竅地幫著皇后害姊姊？若是她早點悔悟，根本不會鬧成今天這樣，怎麼辦？到底該怎麼辦？

正當伊蘭悔恨悲傷之際，右手突然被一隻溫暖的大掌握住，同時耳邊傳來李耀光溫和的聲音：「娘娘不過是在氣頭上罷了，等她氣消了一定會原諒妳的，畢竟妳們是流著同樣血脈的親姊妹。」

伊蘭感動於他的安慰，卻不住地搖頭。正因為是姊妹，所以才更清楚，姊姊這個人看似柔弱實則剛強，一旦做下決定就不會輕易更改。她緩緩抽回手，輕聲道：「這是我自己造下的孽，由我自己承擔就好，你不必陪我跪著，快起來吧。」

「傻瓜，我們是夫妻，有福同享，有難自然也該同當，再說妳挺著個肚子跪在地上，我便好意思站著嗎？」李耀光的話很簡單，許多人都會說，可是真正能做到的卻寥寥無幾。

伊蘭很慶幸，自己可以嫁得李耀光為妻，一紙婚約，令他謹守白頭偕老的誓言。不論自己曾做錯什麼、犯下什麼錯，他都用寬廣的胸懷去包容諒解，即便是在最艱難的時候也沒有放棄過她。

而她，能有這份幸運，同樣是姊姊給的。她虧欠姊姊實在太多，可是她這十幾年來，將恩記成仇，待得幡然悔悟時，大錯已然鑄成。此生若不能得姊姊原諒，她縱然活著也會日日飽受良心的遣責，永遠沒有安寧的一日。

想到這裡，伊蘭一咬牙，艱難地一次次磕頭，每一次磕頭都會說一句「求姊姊原諒」。

原諒……凌若脣邊的笑容不斷擴大，直到變成這世間最冰冷的笑意。「妳願跪就跪著。適才也有一個人如妳這樣下跪磕頭，想要本宮饒她一回，而她也僅是犯了一次錯而已，可是本宮依然沒有原諒她。妳，本宮更是連原諒的理由都找不出。」

伊蘭並未因她的話而停下磕頭的動作。

「夫人！」李耀光拉住努力磕頭的伊蘭，心疼地道：「妳身子笨重，這樣磕頭萬一動了胎氣如何是好。」

伊蘭搖頭，推開他扶著自己的手，倔強地繼續磕著。她已經記不清自己磕了多少個頭，只知道要不停地磕下去，直至姊姊原諒自己。

李耀光無奈地嘆了口氣，十年令他對伊蘭太過了解，雖然如今伊蘭性子轉變了許多，但骨子裡的那份倔強是無論如何改不了的，一旦認定什麼，絕不會輕易回頭。在這一點上，她們兩姊妹可真是如出一轍。

「娘娘，微臣斗膽求您再原諒伊蘭一次！」在說完這句話，他陪著伊蘭一道給凌若磕頭，「砰砰」的磕頭聲在殿內響徹。

凌柱本不欲再管伊蘭死活，然富察氏在一旁不住地扯他袖子，再加上這些日子確實有感受到伊蘭洗心革面、痛改前非，掙扎了一陣子後上前幾步道：「娘娘，能否聽老臣說一句？」

「阿瑪請說。」面對凌柱時，凌若態度緩和了幾分。

凌柱沉沉嘆了口氣。「伊蘭這孩子自小被慣壞了，性子驕縱自私，從不顧慮別人感受，因此犯下許多錯事，這也怪老臣夫婦，沒有教好她。老臣知道您心裡怨，可這一次她是真的知悔了。古語有云：浪子回頭金不換；佛家亦有『立地成佛』之說。您能否看在阿瑪這張老臉上，最後再原諒她一回？」說罷他顫顫巍巍地跪下去。

富察氏亦跟著跪下，含淚道：「娘娘，一切都怪臣婦，是臣婦是非不分，一味護著伊蘭，才會鑄下大錯，娘娘若要怪，就怪臣婦吧！」

「阿瑪，額娘，您們這是做什麼？快快請起。」早在凌柱下跪時，凌若就已經側身讓開。不論她身分如何改變，眼前兩位老人都是生她、養她之人，除卻規矩所限實在沒辦法之外，她是絕不敢受二老跪拜的。

凌柱夫婦說什麼也不肯起身，依舊直直地跪在地上。凌若見幾番勸說無果後，臉上不由得罩上一層薄怒，望著凌柱道：「阿瑪，是否連您也要逼我？」

「老臣不敢！」凌柱抬起頭。他已是六十多歲的人，入了一趟牢獄後，看起來更加蒼老，兩鬢斑白一片。「老臣只是不願娘娘心中帶著仇恨過日子。娘娘十五歲離家，一別就是近二十年，這二十年來能與娘娘相見的機會屈指可數，若說老臣此生最對不起的人誰，必是娘娘無疑——」

不等凌柱把話說完，凌若已揚臉打斷他的話。「既如此，阿瑪更不該替伊蘭求情！」

「那娘娘心中痛快嗎？」凌柱突然問了一句，那雙逐漸渾濁的老眼緊緊盯著抿脣不語的凌若。

「阿瑪。」在沉默良久後，凌若緩緩開口：「不是我不願原諒伊蘭，而是我尋不到原諒她的理由。我一直在乎的姊妹情，已然被她踐踏得不成樣子，您要我再拿什麼去原諒她？」

「娘娘。」進來後一直沒怎麼說過話的滎祿開口：「其實理由一直在，只看娘娘願不願意接受。」

凌若冷眼瞧著他，顯然是在等他說下去；然滎祿並沒有再說什麼，只是默默上前將凌柱夫婦扶起。他這個舉動已經告訴凌若，理由就是阿瑪與額娘，為了他們，為了家人，再原諒伊蘭一次。

第五百七十四章　胎氣

「娘娘。」榮祥最後也站了出來。如今他已經是近三十的人了，因為常年從軍，在軍中歷練的關係，所以他的氣息與榮祿、李耀光這樣的文人截然不同，帶著軍人獨有的剛猛凜冽。

這些年來他也立下不少軍功，原本半年前榮祥是有機會升衛千總的，可惜被家中牽連，不只沒了晉升的機會，還被關入牢獄；如今雖說放了出來，朝廷卻一直沒有委派差事，至於原先的差事早被人頂了，所以這些天一直賦閒在家，等吏部安排。

「你也想替她求情？」凌若側目問道，漠然的神色令人猜不透她在想些什麼。

榮祥在軍中向來以凶悍勇猛出名，可在凌若面前卻猶如孩子一樣，沒有一絲悍氣。他摸著後腦杓，憨笑道：「叫娘娘真是有些不習慣，還是姊姊自在一些。」

他這一聲姊姊，令凌若有剎那的失神，待得回過神來時，眸中冷意已是消去了大半，輕聲道：「此處沒有外人，你還是與以前一樣叫我姊姊吧。」

「嗯。」榮祥高興地答應一聲，旋即正色道：「姊姊，說實話，我一點兒都不想替伊蘭求情，甚至於打從心裡厭惡她。若非她貪慕虛榮、無情無義，又怎會弄到今天這個地步！可是……」他心情複雜地看了暗自垂淚的富察氏一眼，續道：「阿瑪與額娘年紀都大了，這幾十年來他們為咱們子女操碎了心，而如今，咱們能回報的就是讓他們開開心心度過晚年，姊姊妳說對嗎？」

凌若默然不語，榮祥說的她何嘗不知，可是心中那個結不是說打開就能打開的。她饒過伊蘭已是網開一面，要說原諒，實在是強人所難。

凌柱夫婦緊張地注視凌若，現在他們能勸的已經勸了，就看凌若的意思了。榮祥說得沒錯，手心是肉，手背也是肉，他們實在不願看到凌若與伊蘭形同陌路，老死不相往來。

就在凌若尚在考慮之時，一直在磕頭的伊蘭突然倒在地上，雙手捂著肚子發出痛苦的呻吟。

「夫人，妳怎麼了？」李耀光被嚇了一跳，趕緊上前抱起伊蘭。只見她面容蒼白扭曲，冷汗正密密地從額間冒出來，黏住了額髮。

「好痛……肚子好痛……」伊蘭費力地說出這幾個字。其實剛才在磕頭的時候，伊蘭已感覺到肚子有些難受，但因胎氣向來穩健，所以並未往心裡去，哪知一下子痛楚就變得劇烈起來。那種劇痛，像是要將肉從身上剜離一般，讓她連呼吸都變得極為痛苦。

變故令得眾人一時手足無措，還是凌若最先回過神來，猜得她是因磕頭而動了胎氣，當即命水秀速去傳太醫來。

「她懷孕幾個月了？」凌若命人將貴妃榻搬出來，又讓李耀光將伊蘭抱到榻上，讓她舒服一些。

「有九個月了，之前瞧過大夫，說產期差不多就在這個月。」李耀光回道，在說話的時候，他目光一直不曾離開過伊蘭，手更是緊緊握著她不放。

凌若原先只當伊蘭不過七、八個月的身孕，沒想到已是將臨盆之人，想到這裡，她不禁皺了皺眉。「糊塗，既知她身子笨重，剛才為何也不攔著一些，反而要陪她一道胡鬧。」

李耀光尚未開口，疼得冷汗直冒的伊蘭已是勉力道：「不……不關夫君的……事，是我……我自己不好！」

「妳現在好生躺著不要說話。」看她疼得面目扭曲卻還要強撐著說話，凌若頓時沒好氣地斥了一句。

痛楚一波接一波地襲來，伊蘭覺得自己好像是汪洋中的小舟，隨時會覆沒在洶湧的波濤中。

「死」字驀然出現在伊蘭腦海中。都說生孩子是女人必經的一道鬼門關，有許多女人因為邁不過這道關卡，就此去了陰曹地府。

如今，她是不是也快要死了？呵，也是，她做了這麼多錯事，老天現在才來收她已經是格外開恩了，可是姊姊還沒有原諒她……

想到這裡，伊蘭用力撐開沉重的眼皮，虛弱地對站在不遠處的凌若道：「姊姊……妳原諒我好不好？這樣就算我死了也可以安心了。」

凌若壓下心中的擔憂，神色漠然地道：「死不死是妳的事，安不安心更是妳的事，與本宮有何關係？本宮又為何要原諒妳？」

「姊姊……妳當真恨我至此嗎？」伊蘭眼中盡是絕望，她沒想到都到這地步了，姊姊依然不肯原諒她。

凌若本欲不再理會她，眼角餘光卻瞥見鮮豔刺目的猩紅正緩緩染紅伊蘭的裙裳，而伊蘭的臉色卻與這抹猩紅形成鮮明的對比，蒼白若紙，彷彿只要輕輕一碰就會碎掉化為紙屑一樣。心，在這一刻無端的慌了起來。難道伊蘭真的會……死？不，不會的，都說好人不長命，禍害遺千年。伊蘭做了這麼多做錯事、壞事，哪會這麼短命的？

凌若不斷在心裡安慰自己，可那份恐慌卻在不斷擴大。太醫呢，太醫怎麼還不來？她焦急地朝門外張望，可外頭靜悄悄的，始終沒有出現太醫的身影。

「好冷，夫君，我好冷……」伊蘭突然打起寒顫來，從下體汨汨流出的血將她體內的溫度一點點帶走。

「我在這裡，妳不會有事的，伊蘭，妳一定不會有事的。我們還要看著孩子出生長大，然後看他成婚生子。妳撐住，一定要撐住啊！」李耀光早已看到伊蘭下體的血，他比所有人都怕，唯恐一鬆手，伊蘭就會離自己而去。

他與伊蘭好不容易才走到這一步，他更是勸服了母親，只要伊蘭這一胎生下男孩，就接她回去住，重為李家媳婦。

富察氏在一旁哭得泣不成聲，其他人亦是愁眉深鎖。此時此刻，他們唯一能做的就是等，等太醫來。

第五百七十五章　求生意識

「夫君。」伊蘭儘管看不到自己下身，卻能夠感覺到一股股溫熱從下腹流出，她知道那是血，也許下一刻，自己就會死去……

「妳說，我聽著，一直都聽著。」李耀光努力抑制著不讓自己落淚，可是心中的那份悲意卻不受抑制。他害怕，真的害怕伊蘭會這麼離開自己。

「不要哭……」伊蘭費力地抬起手拭去李耀光掉落的淚。「答應我，如果要在我和孩子之間選一個的話，一定要保孩子。」

「不許說這樣喪氣的話……妳會沒事，一定會沒事的！」李耀光哽咽得幾乎說不出話來。

伊蘭搖搖頭，沒有人比她更清楚身體的狀態，生命正在一點點流失，她就快要撐不下去了。「答應我，一定要保住孩子，我能留給你的也只有他了。」說到此處，她一遍遍撫著李耀光清俊的容顏，眼裡滿是不捨。「對不起，對不起，在嫁給你的十年間，我一直覺得委屈不甘，認為你配不上我。其實不是啊，真正配不上的人是我。夫君，若有來世，我希望還能叫你夫君，而下一世，我絕對不會再負你，我……」

一口氣說這麼多，她有些喘不上氣來，卻還是不顧李耀光的勸阻，強撐著說完：「我會用盡一切……來待你好！」

「我知道，我都知道。伊蘭，撐下去，哪怕是為了我與孩子，妳都要撐下去，我們還要回去給娘敬茶呢。」

更多的淚從李耀光臉上滑落，溼了伊蘭的指尖，可是她已經無力去拭了。她好累，連撐著眼皮都覺得好累。

好想，好想就這麼睡過去，從此再也沒有煩惱憂愁，就像回到了小時候，那麼開心快樂。阿瑪、額娘、姊姊……

只可惜，她沒有機會再去求姊姊原諒了……

孩子，娘以後不能陪在你身邊了，不要怨娘，不論為娘去了哪裡，都會為你祈福……

伊蘭的眼皮越發沉重，沉重到她無力再支撐。她聽到耳邊有很多人在說話，但聽不清，也沒力氣再去聽清。

「伊蘭，不要睡！千萬不要睡啊！」李耀光注意到伊蘭的不對勁，用力搖晃著她，可是伊蘭的眼睛還是在闔起，任他怎麼搖晃都於事無補。

「蘭兒！」富察氏悲呼一聲，當場暈厥過去，原本就已經夠亂的大殿更加混亂不堪。

就在這個時候，水秀終於領著一名面生的太醫到了。

凌若連忙指著伊蘭道：「太醫，快替她看看，她動了胎氣，流了許多血。」

富察氏只是一時悲憤攻心才會暈過去，並不礙事，當務之急是伊蘭這邊，也不曉得是否還有救。

太醫答應一聲，將手指搭在伊蘭的手腕上，而他的眉頭也慢慢皺起。在眾人焦急的等待中，他鬆開手道：「回熹妃娘娘的話，這位夫人脈象很虛弱，要救治只怕不易。不過孩子倒是可以設法催產，從脈象上看，孩子應該已經成熟，早幾日臨產，不會有什麼危險。」

「太醫，求求您救救我夫人，她不能死！」李耀光用力握著太醫的手，就像一個溺水之人遇到浮木，將希望全寄託在其身上。

「不是柳某不願盡力，實在是尊夫人氣脈皆弱，想要她活下來，就只能看她自己的求生意志了。」柳太醫交代完這句話，就命人趕緊去準備熱水，而他則從小太監背來的藥箱中取出平常備在裡面的催產藥。

「伊蘭，妳聽到太醫的話了嗎？醒一醒，不要睡過去，難道妳不想看看咱們的孩子嗎！」李耀光聲嘶力竭地喚著，努力想要將伊蘭從沉睡中喚醒。

伊蘭在昏昏沉沉中隱約聽到孩子兩字，她捨不下孩子，可是眼皮就像是兩塊千斤大石一般，根本抬不起來。就在這個時候，她突然感覺到除了腹部之外，臉頰亦傳來一陣陣劇痛。說也奇怪，在那樣的劇痛下，眼皮似乎輕了一些，令她可以睜開一條縫。眼前很模糊，不過勉強可以認出是姊姊。剛才，是她在打自己嗎？

「鈕祜祿伊蘭，妳不是想求得本宮原諒嗎？那就給本宮活著，好好地活下來，否則本宮這一輩子都不原諒妳，日日恨妳、詛咒於妳，讓妳下到地府也難以安寧！妳聽到了嗎？」

凌若的聲音聽起來很怪，就像是被什麼人掐著脖子一樣。伊蘭怔怔地看著凌若，突然微微翹起了青紫色的嘴唇，眸中出現暢快的笑意。姊姊，始終還是關心她的……

「是否……是否我活下來，姊姊就原……諒我？」她問，不知從何處來的力氣支撐著她。

凌若飛快別過頭，抹去眼中淚水，隨後故作冷漠地道：「這一切等妳活下來再說，總之妳若敢死了，本宮就日日詛咒妳！」

伊蘭眸中的笑意更盛了，她不是蠢人，如何會聽不出凌若是故意這麼說的，為的就是激起她的求生意志，讓她活下去。她用力將眼眸再撐開些許，艱難地道：「我會撐下去，一定會！」

宮人很快備好了柳太醫需要的東西，伊蘭亦被抬進了內殿。此時來不及請穩婆，水秀與南秋便被柳太醫叫進內殿，幫助伊蘭生產。

凌若取出一直帶在身上的蓮花菩提子，一顆一顆地捻著，每捻一顆都會唸一句佛經。

其他人則是焦急地等待，其中最擔心的莫過於李耀光，若非柳太醫堅決不讓他入內，說會影響孕婦生產，只怕他已經衝進去了。

饒是如此，剛才柳太醫準備進去的時候，李耀光也說了，如果大人、小孩只能保一個的話，就保大人。

失去孩子固然痛苦，但他更不想失去相伴多年的妻子，所有罪孽皆讓他一人承擔吧。

內殿不時傳來伊蘭痛苦的嘶叫，每一聲都像是鞭子抽在眾人身上，令他們坐立難安，生怕會出什麼意外。

第五百七十六章　雲消霧散

不知過了多久，伊蘭的慘叫戛然而止，緊接著裡面傳來一聲嬰兒的啼哭聲。

生了，伊蘭生了！喜悅來得這麼突然，以至於眾人一下子反應不過來，直至滿頭汗水的水秀抱著一個用湖藍色衣裳包裹的小小嬰兒出來，才驚醒過來，紛紛圍過去。

因為快足月的關係，孩子長得並不瘦小，圓嘟嘟的臉頰、粉嫩的小嘴，正閉目躺在水秀臂彎中睡覺。

「伊蘭，伊蘭怎麼樣了？」李耀光顧不上看孩子，只緊張地盯著水秀，唯恐伊蘭會有什麼意外。

水秀欠了欠身道：「李大人放心吧，母子平安，夫人很好，只是身子虛了些，正在裡面歇息呢。」

此話一出，所有人都長出了一口氣。伊蘭終於還是撐下來了。

直到這個時候，李耀光才有心情打量孩子。因為剛剛出生的關係，孩子皮膚又紅又皺，像是一隻小猴子；他的頭髮很密，細細軟軟地貼在頭上。只是一眼，就讓李耀光的心變得極柔軟，他的孩子，這是他的孩子啊。

他小心地自水秀手中接過柔軟似沒有骨頭的孩子。「男孩還是女孩？」

「是位小公子。」水秀笑咪咪地說著。她雖不待見伊蘭，但親眼看到一個嬰兒平安出生，還是很高興。

正當一堆人圍著剛出生的孩子時，弘曆從外頭走進來，在他身後還跟著弘晝。弘曆上前好奇地打量了那個小嬰兒一眼，奇怪地問：「額娘，這是哪裡來的孩子？」他並不記得宮中有哪位娘娘懷孕，怎的突然冒出一個那麼小的嬰兒。

「這是你姨娘剛生的孩子。」凌若將他們兩人喚到近前。

弘曆知道額娘有一個妹妹，但也僅止於此罷了。自小到大，他都不曾見過那個姨娘，反倒是外祖父與外祖母偶爾會見到。

「四哥，這孩子好醜，一點兒都不像額娘他們說的那樣白胖粉嫩。」弘晝扯著弘曆的衣裳小聲說道，一對漂亮的小劍眉已經皺成了疙瘩。

富察氏聽到他的話，轉過頭來微笑道：「五阿哥，孩子剛出生時都這樣的，等養一陣子就好了。」

「是嗎？」弘晝還有些不信。宮中孩子少，他自己又是最小的那個，以前從沒有機會見這樣小的孩子。

「娘娘，我能不能進去看看伊蘭？」李耀光問道。這裡是承乾宮，沒有凌若的允許，他們是不能隨意涉足的。

凌若點點頭，她也有些話想與伊蘭說：「本宮與你一道進去。」

看到他們兩人進去，富察氏有些憂心地道：「老爺，她們兩姊妹不會有事吧？要不咱們也跟進去瞧瞧，萬一有什麼也好幫忙勸著些。」

現如今，她最擔心的就是凌若與伊蘭，也不知道這個怨結能不能解開。

「別擔心了。」凌柱拍拍她的手，安慰道：「兒孫自有兒孫福，有些事始終要她們自己去解決，咱們幫不了的。不過我瞧著剛才娘娘對伊蘭很是擔心，又故意說那些話激伊蘭，想來態度已經有些鬆動了。」

「若真這樣就好了。」富察氏心中稍鬆，重新將注意力轉向孩子。如今除了一直未肯成婚的榮祥之外，其餘幾個都有了自己的孩子。

內殿裡，伊蘭倚在墊了鵝毛軟枕的床頭，身上蓋著湖藍挑葡萄紋的錦衾，臉色雖然蒼白，卻隱隱透出一絲血色。柳太醫正拿針替她扎著穴位，這樣可以助產婦盡快排出惡露。

柳太醫在扎完針後，朝凌若躬身道：「啟稟娘娘，夫人已經沒有大礙了，只是早產有些傷身，定要好好調養，才可避免落下病根。」

「本宮知道了，有勞柳太醫。」凌若揚頭，對跟她一道進來的水秀道：「送柳太醫出去。」

在水秀領命出去後，李耀光快步來到床邊，緊緊握著伊蘭的手說不出話。他剛才真的很擔心，擔心會失去伊蘭，失去從十年前他就想攜手一生的人啊！

「沒事了。」伊蘭虛弱地朝他笑笑，旋即又看向凌若。剛才在劇痛中，無數次想要放棄，可又無數次咬牙堅持下來，不讓自己沉淪在黑暗裡，為的就是盼望可以得到姊姊的原諒。

「姊姊——」

她剛說了兩個字就被凌若打斷。「本宮知道妳想說什麼，放心，本宮既然答應了妳，就一定會做到。」

原本，她是為了激發伊蘭的求生意志，才被迫說那些話，並不是當真準備原諒伊蘭。可是當她親眼看到伊蘭在鬼門關前轉了一圈，又親眼看到一個新生命的誕生，心中的怨恨不知不覺少了許多。

就像榮祥說的，她們始終是一起長大的姊妹，即便是為了年邁的父母，也不該再恨下去，否則誰都不會開心。所以，她決定遵守自己的諾言，原諒伊蘭。

伊蘭淚流滿面，口中不斷地叫著「姊姊」。自悔過之後，她日日都盼著這一刻，而今終於盼到了，怎能不激動。

凌若猶豫了一會兒，上前拭去她臉上溫熱的淚水。「妳剛生完孩子，這樣哭眼睛會壞掉的，聽話，把眼淚收起來。」

伊蘭點頭，用力將淚意逼回眼眶。待得伊蘭情緒平復些後，凌若道：「妳在這裡歇著吧，晚些時候，本宮再派人送妳出去。記住適才柳太醫的話，這段時間一定要好生休養，莫落了病根。」

「娘娘放心吧，微臣一定好生照料伊蘭，不讓她受一點兒委屈。」李耀光鄭重其事地說著。

「本宮相信你。」在說這句話時，凌若頗為欣慰。之前的事她已經聽說了，知道李耀光一直對伊蘭不離不棄，正因如此，伊蘭最終才會有幡然悔悟的一天。選他為伊蘭的夫婿，實在是自己最正確的決定。

守在外面的凌柱等人知道凌若與伊蘭的心結解開後，皆是高興不已。至此，一家人終於沒有任何隔閡了。

第五百七十七章　致仕

午膳擺在承乾宮偏殿，所有人都圍坐在桌前，弘晝也被凌若留在宮中用膳。

一碟碟覆著銀蓋的珍饈美味不斷被端上桌來，這頓飯眾人吃得極是開心暢快，一直用到午時末，凌若才命宮人將碗碟撤去，奉上香茗。

「阿瑪，您想要致仕？可是您如今並未到七十啊。」凌若有些詫異地看著凌柱。

凌柱看著宮人提壺將自己喝了一半的茶盞重新注滿，沉聲道：「這件事阿瑪已經與妳額娘還有妳大哥他們都商量過了，皆沒什麼意見。趁著現在還沒有出什麼大亂子，抽身而退是最好的決定。再說阿瑪也老了，與其在朝廷中繼續擔驚受怕，倒不如安安生生地過完下半輩子。」

凌若知道阿瑪必是因為前陣子的牢獄之災萌生退意，從四品這個官職實在不算高，而且阿瑪在此位蹉跎多年，如今退下來倒不是一件壞事。

「阿瑪決定的事，女兒自無異議。」說及此，她忽的將茶盞一放，跪在二老面前。「女兒不孝，連累阿瑪、額娘受苦。」

凌柱被她這個舉動嚇了一跳，連忙彎腰去扶她，口中急道：「妳如今是宮中的娘娘，可是輕易跪不得，快快起來。」待凌若重新站起後，他嘆了口氣道：「阿瑪知道妳的意思，妳覺得是自己連累了我們，其實整件事根本不存在誰連累誰的理，從妳成為皇上妃子的那一刻，阿瑪就已經猜到會有這麼一天了。位越高，人就越險，不論朝堂、後宮都是這個理。阿瑪無用，在朝中多年還只是一個從四品典儀，不能幫到妳什麼……」

凌若見他說得有些喪氣，忙道：「阿瑪您千萬不要這麼說，在女兒心中……」

「先聽阿瑪把話說完。」凌柱擺擺手，打量著闊大華美的宮殿道：「阿瑪知道妳坐這個位置不容易，多少雙眼睛都盯在妳身上，他們從妳身上找不到事，就會把主意打到我們所有人頭上。若兒，阿瑪幫不了妳什麼，唯一能做的就是不成為妳的負累，讓妳可以心無旁騖地去爭取妳想要的。記住，不論那是什麼又或者會變成什麼樣，阿瑪都會在背後默默支援妳。」

一聲「若兒」喚得凌若眼眶微紅。自嫁予胤禛後，礙於規矩，阿瑪已經很少再這樣喚她了，可是她知道，阿瑪對自己的疼愛從來沒有減少過。

「好了，此事就這麼定了，過幾日阿瑪會上奏給皇上，辭去從四品典儀之位。」凌柱拍拍衣袍，看了富察氏一眼，輕笑道：「夫人，妳以前總說我沒時間陪妳，往後我可是要天天賦閒在家了，妳莫要嫌我煩才好。」

富察氏低頭一笑道：「要我不嫌煩也行，你得幫著一道照顧子敘才行。」

子敘是榮祿與江氏的第二個孩子，今年剛五歲，聰明但很是調皮，一個不留神就會闖出禍來，一點兒都不像哥哥子寧那樣老成懂事。

說笑了幾句後，富察氏轉頭對依然愁眉不展的凌若道：「莫要再耿耿於懷了，趁著現在沒事，妳阿瑪早些從朝中退下來不失為一件好事。我與妳阿瑪都年紀大了，也是時候該享享清福了。」

「女兒知道了。」凌若點頭，不再糾結這件事，而是說起了其他。

一直到天近黃昏，她方才依依不捨地將凌柱等人送到宮門口；至於禮物，早有宮人送到馬車上。伊蘭因身子虛弱，不得行走，是以凌若特意尋來一頂軟轎，命四個太監抬了送她回去。

「娘娘不必再送，老臣等人就此告辭。」凌柱領著眾人向凌若辭別，彼此心中都是不捨至極，但規矩就是規矩，讓他們入宮相見已是皇恩浩蕩。

「阿瑪、額娘一路當心。」凌若勉強笑著，借舉袖擋風的機會迅速將淚拭去，隨後又對榮祿兩人道：「大哥，弟弟，阿瑪與額娘就拜託你們了。」

榮祥深吸一口氣，忍著眼底酸澀，故作輕鬆地道：「看姊姊說的，難道我與大哥還會虐待阿瑪、額娘嗎？儘管放心就是。」

「是啊，放心吧。」榮祿在旁邊接了一句，又道：「反倒是妳，一人在宮中，定要處處小心，大哥還盼著明年、後年乃至大後年，再入宮與妳相見呢！」

「會的，一定會的。」在這樣的話語中，凌若目送親人離去，看著他們坐上了候在宮門外的馬車，又看著他們朝自己不住揮手……

夜間，胤禛來看凌若，問起其家人入宮的事，在聽得伊蘭生下一子時，他饒有興趣地打量著華燈下的凌若。「怎麼，不再生伊蘭的氣了？」

當初要不是伊蘭將凌若與容遠的事告訴胤禛，胤禛也不會懷疑他們兩人有染，從而大發雷霆。雖然凌若回來後不曾說起過什麼，他卻可以猜測到，凌若必然對伊蘭有許多不滿乃至恨意；不過如今看來，這不滿與恨意似乎已經消滅殆盡。

凌若把玩著垂在胸前的頭髮，微笑道：「臣妾今日看到伊蘭，發現她跟以前不一樣了，既然她已經回頭，那麼臣妾該給她一次機會的，不是嗎？何況若非經歷這些，臣妾也不知道皇上竟然如此在意臣妾。許多時候，福與禍，只在於一個看法而已。」

「話是不錯，卻不是人人都能做到的，妳能這樣想，朕很高興。」仇恨不是說放就能放的，否則這世間也不會有這麼多被仇恨蒙蔽了雙眼的人，胤禛很慶幸凌若不是大多數人中的一個。

凌若菱唇微勾，忽的朝胤禛伸出右手。「皇上如此誇獎，那麼是不是該給臣妾一些獎勵呢？」

胤禛劍眉一揚，似笑非笑地看了她道：「妳想要什麼，儘管說來聽聽，只是許不許就是朕的事了。」

凌若眼珠子一轉，同樣含笑道：「那麼就要皇上專寵臣妾一人如何？」

「妳這貪心的丫頭。」胤禛捏一捏凌若的鼻子，寵溺地道：「朕如今還不夠專寵妳嗎？竟還嫌不夠，難道非得讓朕遣散後宮才高興嗎？」

第五百七十八章 叛亂

凌若咯咯一笑，轉身避開捏在俏鼻上的那隻手，道：「若真這樣做了，只怕臣妾留在史書上的記載就該是『狐媚禍主，嫉妒無德』這八個字了。臣妾可不想遺臭萬年，所以這種事想想便好。」

「朕也捨不得朕的愛妃被世人唾罵。」在輕淺的笑意間，胤禛長臂一伸，將凌若重新拉回懷中，低頭嗅著她髮間的清香。與凌若相處的時光是自在而溫馨的，不需要太多言語，一個動作甚至一個眼神就能明白彼此心意。

凌若微笑道：「臣妾知道，所以只要皇上心中有臣妾，臣妾就已經心滿意足了。」在話音落下後，她踮起腳尖，在胤禛薄脣上印下一個淺淺的吻。

不等她收回，胤禛已經攫住她的雙脣用力吸吮著香津，同時摟住她細腰的手用力收緊，讓彼此緊緊相貼，沒有一絲空隙。

在旖旎溫存之後，凌若倚在胤禛身邊沉沉睡去，不知過了多久，隱隱約約聽得有叩門聲，勉力睜開眼。窗紙外的天色還很黑，胤禛依然在一旁酣睡。

「何人在外面？」凌若半撐起身問道，依時辰看來，應該還不到上朝時，何以會叩門不止。

「啟稟娘娘，宮門開後，驛站派人送來一封八百里加急奏報，說是西北軍情十萬火急，要立刻呈給皇上過目。」是四喜，聽他聲音很是焦急。

凌若聽得是關乎軍情的大事，不敢怠慢，忙推醒了沉睡中的胤禛。

胤禛連忙命四喜進來。待看過奏摺後，胤禛神色一下子變得凝重無比。

這封摺子只講了一件事，也是他繼位以來最擔心的一件事。

位於西北的青海境內，蒙古各族一直對大清的統治蠢蠢欲動，但是因為之前有允禵的鎮守，所以他們不敢輕舉妄動。

但去年，因為康熙離世，鎮守西寧節制各路進藏軍隊的允禵回京奔喪，之後就一直被軟禁在京中。雖然胤禛當時很快就命年羹堯接替允禵位置，鎮守西北，但還是晚了一步，給了一直有叛亂之意的羅布藏丹津可乘之機。

他在暗中約定準噶爾部策妄阿拉布坦為援，又召集青海厄魯特蒙古各臺吉在察罕托羅海會盟，積蓄反叛力量。大半個月前，羅布藏丹津正式起兵反清，自號達賴洪臺吉以統帥各部，一路順利進至河州、西寧附近直至河東，很快就會到年羹堯鎮守的地方。

一定得在那裡攔住叛黨，否則整個大清都會受其所害。

想到這裡，胤禛「啪」的一聲將摺子合起，肅然道：「速速替朕更衣！」

「嗻！」早在來之前，四喜就已經命小太監捧著朝服、朝珠在外等候，如今得了胤禛吩咐，趕緊命其進來。

「皇上，出什麼大事了？」早在四喜進來之前，凌若就已經披了外衣起身，如今接過小太監手中的龍袍，替胤禛一一穿戴好。

胤禛摸著衣襟上的翡翠扣子，面色陰鬱地道：「青海叛亂，已經快到河東了。」

「啊！」凌若輕呼一聲，沒想到竟出了這麼大的事，戰亂已有多年不曾發生，不想竟來得這般突然。

出了這樣大的事，那麼今日早朝就只有一個議題，就是如何平定叛亂。

事情正如凌若所想的那樣，胤禛召集眾臣整整議了一個上午，終於定下兩條計策。一條是派兵部侍郎常壽赴青海與羅布藏丹津傳達旨意，希望可以和談，避免戰爭，不過以推測得來的結果，這條路能夠走通的希望只怕不大；所以另一邊命撫遠大將軍年羹堯從陝甘各地召集精兵前往青海，一旦和談不成，大軍隨時準備平定羅布藏丹津的反叛。

當這消息傳到凌若耳中時，她什麼也未說，只是坐在暖閣中一遍遍地撫琴，琴音潺潺，似高山流水，然水秀等人聽在耳中卻總覺得哪裡不對。

午後，瓜爾佳氏過來，站在暖閣外聽了一會兒後，方才推門進去，微笑道：

「妹妹在想什麼，這般心不在焉，連著好幾處的琴音都不準？」

琴音戛然而止，凌若抬起發紅的十指道：「妳也聽出來了？」

瓜爾佳氏走過去，隨手撥了一下琴弦，在清脆的琴音中道：「我琴藝雖不及妳，音調準確與否卻還是聽得出來，就說最後一個音，本該是商角調，妳卻彈成了宮曾調，這可不像是妳會犯的錯。怎麼了，可是有煩心事？」

凌若輕輕一嘆，搖頭道：「看來我還是控制不好自己的情緒，讓姊姊見笑了。」

「究竟是什麼事？」瓜爾佳氏越發好奇，自凌若回宮後，還沒看到過她這副模樣。

凌若沉吟片刻，低聲道：「姊姊可知西北叛亂了？」

瓜爾佳氏微一點頭道：「我也是剛剛才聽說，皇上已經任命年羹堯平定西北叛亂。」說到這裡，她神色一動道：「妳可是擔心年羹堯受到重用，會影響到宮裡頭？」

凌若默認了她的猜測，旋即又道：「還有一件事姊姊怕是不知道。不久前，皇上已經查出在宮外假冒皇命要殺我的人與年氏有關聯，只是還沒有十足的證據，所以一直隱忍未發，只在暗中派人徹查。偏偏眼下出了這樁事，皇上要重用年羹堯，那麼不管真相如何，皇上都不會再動年氏。」朝堂後宮向來是牽一髮而動全身，動了年氏，那麼年羹堯那邊就不好安撫。如今他掌著西北全部兵力，一旦他有所異動，將給大清帶來一場浩大的災難。

瓜爾佳氏大為吃驚。她們之前一直猜測是皇后，想不到竟猜錯了。年氏隱藏得倒是好，竟有這般細膩狠毒的心思，比皇后有過之而無不及。

「那妹妹如今準備怎麼辦？」瓜爾佳氏一時也沒什麼好主意。後宮尚可一爭，但涉及到朝堂，那就難辦了，畢竟他們三人家族當中，並沒有能與年羹堯相抗者；且這一次平叛若成功，年羹堯的地位必然會再上一層。

第五百七十九章　年羹堯

「我若有主意，便不會彈琴靜心了。」凌若亦是頭疼不已。好不容易才趁著機會將年氏打壓下來，又要眼睜睜看她風光如昔嗎？實在不甘心啊！

暖閣中陷入了靜寂，瓜爾佳氏走至六稜雕花長窗前，微一用力將緊閉的窗子推開一絲縫，冷冽的寒風立時吹了進來，一下子令得室內的溫度降了些許。

「有些事，妳心中該是明白的。」瓜爾佳氏凝望著外頭未化的積雪，一字一句道：「年氏之寵，不在於己身，而在於家世，只要年家一日不倒，她在後宮中的地位就一日穩如泰山，無人可以動搖，包括——妳。」

凌若黯然不語。瓜爾佳氏的話殘忍卻真實，不論胤禛有多寵愛她，終歸是不可能為了一個女人而冒著動搖江山國本的危險。不能說胤禛錯，從他繼位為皇帝的那一刻起，江山社稷就被放在第一位，在胤禛心中，甚至比他自己的命都重要。

「所以我現在什麼都不能做？」與積雪一般冰涼的聲音響起，帶著深深的不甘。

瓜爾佳氏無聲地嘆了口氣，回過頭來道：「這是唯一一條擺在妳面前的路，妹妹，想成大事，就必須得忍常人所不能忍。」

「我知道。」凌若眸光一閃，冷冷道：「君子報仇，十年不晚，何況我並不認為年家可以再昌盛十年。」

聽得這話，瓜爾佳氏頓時好奇起來。「妹妹何以這麼說，難道……有什麼事是我不知道的？」

「我並不曾比姊姊多知道什麼，只不過以前在王府時，我曾見過年羹堯一面，對他這個人的稟性稍有幾分認識罷了。」

「哦？說來聽聽。」瓜爾佳氏被她說得來了興趣，趕緊追問她。

凌若稍稍理了一下思緒後道：「年羹堯之才自是無庸置疑，屢立戰功，近二十年來少有可出其左右者。可是這人卻絕不像他自己在奏摺中說的那樣『甘心淡泊，以絕徇私』。」

「何以見得？」瓜爾佳氏知道在王府時，胤禛就常召凌若至書房，所以對她能看到年羹堯的奏摺並不稀奇，稀奇的是，她是從何處看出其言行不一？

凌若一邊回憶一邊道：「康熙五十七年，當時他剛剛被授四川總督，兼管巡撫事，統領軍政和民政，進京入覲先帝之後，來王府中拜見皇上。我當時正好送點心去書房，聽到皇上與年羹堯在議事，是關於四川底下幾名參將、千戶的任選。皇上本意讓他在朝中選幾個精明能幹的帶去四川，他卻認為從四川本地軍戶中提拔為好，最終，皇上答應了他的要求，將那些將領的任命全權交由他去負責。」

瓜爾佳氏並不覺得此事有什麼問題，當下不解地道：「妹妹可真是將我說糊塗了，這件事與年羹堯的稟性有何關係？」

「年羹堯能以不到四十之齡成為封疆大吏，出任四川總督，官拜一品，姊姊以為全是靠他一個人掙下軍功換來的嗎？」

「自然不是。」瓜爾佳氏對年羹堯雖不熟悉，卻也曉得一二。「他們年家原是皇上的包衣奴才，後來年羹堯得皇上賞識，外放為官，其妹又被納入府中做了側福晉，年羹堯這才一步步位極人臣。他有才幹不假，但若無皇上提攜，斷然不會有官拜總督的一日。」

「那便是了，皇上待他恩重如山，他本該忠心敬主才是，可是二阿哥胤礽第一次被廢時，年羹堯入京之後，第一位拜見的並不是皇上，而是當時風頭正健的八阿哥。從那個時候起，我就看出年羹堯是一個投機者，實在算不得一個頂頂忠心之人。」凌若端起大紅袍抿了一口潤潤嗓子，續道：「既然他待提攜自己的主子都不算忠心，那麼有私心就是必然的了。姊姊以為朝中與地方，哪邊選出來的人更好控制些？」

瓜爾佳氏神色一凜，明白了凌若的意思，輕叩著重新關起的窗欞，沉聲道：「妳是說年羹堯有意控制底下的將領官員？」

「不錯，朝中關係錯綜複雜，隨便一個人的身後可能都隱藏著好幾重關係，想要讓他們越過朝廷忠心於自己，那是很難的事；但是地方選出來的人便不一樣了，年羹堯大可去選那些沉寂多年、不得其志的人，他們一旦得到平步青雲、出人頭地的機會，必然會對提攜自己的年羹堯感恩戴德，視其為再生父母。」說到這裡，凌若低頭看了一眼青瓷纏花茶盞底部的茶葉道：「這雖只是我的猜測，但應該八九不離十。」

瓜爾佳氏微微皺眉。照凌若這麼說，年羹堯就是一個私心頗重之人，將這樣的人留在身邊甚至委以重任，顯然不是什麼明智之舉。「這一點，難道皇上沒看出來？」

令她意外的是，凌若竟嘆了口氣。「皇上即便看出來了又能如何？」

「自然是……」瓜爾佳氏想說自然是疏遠年羹堯，可是話到嘴邊卻又停住了。如今西北叛亂，羅布藏丹津起兵反清，正是需要用人之際，滿朝文武，有能力領兵平亂的也許不只年羹堯一人，但適合的卻只有年羹堯一人。

見瓜爾佳氏停下不說，凌若曉得她必是明白了其中玄機。「年羹堯之才，二十年間少出其左右者，但並非沒有，譬如十三阿哥，又譬如十四阿哥。可十三阿哥自被圈禁之後，身子就孱弱異常，已經不能領兵出征；至於十四阿哥，我想，皇上即便御駕親征，也絕不會讓他再領兵的，所以……」

「所以年羹堯就成了唯一合適的人選。」瓜爾佳氏接過她的話，很快便明白了凌若那句關於年家昌盛不足十年的猜測從何而來。

第五百八十章 寧貴人

此戰若敗，身為主將的年羹堯自然要被削職問罪。年家昌盛之源在於出了一個年羹堯，年羹堯一垮，整個年家都會跟著垮。

反之，此戰若勝，年羹堯就是首功，論功行賞，胤禛必要對他大加封賞；可是胤禛心中對年羹堯已經有了猜忌，封得越高，那份猜忌就越重。

若年羹堯急流勇退尚可保年家滿門平安富貴，只是像年羹堯這樣一個有私心的人，要他心甘情願放棄唾手可得的權勢官位，這是絕對不可能的事。所以兩者間的矛盾只會越來越深，直至爆發出來的那一天。

這天，終是要變的，區別只在早晚而已……

宮中的形勢就如凌若猜測的那樣，已經許久不曾被翻過牌子的年氏連著三日被召至養心殿侍寢，胤禛更是賞下無數珍玩給她，一掃之前的頹勢。翊坤宮再一次成為宮中炙手可熱的地方，那些最懂得見風使舵的奴才，自然緊趕著去巴結。坐在坤寧宮中，凌若冷眼看著姍姍來遲的年氏朝皇后欠身行禮，說是行禮也不過是走個過場罷了，雙膝根本連彎也不曾彎過，年氏又變回了以前那個強勢的年貴妃。

那拉氏對她的不敬彷彿未見，只一味含著端莊合宜的笑意道：「妹妹請坐。」

「謝皇后娘娘。」年氏答了一句，扶著綠意的手至皇后左首第一個位置坐下。

她剛一坐定，立時就聽到一個女子嬌聲道：「娘娘此刻才過來，臣妾們之前還道娘娘不來了呢。」

說話的是武氏，她雖是一個貴人，在胤禛面前卻頗有幾分寵愛，又得皇后看重，所以頗為得臉，就是成嬪這樣的主位娘娘也要讓她三分。

年氏鳳目一瞥，似笑非笑地道：「寧貴人這話是什麼意思，可是嫌本宮來晚了？」

「臣妾不敢。」武氏眼波一轉，盈盈笑道：「臣妾只是覺得奇怪，要說這翊坤宮離坤寧宮也不遠，怎的娘娘卻來得比臣妾們都晚。」

年氏眉心一挑，怒意在眼底一閃而逝。看來她失意的這一小段日子，已經令許多人開始不將她放在眼裡，連一個小小的貴人都敢對自己這麼說話，當真該死。

這樣想著，她臉上的笑意卻又濃了幾分，睇視著隱隱帶著幾分挑釁之意的武氏道：「本宮要伺候皇上，自然比不得寧貴人來得空閒。話說回來，寧貴人既然這麼空，又恰好本宮有意修學佛理，不如就替本宮抄幾本佛經如何？本宮聽說寧貴人一筆小楷寫得甚是不錯。」

武氏沒想到她會這麼說，一張臉頓時漲得通紅，許久才想出拒絕的理由來。「臣妾字跡粗劣，只怕入不得娘娘法眼。」

年氏也不動氣，只是挑了精心描繪過的黛眉道：「本宮聽寧貴人的話，倒像是在推脫，若是不願盡可直說，本宮斷然不會勉強。」

武氏不是傻瓜，哪會聽不出年氏藏在話中的冷意，怕是自己一拒絕，她就會變著法子來對付自己了。她只能將目光轉向高高在上的那拉氏，盼那拉氏替自己說句話。

那拉氏撫著滾在袖口的銀邊，徐徐道：「什麼時候貴妃對參禪理佛這麼有興趣了？本宮記得以前妳可是不信這些的。」

年氏取盞飲一口，漫不經心地道：「娘娘也說了是以前，人總是會變的，一成不變那可就成木頭人了。」堵了那拉氏的話後，她轉向武氏道：「如何，寧貴人還沒告訴本宮，究竟是願還是不願啊？」

武氏見年氏連那拉氏的話也頂了回去，只得心不甘情不願地道：「臣妾願意。」

「願意那就最好了，等會兒本宮就讓人將要謄抄的佛經送去給寧貴人，寧貴人記得要逐字逐句地抄，可千萬不要馬虎了。」

「娘娘儘管放心，臣妾必定打起十二萬分精神為娘娘謄抄。」武氏擠出一個皮笑肉不笑的笑容。

年氏彈一彈指甲，笑顏如花地道：「如此最好。」她看似在與武氏說話，眸光卻一直盯著凌若。

凌若感覺到她的目光，依然自顧自喝著茶，看似不予理會，實則心中警惕漸生。年氏如今恩寵漸復，地位鞏固，第一個要對付的恐怕就是自己。

此時，坐在寶座上的那拉氏撫一撫額道：「本宮有些乏了，妳們先退下吧。」

聽得那拉氏發話，眾人連忙起身答應。

就在那拉氏扶著三福的手準備離去時，年氏卻開口：「皇后娘娘，臣妾久未見弘晟，思念心切，想見他一見，還請娘娘恩允。」她倒想看看，這次當著這麼多人的面，那拉氏準備再用什麼藉口來阻止她見弘晟。

那拉氏眸光一閃，轉過頭溫言道：「本宮知道貴妃思子之心，不過三阿哥如今正值溫書的要緊關頭，實在不宜被打擾，還有幾日就是皇上考三阿哥學問之時，只要三阿哥通過了，自然會回到貴妃身邊，貴妃實不必急於一時。」

那拉氏這番話說得滴水不漏，但這並不是年氏想聽到的答案，只見她一揚眉道：「只是見一面而已，料想不會妨礙弘晟溫書，還請娘娘成全。」

她的不依不撓令那拉氏為難，思索半晌後，道：「既然貴妃執意如此，那本宮也不好多說什麼，三阿哥就在西暖閣中，貴妃盡可去見他。」

「多謝皇后娘娘。」年氏垂首謝恩，盯著自己腳尖的雙眼有隱晦的光芒閃爍。

凌若與瓜爾佳氏等人不動聲色地將這一切看在眼中，待出了坤寧宮後，溫如言方才帶著幾分嘆惜之意道：「看來年氏起復已成定勢，連皇后也不能扼其分毫。」

「也不見得，興許根本就是皇后無意扼制，畢竟咱們這位皇后娘娘最擅長的就是坐山觀虎鬥，自己則做那個得利的漁翁。」在經過御花園時，瓜爾佳氏順手折了一朵剛剛吐蕊的寒梅在手中，輕嗅一下後將之別在溫如言衣襟上。

「可不是嗎？寧貴人就是皇后拿來試探年貴妃虛實的一顆棋子，不過寧貴人得罪了年氏，往後的日子怕是不好過了。」溫如言淡淡地說著，手指撫過在冰天雪地中依然柔軟無比的花瓣。

第五百八十一章　夜探

回到踏雪軒的武氏已經快暈過去了，因為翊坤宮的人正將年氏讓她謄抄的佛經送過來，不是幾本也不是幾疊，而是整整一大箱；也不知年氏是從何處蒐集來，而且這麼快就送來了。

「妳們……這麼多經書，我如何謄抄得完！」武氏出奇憤怒地瞪著送經書來的迎春。

迎春則一臉無辜地道：「奴婢只是奉命行事，若貴人有什麼問題，可以去與貴妃娘娘說。」

一聽要去與年氏說，武氏一下子就蔫了。原先她是仗著有皇后撐腰，才敢出言挑釁年氏，哪曉得年氏強勢到連皇后的話也頂回去。

「貴人若沒其他問題的話，奴婢先行告退了。」迎春欠身待要離開，忽的又想起一事來，道：「險些忘了與貴人說，這些佛經的謄抄本，娘娘十日後就要，還請貴人莫要耽擱了日子。」
武氏一聽這話頓時傻眼，迭聲道：「十日？這怎麼可能做到？」
迎春笑意依舊地道：「奴婢還是那句話，貴人有什麼問題可以直接去與貴妃娘娘說，奴婢只是一個傳話之人。」
迎春離開了，留下武氏對著滿滿一大箱的佛經欲哭無淚，恨不得摑自己兩巴掌，可是現在說什麼都晚了。
年氏在得了那拉氏的許可後，並沒有直接去西暖閣，而是先命人去請了鄧太醫，隨後才同往西暖閣行去。
弘晟正在暖閣中看書，旁邊放著一碟精巧的小點心，他看到年氏進來，高興得不得了，從椅中跳下奔到年氏面前，歡聲道：「額娘，您怎麼會來這裡？」
「額娘自是來看你的。」年氏寵溺地看著唯一的兒子。「書背得怎麼樣了？」
「還差一些，不過兒臣會抓緊時間將它背出來的。」弘晟信心滿滿地道，他相信自己一定可以在數日後通過皇阿瑪的考問。
「咦？鄧太醫來這裡做什麼？」直到這個時候，弘晟才注意到鄧太醫也在。
年氏目光微閃，轉瞬就恢復如初，撫著弘晟的肩膀，殷殷道：「額娘知道你讀書辛苦，怕你傷了身體都不自知，所以帶鄧太醫來給你把把脈。」
「兒臣沒事，身子結實著呢，不用把什麼脈。」弘晟不以為然地說著。

向來依他的年氏這一回卻無比堅持，定要鄧太醫替他把脈，弘晟只得依了她的意思。在仔細診過之後，鄧太醫起身拱手道：「請貴妃娘娘放心，三阿哥一切皆好，並未有什麼不妥。」

自弘晟被帶到坤寧宮後，年氏一直擔心那拉氏會對弘晟不利，所以才藉著今日爭來的這個機會，讓鄧太醫替弘晟把脈。

「鄧太醫都查清楚了？弘晟確實沒事？」即便已經得了鄧太醫肯定的回答，年氏還是有些不放心，誰教弘晟是她的命根子，而且她也不相信那拉氏會這麼好心不加害弘晟。

見年氏質疑自己的醫術，鄧太醫有些不高興，但礙著年氏身分不敢表露明顯，只是聲音稍稍發硬：「貴妃若是不放心的話，盡可讓其他太醫再過來診脈，看看微臣所言是否有虛。」

年氏聽得這話，也意識到自己問得有些不對。不等她開口，旁邊的綠意已經接過話：「鄧太醫誤會了，主子只是太過關心三阿哥，這才想更加確認而已。」同時悄悄地往鄧太醫手中塞了一錠五兩重的金子。

有分量不輕的金子在手，鄧太醫臉色自然好看了一些。

年氏亦婉轉道：「本宮失言，還請鄧太醫千萬莫往心裡去。再說這宮中雖說太醫眾多，但本宮能相信的卻只有鄧太醫一人，又怎會懷疑鄧太醫虛言誑騙呢？」

「貴妃客氣了，太醫院中還有事，微臣先行告退。」鄧太醫拱拱手。既然年氏已經把話說到這分上，給足了自己面子，鄧太醫自不會那麼不識趣地還揪著那點兒事不放。

「鄧太醫慢走。」在目送鄧太醫離開後，年氏又有些不放心地問：「弘晟，你當真沒感覺哪裡不舒服？」

「兒臣真的很好。」對於年氏的擔心，弘晟有些哭笑不得，不過他也曉得她是為了自己好，遂道：「前幾日倒真的有些頭暈，後來皇額娘讓人去採清晨的露水來給兒臣泡茶，兒臣喝過之後，果然感覺精神奕奕。」

一聽到他提及那拉氏，年氏立時又緊張起來，左問右問，確認了無數遍後才勉強放下心中的懷疑，不過還是叮嚀弘晟事事要小心，不要輕信任何人。

夜間，凌若在卸妝時問楊海：「今夜皇上還是翻了年貴妃的牌子嗎？」

「回主子的話，今夜皇上哪位娘娘的牌子都沒翻，獨自歇在養心殿。」楊海恭謹地答著。

凌若微一點頭，繼續卸妝，不一會兒，鏡中女子便已褪盡了華飾、胭脂，露出素淨清雅的容顏，她又起身換上素錦製成的寢衣。

水秀等人在服侍凌若睡下後，便放下簾子退了出去。寢室中的燭火僅餘一小盞尚亮著，其餘的全被掐滅了。

凌若在床上躺了一會兒，忽聽得殿門開啟的聲音，緊接著聽到一陣輕微的腳步聲朝自己走來，不像是水秀他們幾個的腳步聲，倒有些像是……

她心中一動，面朝裡側躺下。腳步聲越來越近，隨後是簾子被掀開的聲音，腳步聲在近處停下，隨即凌若感覺床榻一沉，有人坐了下來。一隻帶著夜間輕寒的手掌在她半邊臉上撫過，凌若眼皮輕輕跳了幾下，卻不肯睜開。

她這個細微的變化沒有逃過胤禛的眼睛，輕笑著在她額上彈了一下。「妳這丫頭，明明醒著，卻在那裡裝睡，可知這是欺君之罪。」

見被識破，凌若只得翻身坐起，望著近在咫尺的胤禛，狡黠地道：「就算臣妾裝睡，可皇上又不曾表明身分，怎能說臣妾是欺君呢？」

「妳倒是會挑朕的毛病。」胤禛輕輕刮了一下凌若的鼻子，嘴角噙著一抹溫和的笑意。

第五百八十二章　身不由己

凌若倚在胤禛懷裡，把玩著他修長的十指，側目道：「皇上不是應該在養心殿嗎，怎麼來臣妾這裡了？」

「妳不喜歡朕來嗎？若是這樣，朕現在走就是了。」胤禛挑眉，眼眸在黑暗中閃著幽暗的光芒。

「皇上知道臣妾不是這個意思，臣妾只是好奇而已。」凌若淺笑相對，她清楚胤禛不是真的要走。

「朕想妳了。」簡單的四個字，卻帶著天家少有的溫情真意。也許，只有在面對凌若時，胤禛才會這般自然地說出這句話。

「臣妾也想皇上。」凌若擁緊了胤禛的腰身。這幾日，胤禛一直未曾召見過她，她不說話，卻不代表心中不想。在宮中，很多事情與心思是不能隨意露在外面的。

胤禛吻一吻凌若的額頭，輕言道：「不問朕為什麼連著幾日都不來看妳？」

凌若一笑，仰頭道：「皇上這麼做自有皇上的理由，若皇上想說，臣妾就算不問也自然會聽到，反之則是問到底也不會得到答案。而且……臣妾一直都相信皇上心中有臣妾的一席之地。」

胤禛撫著凌若的肩膀，難得玩笑道：「妳明白就好。不過妳占的何止是一席之地，簡直是四席、五席，妳啊，都快把朕的心占滿了。」

凌若笑著沒有接話，只是將胤禛的手握得更緊。這個男人，是她一生的依靠，也是她此生的至愛，不論滄海桑田、世事變遷，只要他不相負，她就會永遠追隨相伴，直至彼此化為黃土的那一刻。

不過，她從不奢望能占滿胤禛的心，納蘭湄兒始終是一個越不過去的坎，深藏在胤禛內心最深處的角落。

想到這裡，凌若忍不住嘆了口氣，雖然很輕，還是落入胤禛的耳中。胤禛不曉得她此刻的心思，只當她是為這兩日的事不高興，遂摟緊了凌若，在她耳畔道：「西北叛亂，朕需要年羹堯。」

這一句話已經說明胤禛的立場，他是皇帝，所以有許多的身不由己。年氏是籠絡年羹堯的一枚重要棋子，即便他對年氏已經不復昔日的寵愛與信任，依然在叛亂之後接連三日召見年氏，復其昔日隆寵，為的就是安撫年羹堯。

屋外，夜風森冷，帶著淒厲的嗚咽聲颳過，似有巨獸隱藏在夜色中的紫禁城中，隨時都會跳起來將人一個個吞噬殆盡。

寢殿內，炭盆中發出「嗶剝」的一聲輕響，是爆炭的聲音。凌若將手指與胤禛交疊，在殿外呼嘯不止的冷風中輕聲道：「皇上放心，臣妾不會令皇上為難。」

「那就好。」緩一緩聲，胤禛又道：「放心，所有的事朕都記在心中，終有一日，朕會將這筆欠著的債連本帶利地還給妳，君無戲言。」

這是他給予凌若的承諾，儘管這個承諾何時能夠兌現，連他自己也不知道。身為皇帝，需要權衡利弊的時候太多，以至於連正常的喜惡都變成了奢求。

若說這個紫禁城中誰最會隱忍，當屬胤禛無疑。否則先帝二十多個皇子，他也不會成為唯一的勝出者。

凌若輕「嗯」了一聲，又倚了一會兒，見胤禛打了個哈欠，遂推了推他手臂道：「皇上該回去歇著了，否則明日早朝，精神該不濟了。」

胤禛伸手一撥凌若額間的垂髮，意味不明地道：「熹妃，妳這算是在趕朕嗎？」

「臣妾只是不想皇上為難，年貴妃那裡……」

不等她說完，一根手指已抵在她脣間，緊接著溫熱的呼吸吹拂在耳畔。「朕復她隆寵，卻未說專寵她一人，即便背後是整個年家，也不至於讓朕寵她至此。今夜，朕哪兒都不想去。」

凌若將頭倚在他肩上，長髮落在胤禛手臂上，心中還有些猶豫。「可是……」

「不要再說了，今夜，朕陪妳。」胤禛不欲再就這個話題說下去，去除外衣後，摟了凌若一道躺下。

夜色沉沉，除了風還是風，瞧不見一絲星光、月色。這樣的夜間，各宮各院都早早歇下了，就是那些奴才也比往日歇得更早些。不過並不是每個奴才都能有這命，譬如辛者庫，這裡的宮人沒有日夜之分，只有做完了派到自己身上繁重的差事後，才被允許休息，一旦做不完，等待的就會是一頓皮肉之苦。

莫兒縮在破舊的屋簷下洗著一大盆衣裳，手浸在冷水中，努力控制著早已凍僵的手，揉搓著一件又一件厚重的衣裳。她來這裡已經有好幾日了，負責浣衣，每日都有洗不完的衣裳，常常洗到三更半夜，然後天不亮就要起床繼續幹活。一雙手整日泡在冷水中，已是生起了凍瘡，又癢又痛；吃的是最劣等的糙米，僅止於能夠填飽肚子罷了，且還時不時要挨打，身上已經被抽出好幾條鞭痕，這樣的日子實在比她以前在外頭乞討時好不了多少。

除了莫兒之外，還有幾個宮女也蹲在簷下默默地洗著衣裳。

莫兒越想越傷心，她不過是撿了幾顆翡翠珠子罷了，沒想到會落到這步田地。一直以為熹妃是個心善的主子，沒想到也錯看了，熹妃不只不辨是非，還狠毒地將她趕到辛者庫來受苦。這樣的日子，也不知什麼時候是個頭，唉！

想到此處，莫兒忍不住掉下淚來。離她最近的一個宮女看在眼中，關切地道：「怎麼了？可是因為水太冷，手使不出勁？要不妳把衣裳給我，我幫妳洗吧？」

她叫芷蘭，也是因犯錯而被罰到辛者庫，比莫兒晚來一天。她手腳勤快又樂於助人，人緣甚是不錯，對莫兒也頗多照顧，雖時間不久，但兩人已甚為要好。

「不用了，我沒事。」莫兒抹了把淚，拒絕芷蘭的好意，低頭洗著衣裳，不欲就此事多說。

芷蘭低頭想了一會兒，低聲道：「是不是想起罰妳來這裡的主子了？唉，別難過了，在那些主子眼裡，咱們這種奴才的命根本不值錢，她們高興怎樣就怎樣。來辛者庫已經算好的了，有些人甚至直接被打死呢。」說到這裡，她忽的想起一事來。「對了，莫兒，我還不知道妳是犯了什麼錯才被罰來此處的？」

第五百八十三章 送信

「我沒有犯錯！」一說到這個，莫兒頓時激動起來，雙手握著衣裳在水中晃出一個大大的漣漪。「是她們冤枉我！」

「到底是什麼事啊？」看到她這個樣子，芷蘭更加好奇了，連連催促她趕緊把事情說出來。因為天冷夜寒，監工早早去歇著了，自然不會有人來管她們聊天。

在芷蘭的一再追問下，莫兒終於將她被冤枉的事原原本本說了一遍，而芷蘭也才知道原來莫兒是承乾宮的奴才。

「素聞熹妃娘娘待下人寬和，從不刻意責打，卻原來也是耳聽為虛。她誤會妳，將妳趕出承乾宮也就罷了，何以還要罰到辛者庫做苦役，實在過分。」芷蘭忿忿說著，為莫兒抱不平。

莫兒本就覺得委屈，再被她這麼一說，更是難過，連連搖頭，直道自己錯跟了主子。

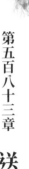

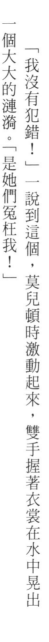

兩人在絞完最後一件衣服後，吃力地端起木盆，將衣裳一件件地晾好，然後捶著痠疼的背回到自己住的地方。她們睡的是通鋪，就挨在一起。

簡單地洗了把臉後，兩人摸黑爬上床。正當莫兒準備睡覺的時候，旁邊的芷蘭忽地道：「莫兒，想不想出去？」

莫兒黯淡的目光因為她這句話而一亮，握緊了芷蘭的手臂道：「妳……妳有辦法出去嗎？」

怪不得莫兒這麼激動，在辛者庫裡的每一日都是度日如年，只要是個人，都不願意在這裡多待哪怕一刻。

「唉，其實我也不知道這法子行不行得通。」芷蘭猶豫了一下道：「我認識貴妃娘娘宮中的總管徐公公，若能送信出去，求他在貴妃娘娘面前美言幾句，說不定貴妃娘娘慈悲為懷，願意搭救我們出去。」因為通鋪上還睡著其他人，雖隔著一段距離，但怕她們聽到，芷蘭這番話說得極輕。

「貴妃娘娘……」莫兒憂心地道：「我聽說貴妃娘娘不是個好相與的人，她會願意救咱們嗎？」

「妳這傻丫頭，到現在還不明白耳聽為虛的理嗎？」芷蘭有些沒好氣地白了莫兒一眼。「咱們都以為熹妃娘娘是好人，結果呢？她比哪個都惡毒，至少我還沒聽說過貴妃娘娘把哪個犯了錯的宮人送進辛者庫。」

莫兒想想也確實是這麼回事，何況此刻並無第二條路可走，遂咬了貝齒低聲道：「既然如此，那芷蘭姊姊妳瞅機會寫一封信，我替姊姊送出去。」

「妳？」芷蘭有些驚訝地低呼一聲，旋即道：「妳可以嗎？這可開不得玩笑，一旦被人發現，就算不死也要脫層皮。」

辛者庫不同於宮中其他地方，進了這裡就不允許隨意出去。

「不試試怎麼知道不行，何況再這樣待下去，遲早會沒命。」莫兒從來不是一個猶豫不決的人，想到就會去做，就像當初為達目的，死皮賴臉地跟著凌若入宮一樣。

芷蘭被她說得心中一熱，下了決心道：「好，現在太晚了看不清，明日我尋機會寫封信，妳設法帶出去給徐公公，他如今是翊坤宮的總管太監，又得貴妃娘娘賞識，只要他肯開口，這事十有八九能成。」

第二日，芷蘭背著監工尋來灶臺裡沒燒盡的炭條，因為尋不到紙，只能將穿在裡面的一件單衣撕了半邊下來，寫完後捲成一團偷偷交給莫兒。

莫兒得了布團後，一直在等機會溜出去，無奈監工管得太嚴，根本避不開。正當她以為今日尋不到機會的時候，辛者庫管事過來將監工叫過去，聽說是後面一個春米的人躺在床上快死了，讓他過去幫忙收拾。

文英已在數年前離宮返鄉，如今的辛者庫管事姓唐，底下人都叫他唐管事或唐總管。

見監工隨唐總管離去，莫兒趕緊尋了個機會偷溜出去，匆匆趕到翊坤宮，找到徐公公後，將信交給他，然後原路折回。此時監工已經回來了，虧得幹活的人多，並未發現少了一個；但即便這樣，莫兒也不敢貿然進去，萬一被抓了個正著，可就麻煩了。

虧得芷蘭機靈，發現莫兒在外面張望後，故意將洗了一半的木盆打翻，使得水和衣裳灑了一地。監工瞧見後，過來惡狠狠地抽了芷蘭幾鞭子，莫兒趁著這個機會溜進來。

莫兒與芷蘭憋了一天沒說話，直至晚上無人時，芷蘭方小聲道：「交給徐公公了嗎？」

「嗯，我親手交給徐公公的。」莫兒答了一句，又像發現什麼似地道：「我今日才發現，原來翊坤宮的人都很不錯，我這樣跑過去，他們也沒有為難，徐公公更是和善得很。」

「我早說過，耳聽為虛，眼見為實。妳啊，就是經歷得太少，所以才會被人欺負。」芷蘭有些恨鐵不成鋼地說著。

莫兒只是嘿嘿傻笑，也不與她爭論，待她說夠了，方才抓著她的手問：「芷蘭姊姊，那我們接下來要做什麼？」

「什麼也不做，等著徐公公那邊的消息。」芷蘭一邊說一邊發出「嘶嘶」的吸氣聲。

莫兒感到奇怪地問：「怎麼了？可是我拉疼了妳？」

芷蘭連忙搖頭道：「不關妳的事，是之前監工那幾鞭子。」她一邊說著一邊挽起袖子，藉著天上的月光，可以看到她白皙的手臂上有幾道怵目驚心的鞭痕。

「對不起，芷蘭姊姊，是我害了妳。」莫兒內疚地說著，要不是為了幫她掩飾，芷蘭也不會被打成這樣。

「沒事的，過幾天就好了。」芷蘭忍著痛安慰道：「這主意是我說的，妳冒著危險去送信已經很難得了，怎麼還能怪妳。再說，跟這點兒皮肉苦比起來，能從這裡出去才是最重要的。」

「可是……」莫兒還是覺得於心不安。

芷蘭笑一笑道：「行了，若把我當姊妹的話，就不要再說這些見外的話了。否則我可要生氣了。」

第五百八十四章　討要

「那好吧。」莫兒無奈地應了一聲，心中對芷蘭感激不已。幸虧遇到她，否則自己在辛者庫中的日子可難熬了，如今只盼著徐公公那邊快點有好消息傳來。

如此，一等就是數日。在正月十四這日，莫兒正與芷蘭等人在院中洗衣，忽的聽到監工諂媚的聲音。

「喲，徐公公，什麼風把您吹到這裡來了？」

徐公公？莫兒心中一喜，連忙抬起頭來，果然看到徐公公就站在院門口，在他後頭還跟著兩個小太監。他是來救自己的嗎？她趕緊將目光轉向芷蘭，只見後者正朝自己微笑，心，一下子安定而雀躍起來。

徐公公年近四旬，面白無鬚，只見他笑咪咪地朝打千兒的監工道：「你倒是有點兒眼力勁，認得咱家。起來吧，你們總管可在，咱家尋他有點兒事。」

「總管正在裡面喝茶，您稍等，奴才給您請去。」監工點頭哈腰地說著，比孫子還恭敬，全然沒有在莫兒等人面前作威作福的模樣。

監工進去沒多久，就看到唐總管快步走出來，還沒到近前就先笑著拱手道：「徐公公，許久不見，您可尚好？」

論品級，他們一樣，但一個是年貴妃面前的紅人，一個是每日盡對著一群犯事的奴才，這當中的區別不言而喻，也使得唐總管在面對徐公公時，恭謹小心。

「託福，託福。」徐公公同樣拱手作揖，待要再說，唐總管已是瞪著適才那個監工好一頓喝罵。

「你這奴才怎麼做事的，徐公公大駕光臨，也不曉得迎進去坐一坐，任由徐公公待在這裡受風，萬一著了涼你擔待得起嗎？」

「奴才該死。」監工連忙跪地請罪。

唐總管猶不滿意，狠狠瞪了他一眼道：「晚些再與你算帳。」

訓斥過後，唐總管方才歉意地對著笑而不語的徐公公道：「這些奴才一日不教訓就變得沒規矩，倒讓公公見笑了，公公快請裡面坐。」

「唐總管不必客氣，咱家說幾句就走。」徐公公好脾氣地擺擺手，在唐總管還沒明白什麼意思時，他朝跪了一地的宮人問：「妳們哪個是莫兒與芷蘭啊？」

莫兒與芷蘭一聽這話，忙不迭地往前爬幾步，激動地道：「回公公的話，奴婢就是莫兒。」

「回公公的話，奴婢就是芷蘭。」

唐總管眉頭一皺，小聲道：「徐公公，可是這兩個奴才得罪了您？」

「非也，非也。」徐公公笑一笑，用有些尖利的聲音道：「是貴妃娘娘讓咱家來這裡跟唐總管討要這兩個奴才，不知道唐總管可肯賣娘娘這個面子？」

年貴妃是什麼人，宮中首屈一指的紅人，而且如今正得皇上恩寵呢，莫說是要兩個奴才，就是二十個、三十個，唐總管都不會說半個「不」字，當下道：「貴妃娘娘有命，奴才自當遵從。」說罷，他轉過頭對尚跪在地上的莫兒她們道：「妳們兩個還不趕緊去收拾東西，隨徐公公去見貴妃娘娘。」

「是，多謝公公。」莫兒大喜過望，沒想到事情會這麼順利。辛者庫啊，她終於要脫離這個人間地獄了。

周圍的宮人都用羨慕渴望的目光望著莫兒兩人，恨不得年貴妃召見的是自己。

不一會兒，莫兒與芷蘭各自提了包袱出來，知機地站到徐公公身後。徐公公對唐總管沒過問年貴妃要這兩個宮女何用的態度很是滿意，頷首道：「事情已經辦完，咱家要回去跟貴妃娘娘覆命了，改日再來找唐總管吃酒。」

「隨時恭候公公大駕。」唐總管怎會聽不出他話中的善意，心中高興不已。

徐公公笑著一拱手，帶著莫兒與芷蘭離去。在去翊坤宮的路上，他們意外遇到了水月，雖然沒說什麼話，但水月顯然認出了莫兒，露出驚訝之色。

到了翊坤宮後，徐公公回頭對兩人道：「這次妳們兩人能從辛者庫出來，全是娘娘恩典。待會兒見了貴妃娘娘，不論娘娘問什麼，妳們都得老實回答。」

芷蘭朝其欠身道：「公公與娘娘的大恩大德，芷蘭莫齒難忘。」

莫兒在旁邊使勁點頭，原先對年氏不好的印象早已煙消雲散，只剩下濃濃的感激之情。

「算妳們兩個明白。」徐公公滿意地點點頭，帶了兩人進去。

剛一進殿門，就感覺一股熱氣夾雜著淡淡的花香迎面而來，不等莫兒回神，就聽得前面的徐公公恭敬地道：「娘娘，芷蘭與莫兒帶來了。」

「嗯。」

女子慵懶的聲音在殿中響起，莫兒還沒回過神來，就已經被芷蘭拉著跪下去。

「奴婢叩見貴妃娘娘，娘娘金安。」

莫兒偷偷抬眼，只見一個儀態萬千的華服女子端然坐在上首，萬縷青絲間綴滿了名貴珠玉，耀目生輝。發現年氏的目光朝自己瞥過來，莫兒趕緊低下頭，就這一會兒工夫，一顆心已經「撲通撲通」跳個不停。

「徐福，哪個是芷蘭啊？」年氏鳳目微轉，問向徐公公。

「回娘娘的話，是跪在左首邊那個。」徐福一邊回著話，一邊上去替年氏輕輕捏著胳膊。

「本宮這次是瞧在你面上才出手管這閒事，記住了，可沒有下一次。」年氏聲音雖輕，卻帶著一絲警告之意。

「奴才多謝娘娘。」

徐福話音剛落，芷蘭已經接上去道：「奴婢謝過娘娘救命之恩，奴婢願當牛做馬，以還娘娘再造之恩。」

年氏微微一笑，打量了手中的鏤金護甲一眼後，對芷蘭道：「妳這丫頭倒是機靈，罷了，本宮就好人做到底，讓妳留在翊坤宮做事吧。」

「多謝娘娘！多謝娘娘！」芷蘭忙不迭地叩首謝恩，隨後在年氏的示意下起身走到一旁。

「妳是莫兒？」年氏將注意力轉到了忐忑不安的莫兒身上。

一聽她問自己，莫兒趕緊繃直了身子道：「回娘娘的話，奴婢正是。」

第五百八十五章　眼線

年氏不置可否地點點頭，正當莫兒以為沒事的時候，她忽地道：「本宮以前在熹妃身邊見過妳。不過……本宮救芷蘭，是因為她與徐福相識，有幾分交情，本宮為什麼要救妳呢？僅僅是因為芷蘭讓妳送來的那封信嗎？一個小小的宮女，可不值得本宮賣這麼大的面子。」

「自然是因為娘娘慈悲為懷，猶如那觀音菩薩再世。」莫兒討好地說著。

年氏挑眉，嘴角扯起一個優美的弧度。「別整這些虛頭巴腦的來糊弄本宮，本宮不愛聽。」

莫兒有些不安地縮了縮身子，看到她這副可憐無助的樣子，年氏嘆了口氣，擺手道：「起來吧，誰教本宮不忍心呢。」

「多謝娘娘。」莫兒心下一喜，趕緊磕頭起身。「奴婢縱使粉身碎骨亦難報娘娘恩德之萬一。」

「妳當真想要報答本宮？」年氏目光牢牢地攫住莫兒，細微幽暗的光芒在眼中掠過，不知在想些什麼。

莫兒用力點頭，對於年氏救她脫離辛者庫那吃人的地方確實感激不盡，若有機會，她必會竭力相報。

「那好。」年氏起身，走近莫兒身側，戴著鎏金鑲寶護甲的手指在她臉上撫過。冰涼尖利的觸感令莫兒身子微微一顫，同時有些後悔剛才將話說得太滿。萬一娘娘讓她做一些有違良心道德又或者害人的事，她到底是做還是不做？她雖然出身低賤，卻也有自己的原則、道義。至少以前哪怕日子再苦再難，她也從沒有做過背後捅刀子的事，連跟其他乞丐趁亂去富戶家中哄搶的事也不曾做過。

莫兒在宮中的日子不長，卻也曉得宮中這些主子一個個都不是省油的燈，如今年氏瞧著不錯，但究竟如何，她也不清楚，畢竟才剛接觸不久。

莫兒的擔憂與忐忑皆被年氏瞧在眼中，輕笑著收回手，從擺放在小几上的方口粉彩花瓶中折了一朵紅色梅花簪在莫兒鬢邊。「放心吧，本宮不會讓妳做什麼為難的事，本宮只要妳……」在漸深的笑意中，她說出了自己的要求：「回到承乾宮。」

「回承乾宮？」莫兒愕然地睜大眼，眸中盡是不解。

「不錯，本宮要妳待在熹妃身邊，將她的一舉一動如實回稟給本宮，至於以後該做什麼，本宮會另外吩咐妳。」

莫兒明白了，年貴妃這是要自己做她的眼線。這種事情在宮中並不稀奇，只是不明白她為何會挑上自己。

見莫兒沒答話，年氏鳳目一冷，凝聲道：「怎麼，不樂意？」

「奴婢不敢！」莫兒嚇得當即就跪下了，一咬唇低聲道：「能為娘娘做事，是奴婢的榮幸，只是奴婢已經被熹妃趕了出來，只怕難以回去。」

「這種事還需要本宮教妳嗎？」年氏只說了這麼一句便不再出聲。

莫兒知道，她是在等自己表態。年貴妃不救她是理所當然的；既然救了，那麼自然要從她身上得到回報。而她一個小小的宮女，唯一能回報給年貴妃的，也就這一點兒價值了。

「奴婢願聽貴妃差遣。」莫兒心中其實並不願意，但一個小宮女的意願如何並不重要，只要她還想在這宮裡存活，就必須按別人的意思去做事。

莫兒的識時務令年氏心情頗佳，抬了她的下巴道：「只要妳好生替本宮辦事，本宮一定不會虧待妳。」

「謝娘娘恩典。」在這樣言不由衷的謝意中，莫兒退出正殿。

在她準備離開翊坤宮時，芷蘭跑了出來，拉著她的手憂心地道：「莫兒，妳要去哪裡？」

「去承乾宮。」面對唯一關心自己的芷蘭，莫兒心存感激。要不是她，自己如今還待在辛者庫那鬼地方不見天日。

芷蘭內疚地看著她。「對不起，剛才在娘娘面前幫不了妳。」

莫兒急急搖頭。「芷蘭姊姊千萬不要這麼說，妳已經幫了我許多，而且娘娘又不是要我的命，只是讓我暫時先去承乾宮罷了，等事情辦完了自然會讓我回來。」

「那妳去了那邊一切都要當心，別讓人瞧出破綻來。還有，熹妃娘娘那邊妳也要當心，不要輕信了花言巧語，我總覺得她這人表面仁慈，實際陰險。」芷蘭說出了凌若將莫兒打發到辛者庫的事，表現得忿忿不平。

「我會保護好自己的，芷蘭姊姊放心吧。」莫兒安慰了芷蘭一句，待要離去，芷蘭卻抓緊她的手。

「萬事小心，我在這裡等著妳回來。」

芷蘭的話令莫兒心中漫出淡淡的溫情。

莫兒忍著心中的感動，重重點頭，隨後頭也不回地離開翊坤宮。若她回頭，就會發現芷蘭臉上詭異的笑容。

第五百八十六章　苦求不果

承乾宮裡，凌若領著水月正在小廚房中擀皮，水秀在旁邊剝著蝦仁，待剝了小半碗後，又將剩餘的一小半蝦仁放到砧板上，用刀背將蝦仁以及備好的豬肉、蔥花拍成泥，加上調料後，與原先那些蝦仁攪拌均勻，稍作醃製。

今兒一早，弘曆在用早膳時突然說了一句想吃水晶蝦餃，正好凌若沒什麼事，便想親手做給弘曆吃。

正忙活的時候，南秋走了進來，面色有些怪異地道：「主子，莫兒在外頭，想要見主子一面，說有要事稟告。」

「莫兒？」凌若停下手上的動作，眼中有疑惑。「知道是什麼事嗎？」自上次將莫兒趕出承乾宮之後，她就一直沒再出現過，怎的突然又出現了？

「奴婢問過她，不過她說要面見主子才能說。」南秋本不欲替莫兒通傳，但實在挨不住她苦苦哀求，再加上又曾是自己帶過的人，有幾分薄情在，這才勉強答應。

凌若一時未語，倒是水月道：「主子，奴婢日間看到她與翊坤宮的徐公公在一起，彷彿有幾分熟悉的樣子。」

「哦？」凌若微一挑眉，凝思片刻後，放下手裡裹了一半的蝦餃，對南秋道：「讓她進來吧。」

「是。」南秋答應一聲，退步離去。不消多時，一個瘦弱的身影與她一道出現在凌若等人的視線中。

莫兒在來的路上一直很緊張，唯恐凌若不肯見自己，那自己想好的說詞就沒了可用之地，幸好這種情況沒有發生。

「奴婢叩見主子。」莫兒俐落地跪下磕了個頭。在宮裡待久了，磕頭下跪已經成了本能，哪一天不需要跪了才覺得奇怪。

「本宮已經不是妳的主子，往後都不必如此稱呼。說吧，妳有什麼事要稟告本宮？」凌若淡然看著她，手浸在水月端上來的清水中，沾在手中的麵粉將水暈染成混濁的乳白色。

「主子，求您原諒奴婢吧，奴婢知道錯了，奴婢發誓，絕對不會再有下一次，否則……否則……」莫兒猶豫了一會兒，咬牙道：「您將奴婢的手砍下來！」

「本宮又不做人肉包子，砍妳的手做什麼？若妳所謂的事就是這個，那可以回去了。」凌若抬手，任由水月拿手巾替自己擦乾十指。對莫兒，她已經仁至義盡，實在沒有什麼話好說。

「求主子開恩，原諒奴婢一次！」莫兒顧不得是否會被責罰，上前拉著凌若的裙襬苦苦哀求。她很清楚，若不能依年貴妃的話留在承乾宮，自己是絕對不會有好果子吃的。

莫兒的糾纏令凌若微微皺起眉頭，她讓水秀拿著銀子去找內務府，給莫兒安排針線房的輕鬆活計，莫兒竟然還不滿足，在這裡死纏爛打，實在貪心得過了頭，怪不得會偷她的翡翠珠子。

這番心思莫兒並不曉得，只是不住地磕頭哀求，且因為這一次沒有了任何退路，比上次求得更狠，頭也磕得更響。不一會兒，她額頭就磕破了皮，流下殷紅的血。

凌若雖然不喜莫兒，但看到她頭破血流的樣子還是有那麼一絲不忍，低頭道：「妳若不喜針線房的活計，本宮再替妳另外安排一個就是了，至於回承乾宮就不必了。」

針線房？不是辛者庫嗎？疑惑在莫兒心中一閃而逝，卻是顧不得細想，只是不住哀求：「主子，奴婢是真心想回您身邊，這宮中唯有您最心疼奴婢，而且您救奴婢的恩情，奴婢也一直沒有機會報答，求您再給奴婢一次機會，奴婢必定結草銜環，以報主子大恩大德。」

「不必了。」凌若看著被莫兒抓皺的裙裳道：「本宮救妳並非要妳報答，妳也不必長記於心，好生做妳自己的差事，不要妄想其他。還有，念在相識一場的分上，本宮再勸妳一句，在這宮中千萬不要貪心，否則只會害了自己。」

莫兒聞言又怨又苦，怨的是到了這個時候，凌若還在懷疑自己偷了珠子；苦的是，自己受了冤枉卻百口莫辯。

「主子，奴婢——」莫兒剛說了幾個字就被水月打斷了。

「妳既然說自己對主子一片忠心，怎的幾天工夫就跟翊坤宮的徐公公搭上了？可別告訴我是偶爾在路上碰到的。哼，莫不是年貴妃讓妳來這裡的吧？」

水月本是隨口一說，不想卻恰好戳中莫兒的心虛之處，令她臉色一下子變得蒼白不堪。她趕緊低下頭，唯恐在凌若面前露了馬腳，但慌張的心卻怎麼也鎮定不下來，手指死死摳著青磚間的縫隙。

不過莫兒也曉得，自己若不回答，只會令凌若對她更加起疑，待到那時，想再回來，可就真的是異想天開了。

「啟稟主子，奴婢與徐公公確實不熟，之所以會走在一起，是因為貴妃娘娘召見芷蘭姊姊……呃，芷蘭姊姊是奴婢在辛者庫中認識的一名宮女，她人很好，對奴婢很是照顧。芷蘭姊姊一人害怕，便讓奴婢陪著她一道去翊坤宮。」這是莫兒在路上就想好的說詞，真假參半。

辛者庫？凌若眼皮一抬，露出若有所思之色。她明明將莫兒安排在針線房，怎麼又去了辛者庫，好生奇怪，難道當中出了什麼問題？

想了一會兒，始終沒有什麼頭緒，見莫兒又要磕頭，她搖頭道：「妳不要再磕了，也不要再求了，本宮趕出去的人斷然沒有再回來的理，妳走吧。」

「不要！主子開恩！開恩！」莫兒猶不死心，依舊在那裡糾纏不休。

水月瞧著實在心煩，命楊海領著兩個小太監將莫兒架到外頭，哪想這人竟還不離去，跪在承乾宮門口，還說淩若如不原諒，她就長跪不起。

第五百八十七章　大雨

凌若在聽到這件事後，只淡淡說了一句：「她要跪就跪著吧，不用理會，等熬不住的時候，自然會離開。倒是有一件事，妳們去查查，這段時間，莫兒究竟是在辛者庫還是針線房。」

「奴婢這就去打聽。」水月應了一句離去。

在她走後，凌若將所有的水晶蝦餃都包好了放進蒸籠，蒸了四籠，除了給弘曆留一籠以外，其餘三籠分別送去給胤禛與弘晝、涵煙。

凌若從小廚房出來的時候，外頭已經起了風，天色黑壓壓的，是要下雨的前兆。隔著宮院，能看到莫兒尚跪在門口。對於這個死心眼的丫頭，凌若也沒有更好的法子，只能暫時先不理會。

天色越來越黑，烏沉沉的天空中可見一朵朵鉛黑色的雲朵，不時能聽到悶雷滾過天際的聲音，看來這場雨會下得很大。

在黑色雲層中出現電閃之時，水月從外面回來，帶著些許驚意對正在練字的凌若道：「主子，奴婢問過了，莫兒這些日子竟然是在辛者庫中。」

儘管已經猜到這個可能，但真從水月嘴裡聽說時，凌若手腕還是忍不住一抖，使得筆下的字有了瑕疵。不等她吩咐，水秀已經抽走了那張寫廢的紙，重新鋪上宣紙。

「知道是為什麼嗎？」水秀小聲地問著。她當日明明奉了主子之命拿銀子去給內務府總管，讓他替莫兒安排個好差事，怎會淪落到辛者庫？那地方可不是人待的。

「問過了，全總管說是底下人不慎將莫兒與另一個宮女的差事搞錯了，幸而被查了出來，否則莫兒如今只怕還在辛者庫吃苦呢。」

「有這麼巧的事？」望著雪白的紙張，凌若卻沒了下筆的欲望，將紫毫筆往筆架上一擱，起身走了幾步道：「那個芷蘭呢，打聽過嗎？」

水月差點沒想起來芷蘭是誰，好一會兒才搖頭道：「這個奴婢倒是沒問，要不奴婢再去一趟？」

就在這說話的工夫，外頭劈里啪啦地下起了雨，砸在簷上發出極大的聲響。很快的，雨勢就大了起來，化為傾盆之勢，覆落人間。

凌若沒有理會水月，而是對水秀道：「妳瞧瞧莫兒是否還跪著。」不知為何，心無端的有些煩躁。

水秀走到開了小半扇的窗前，此刻天色陰暗，伸手不見五指，根本看不清外頭的情況。正當水秀準備出去看個究竟，一道閃電破開黑暗，令水秀看到了在宮門口瑟瑟發抖的身影。站在燒著炭盆的屋內，水秀只是開了會兒窗就覺得渾身發冷，莫兒這樣無遮無掩地跪在那裡淋著雨，其寒冷可想而知。

「主子，莫兒還跪在那裡。」水秀回了一句後，頗為不忍地求情道：「主子，莫兒這次似乎真心悔過了，不如您再給她一次機會？」

莫兒的執著，連水月也嚇了一跳，她也有些猶豫地道：「主子，奴婢沒念過什麼書，卻也曉得『知錯能改，善莫大焉』這句話，您菩薩心腸，就饒恕莫兒一回吧。」

若換了以往，水秀與水月這般求情，凌若說不定就原諒莫兒了，畢竟她連三番四次害自己的伊蘭都原諒了。可這次，凌若總覺得事情不簡單，所以一直未曾鬆口。

水秀與水月畢竟跟了凌若多年，見她神色不豫，相互看了一眼，小聲問：「主子，可是有什麼事不對？」

「沒什麼。」凌若斂一斂心思道：「妳們去勸莫兒，讓她不要再跪著了，否則這一場大雨淋下來，沒病也要鬧出病來。」

「主子，這件事當真沒有轉圜的餘地嗎？」水秀沒想到自家主子這一次態度如此堅決。

「多一事不如少一事。」凌若輕嘆一口氣。「這一次讓全忠不要再弄錯了，否則當心他內務府總管的位置。」

水秀去了一會兒就回來，即便有傘撐著，她身子依然被淋溼一大半，在地上留下一個個溼腳印。水秀凍得牙齒直打顫，挨著炭盆好一會兒才緩過神來，無奈地道：「主子，奴婢該說的已經都說了，可莫兒就是不肯起來，奴婢實在沒辦法。而且奴婢看她的樣子，已經快要吃不消了。」

莫兒的執著令她無能為力，只能讓凌若拿主意，究竟是由著她跪下去，還是讓她進來。

「這個不知死活的莫兒！」凌若輕斥一聲，也不知是氣還是怒，那對秀眉蹙成一團，難以鬆開。正為難之際，耳邊突然傳來一個熟悉的聲音——

「奴才給熹妃娘娘請安。」

因為水秀進來的時候沒有將殿門關起，所以一眼能看到四喜不知何時站在門口，臉上掛著殷勤的笑容。

「喜公公怎麼這個時候過來了，可是都淋溼了，快進來暖暖身子。」

隨著凌若的話，四喜走了進來，只見其身上的衣裳比水秀還要溼上幾分，渾身皆透著一股涼氣。

「多謝娘娘。」四喜捧著一個小盒子進來，在身子暖和了些許後道：「皇上用了娘娘親自做的水晶蝦餃，說是鮮滑爽嫩，很是喜歡。原想親自過來看娘娘，無奈軍情繁忙，實在抽不出身來，所以特意讓奴才送樣東西給娘娘。」

「哦？是什麼東西？」帶著幾分好奇，凌若打開四喜遞來的木盒子，只見裡面放著一塊細長的雞血石印章，用力在掌心印了一下後，可以看到印章底部刻了三個字──熹妃印。

看到凌若因印章上的字而怔忡之際，四喜微笑道：「奴才常見到皇上在批閱奏章之餘刻上幾刀，卻不曉得刻的是什麼，如今才知是專程為娘娘所刻。」

凌若慢慢捏緊手中的印章，感激地道：「皇上有心了，煩請公公替本宮謝謝皇上。」

「奴才省得，奴才這就回去向皇上覆命。」四喜笑著答應一句，在即將踏出門檻時，他突然回過頭來道：「恕奴才多嘴問一句，跪在外頭那人犯了什麼錯，娘娘要如此罰她？」他剛才進來的時候沒看清，差點被絆了一跤，隨後才發現那是個人。

「那是莫兒。」

凌若沉沉地將剛才的事說了一遍，聽得四喜也是一陣搖頭。這丫頭，可真是執著得讓人無語。

四喜本不欲多管閒事，但在經過莫兒身邊時，卻還是忍不住停下腳步。說起來，莫兒入宮，與他也有些不大不小的關係。

第五百八十八章　雨夜相託

瞧著那個渾身被大雨澆透的身影，四喜心生憐憫，自小太監手中接過傘，撐在莫兒頭上，替她擋住大雨。「妳這丫頭，怎麼就這麼死心眼呢？熹妃娘娘都說不收妳了，趕緊回去吧，莫要平白受這苦。」

莫兒隔著大雨聽到他的聲音，僵硬地抬頭。藉著小太監手中的燈籠，能看到她嘴唇透著嚇人的青紫色，甚至於整張臉都是這顏色。

「咯……咯咯……」莫兒想說話，但一張嘴就是上下牙齒打顫的聲音。

她這樣子把四喜看得直搖頭。「唉，莫丫頭，再這樣淋下去，妳會沒命的。聽咱家的話，從哪裡來回哪裡去，別再犯倔了。」

莫兒其實早就禁受不住這冬雨澆身之苦，只是在她打退堂鼓的時候，整個人已經被大雨澆得通透，每一滴雨都像是冰塊一樣凍住她的身子，連手指都無法彎曲，更不要說起身了。莫兒心中充滿了悲哀，她後悔了，後悔來這裡，更擔心自己會不會就這樣死在大雨中。

她神智模糊，耳邊明明聽到聲音，卻像是遠在天邊一樣，飄渺虛幻。她抬眼，卻看不清身邊人的模樣，想問他是誰，想讓他救自己，卻發現嘴巴根本不受控制。至於眼淚，在這樣滂沱的大雨中，誰又能看到她的淚？

莫兒搖搖欲墜地跪在那裡，直至那句「從哪裡來，回哪裡去」鑽入耳中，令她渾身一顫，頭腦有片刻的清醒，辛者庫？不，哪怕是死她都不要再回那裡！不對，她既不想死也不要回辛者庫，她要活著，好好活著，活給裡面那個狠心的主子看，然後將她加諸在自己身上的痛苦一一討回來。

「救……救……救我！」莫兒竭盡全力控制著自己說出這兩個字，隨後便失去意識，整個人「砰」的一聲栽倒在地上。

四喜看著暈過去的莫兒，不住搖頭，正猶豫著要不要去裡面跟凌若說一聲，就見一盞風燈在夜色中向他慢慢靠近，近前後，方看清是水秀。

一見她來，四喜忙道：「水秀姑娘，勞煩妳去跟熹妃娘娘通稟一聲，不管收不收這丫頭，至少先讓她去裡頭避避雨，再這樣下去，當真會弄出人命來的。」

「娘娘一直都有在留意莫兒，正是發現她暈了才讓奴婢過來。」水秀憐憫地看著雙目緊閉的莫兒。她也很同情這丫頭，只是主子不肯留莫兒，她也沒辦法，真想不明白主子這一回為何會這般鐵石心腸。

「那這是要怎麼辦啊？」四喜有些憂心地說著。他能從一眾太監中脫穎而出，以三句之齡爬到今日大內總管之位，自問不是什麼好人，卻也從不做什麼大奸大惡之事，實不忍心看著一個鮮活的生命在眼前消逝，更甭說此人還與自己有幾分相識之情。

水秀忍著襲進傘中的冰涼雨水，朝四喜欠下身去。「所以這件事還要勞煩喜公公幫忙。」

「咱家？水秀姑娘此話怎講？」四喜被她說得莫名其妙，指著自己鼻子問道。

「主子說了，莫兒罪不該死，但是若將她帶進承乾宮，又恐她糾纏不休，是以麻煩喜公公將其帶回去暫時照顧幾天，待內務府那邊安排好後，再讓她去做差事。另外，還要請公公尋太醫替莫兒瞧瞧。」水秀如實地傳著凌若的話。

四喜詫異，抬頭朝水秀身後望去，藉著不時劃破夜空的閃電，他看到一個身影站在窗前朝自己微微點頭。

「唉。」四喜再度嘆了口氣，頷首道：「也罷，就讓莫兒先去咱家那裡吧，否則再這樣淋下去，可是真要沒命了。」說完這句，他對身後的小太監道：「去，把她背上帶回去。」

「嗻！」小太監答應一聲，吃力地將渾身溼透的莫兒背到背上。當莫兒身上的冷意頑強地隔著厚實的衣物傳遞到皮肉時，小太監忍不住打了個寒顫，真像是背個大冰塊在身上。

「水秀姑娘，咱家告辭了。」四喜拱手道。他已經耽擱了許久，還得去向胤禛覆命。

「公公慢走，這件事主子不想讓莫兒知道。」

「咱家曉得。」四喜點點頭。

水秀目送其離開，直至他們的身影淹沒在茫茫大雨中後，方才折身回去，朝一直佇立在窗邊的凌若道：「主子，他們走了。」

凌若輕吐一口濁氣，心中說不出是什麼滋味。她不是不可憐莫兒，只是內心總有一絲危機感，讓她不得不硬下心腸。低頭，手上握著胤禛送她的那方雞血石印章，用力之下，小小的印章在掌心留下「熹妃印」三字。

熹妃……這兩個字許她無限榮耀風光的同時，也帶來重重危機，讓她不得不謹慎地對待自己所走的每一步。

正當水秀對莫兒的事暗自唏噓之時，耳邊突然傳來凌若的聲音，趕緊垂首道：

「水秀。」

「奴婢在，主子有何吩咐？」

冷風夾雜著冰冷的雨滴從窗外進來，吹得燭火搖曳不止，凌若闔了窗子道：

「明日妳去四喜那裡看看莫兒，問她可願意出宮，若願意的話，便在六合齋中給她尋個差事，不說大富大貴，至少可以保她衣食無憂，強過在宮中受苦。」

這已是她能替莫兒想到的最好後路了。宮中的日子不是這麼好挨的，當初莫兒非要入宮，想是因為宮中富貴，可莫兒一個十幾歲的丫頭，又怎知富貴背後往往伴著苦難與束縛，根本及不上宮外自由自在。

許多時候，能夠平安一生已是上天賜予的福氣，如今吃了苦，莫兒該比以前看得更明白一些。

而且仔細回想起來，她總覺得莫兒去辛者庫一事，並不像全忠說得那麼簡單，當中似乎藏著什麼不可告人的祕密。可惜她知道的太少，不然倒可以藉此推算出一二來。

第五百八十九章　宮外之事

凌若等了一會兒，始終沒見水秀答應，側首望去，只見她面露躊躇之色，絞著手指偷偷看向水月，後者亦是一臉為難。

凌若敏銳地察覺到有問題，蹙眉追問：「怎麼了？有什麼事是本宮不知道的嗎？」

兩人互相看了一眼，最終水月滿面苦澀地說出答案：「主子，六合齋早在數月前就已經沒有了。」

「什麼？」凌若目光一厲，牢牢攫住兩人問：「究竟是怎麼一回事，給本宮仔細說清楚。」

六合齋是在她扶持下一手開起來的，她對六合齋的情況很清楚。她離宮之前，毛氏兄弟等人已經將六合齋辦得紅紅火火，在京中開了數家分店，生意興隆，頗受京中女子追捧。

十年前自己替伊蘭置辦嫁妝時，六合齋已經可以拿出幾百兩銀子了；經過這十年的發展，更躋身京城一流名店，每月都能進帳不少銀子，怎可能說沒就沒了？

透過水月的敘述，凌若方才知道，原來自己出宮去了通州不久，原本生意不錯的六合齋就出現了問題，先是周圍的脂粉鋪聯合起來打壓，緊接著店裡的配方又洩漏。

被同行打壓並不是第一次，但毛氏兄弟從未見過他們這般瘋狂的舉動，任何東西，不管六合齋價錢多少，他們就比六合齋低兩成賤賣。要知道，這東西雖然利潤不薄，但也禁不住這樣無節制的打擊，到最後六合齋被逼得以成本銷售，可是對方還在打壓，依舊低了兩成。

毛氏兄弟算過，他們這樣是在虧本銷售，做生意為的是求財，哪有人會願意蝕本的，哪怕一天、兩天無礙，可長久這樣下去，始終會傷筋動骨。一般若非到了生死存亡之時，是不會有人用這種傷敵一千、自損八百的招數的。可是對方用了，毛氏兄弟就不得不接著，咬牙賠本售賣，以免失去生意與客源。

然，六合齋畢竟是新秀，十餘年積累根本比不上那些動輒百年的名店、大店，而且那些店家對於錢財上的損失似乎根本不在意，價格壓到令人難以置信的地步。毛氏兄弟坐不住了，再這樣下去，六合齋的資金流轉會出現問題，以一己之力對抗數家大店，從一開始就是必輸之局。

為了避免多年心血毀於一旦，他們在京中有名的三元樓擺宴，請幾大脂粉店的東家赴宴，擺足誠意，想要化解這次危機。

毛氏兄弟在三元樓等了一天都沒見一個人赴宴，僅有一名僕從帶了句話過來：沒有和談必要，六合齋必須從京城消失。

這樣堅決的態度令毛氏兄弟無所適從，他們本想送信入宮，卻得知凌若不在宮中，去向未明。如此一來，他們最大的靠山也沒了，生死存亡，只能靠自己。

在與傅從之及阿意商量過後，他們決定繼續堅持下去，不為其他，只因六合齋是所有人的心血，是主子交託的信任，絕對不可以讓六合齋毀於一旦。

至於配方洩漏一事，事後也查清了，是那個製香師，在事情敗露後就不知所蹤。所謂屋漏偏逢連夜雨，生意本就已經岌岌可危，製香師又叛變逃走，一時間連貨源都出現問題，又拿什麼去與別人爭？

在苦苦撐了一個月後，六合齋終於逃不過倒閉的結局，所有店鋪一律關閉；可是這樣還沒有完，有好幾個人到府衙去告毛氏兄弟等人，說用了他們所賣的胭脂後，整張臉都爛了。府尹查明後，認定訴狀屬實，判毛氏兄弟杖刑三十，並賠償每一位受害者兩百兩銀子。

毛氏兄弟原先雖然結束了六合齋，卻並不準備真的就此放棄，留了些銀子下來，準備將來重整旗鼓，可是這件事一出，卻將他們所有算盤都打亂了。銀子全賠光了不說，連宅院也賣了，只剩下兩間青磚屋棲身。他們被打得皮開肉綻，連請大夫的銀子都拿不出，只能靠阿意進山去採有止血功效的草藥來敷。躺了一個多月後，雖然熬了過來，但毛二卻落了殘疾，走起路來一瘸一拐。按說，落到這個地步已經夠慘了，可時不時還有地痞流氓來搗亂，令他們日子苦不堪言。若不是毛大還有幾分手腳功夫與凶悍之氣，那些人早已欺得他們無法度日。

全部聽完之後，凌若已是面色鐵青，攏在袖中的雙手因為過於用力而微微顫抖，厲聲喝道：「出了這麼大的事，為何不與本宮說？若非本宮提起，妳們是否準備一輩子都瞞著本宮！」

「主子恕罪！」水秀兩人見凌若少見地動了真怒，連忙跪下請罪。「不是奴婢有意瞞著主子，而是毛氏兄弟他們覺著對不起主子，給主子丟臉，所以在主子回來後執意不讓奴婢們說。他們說等將來六合齋重開，再自行領主子責罰。」

「妳們兩個糊塗東西。」凌若既感動又心痛，面上卻依舊怒斥：「他們讓妳們瞞著就瞞著，究竟他們是主子還是本宮是主子？哼，人家擺明了就要趕盡殺絕，憑著他們自己，要人沒人、要錢沒錢，想重開六合齋那簡直就是痴人說夢。沒等他們開，人家就砸了。不用問，那些地痞流氓定是那些脂粉店的東家聯手僱的。」

水秀兩人尚是頭一次受凌若這樣的責罵，跪在地上連大氣也不敢出，直至凌若氣惱地在椅中坐下後，方才膝行上前，磕頭道：「求主子饒恕奴婢這一回，以後再也不敢。」

「再有以後，妳們兩個也不用在本宮身邊伺候了。」凌若不喜被別人隱瞞，雖說水秀她們是出於善意，依然令她滿心不悅。

水秀與水月輕吁一口氣，曉得主子這麼說是原諒了她們，又磕了個頭後方才戰戰兢兢地起身。

「現在毛氏兄弟還有阿意他們怎麼樣了？」凌若餘怒未消，這語氣自然算不得好。

水月這一次不敢再隱瞞，如實道：「奴婢前幾日接到阿意的信，他們日子不太好過，奴婢已經託人帶了一些銀子出去，希望他們可以過得好些。」

第五百九十章　怨恨

凌若深吸幾口氣，努力讓自己靜下心來。毛氏兄弟跟了她十幾年，在外頭替她奔波打理六合齋，從未有半句怨言，這兩人雖不在身邊伺候，然在凌若心中卻與水秀等人無異，更不需要說阿意是從她身邊出去的。當初她答應過張成一定會好好照顧阿意，如今卻出了這種事，真是始料未及。

「張成那邊知道了嗎？」

張成是阿意的親哥哥，阿意如果要找人商量，張成無疑是除自己之外的第一個人選，如今張成已經步步高升，成了一方知府。

「阿意已經送信去告訴張大人了，只是張大人根基不在京城，有心無力，倒是勸過阿意與傅從之隨他去雲南，可是阿意他們放不下毛氏兄弟，不願在最艱難的時候離去，所以沒有答應張大人。」水秀老老實實地回答。

這話聽得凌若又是一陣冷笑。「好啊，所有人都知道，唯獨本宮猶如眼盲耳聾之人，被妳們蒙在鼓中不自知。」

兩人低頭盯著自己腳尖不敢答話，好一會兒才聽得凌若吩咐。

「本宮不便出宮相見，明日，妳們去怡親王府傳本宮懿旨命墨玉入宮相見，讓阿意作為她的侍女一道入宮。」

阿意與毛氏兄弟均是平民百姓，不論凌若出宮或者讓他們入宮都是不太妥當的，容易落人口舌，所以凌若想了一個折中的法子，讓墨玉帶阿意入宮。墨玉身為怡親王側福晉，入宮請安是再正常不過的事，也不會引任何人注意。

另外，凌若心中還有另一層想法。自己剛離開宮中，六合齋的生意就遭到了毀滅性的打擊，即便關門停業之後仍不得安寧，這究竟是巧合還是另有人在背後安排？

翌日，天照常亮起，雖然依舊淅瀝瀝地下著雨，但是比昨夜小了許多，連風也停了。

莫兒不記得自己昏迷多久，只記得昨夜下了一場很大很冷的雨，自己跪在雨中，一度以為會這麼死去。

她醒來時，頭疼得厲害，發現自己身在一間陌生的屋子裡。屋中陳設很簡單也很乾淨，裡外兩間，用一張天青色的薄簾子隔開，如今簾子用銅勾簡單地束起，安靜垂落在梁柱邊。

莫兒努力地想要撐起身子，無奈身子軟綿綿的使不上一點兒勁，尤其是雙手雙腳，不曉得是剛醒的緣故還是怎麼著，一陣陣發麻，連彎一下手指都困難。

在這樣的惶恐中，有人走了進來，正是四喜。他看到莫兒睜開眼，微微一笑道：「唷，醒了啊，可倒是早，原以為妳還要再昏迷一天呢。」

四喜一邊說著一邊將手中的碗放到桌上，對著燙紅的手指吹了幾下道：「既是醒了，就趕緊把薑茶喝了，等下涼了，效果可是不好。」

莫兒愣愣地看著他，好一會兒才回想起來，昨夜自己最後看到的人似乎就是他。「是喜公公救了我？」

四喜笑而不答，扶著渾身無力的莫兒半坐在床頭，又拿彈花軟墊讓她靠在身後。「誰救的都不要緊，要緊的是妳要愛惜妳自己。記著，命，是妳的，而且就這麼一條，萬一沒了可是再後悔都找不回來的。」

「我知道，我只是沒想到熹妃會這麼狠心絕情，一點兒情分也不念。」莫兒從齒縫中擠出這句話。她可以想見，這一回若不是四喜搭救，自己這條小命當真要交代在那裡了。

「唉，妳也別怪熹妃娘娘，她——」四喜原想說是熹妃拜託自己救了她，想著水秀的話，終是沒說出口，而且莫兒明顯也不願聽。

「公公的救命之恩，莫兒銘記於心，將來一定設法報答。」

被她這麼一打斷，四喜也不知說什麼了，只得道：「報不報答的不要緊，妳自己好生珍惜性命才要緊。其實在哪裡當差都是一樣的，妳又何必非要回承乾宮呢，為難自己也為難熹妃娘娘。」

莫兒有苦難言，又不能告訴四喜說是年貴妃逼她這麼做的，然一說起凌若依然是滿肚子怨氣。「她能有什麼為難的，無非就是嫌我礙她的眼罷了。在她心中，估計恨不得我死了才好。」

「話不能這麼說。」四喜看莫兒在那裡鑽牛角尖，有心勸她幾句，理了理思緒道：「人者，貴在自知，更貴在不勉強他人，熹妃娘娘不收妳自有她的理由。身在宮中，掣肘許多啊。行了，先別想這些，把薑茶喝了，至於藥，正煎著呢，等煎好了就給妳送過來。這兩日妳暫時先住在我這裡，等病好了再說。」

昨夜那場大雨令莫兒著了涼，頭疼、乏力，鼻子亦塞得難受。

「多謝喜公公，倒是要麻煩您了。」莫兒滿心感激地說著。年貴妃雖然也救了她，卻是為了利用，與四喜純粹是因為同情而搭救她截然不同。

「行了，咱家不是天天在尋善事做，不過既然給咱家遇到了，自無袖手旁觀之理。」四喜將滾燙的薑茶遞給莫兒。

莫兒想要伸手去拿，才想起手腳不聽使喚，頓時擔心不已地道：「喜公公，我手腳都動不了，是不是昨夜淋雨傷了手腳？」

她這話聽得四喜噗哧笑道：「咱家只聽說淋雨會受涼、受風寒的，沒聽說過還會傷手腳的。妳就是著涼了，手腳無力再加上寒氣入體而已，歇幾天就沒事。」這樣說著，他沒有再勉強莫兒拿，而是親手舀了薑茶一勺勺送往莫兒口中。「來，小心些，別燙到了。」

莫兒就著他的手一口口抿著薑茶，喝到一半，毫無預兆地落下淚來，弄得四喜慌了手腳，趕緊放下薑茶，手忙腳亂地找來一塊絹子替莫兒擦淚。「我的小祖宗哎，好端端的哭什麼？要是嫌薑茶燙了就過會兒再喝，用得著哭嗎？趕緊的，別哭了，教人看見了還以為咱家欺負妳呢！」

第五百九十一章 商量

這淚哪是說收就收得住的，莫兒哭哭啼啼好一陣子才收住淚。「不關……關薑茶的事，是我自己……突然覺得很傷心，所以忍不住就哭了起來。」

四喜哭笑不得地看著她。「妳這丫頭，沒事也能哭成這樣，咱家可真搞不懂妳這腦袋瓜裡在想什麼。得了，先把薑茶喝完，這東西涼了就沒效果了。」

莫兒依言喝完之後，說出了一直藏在心底的話：「我長這麼大，從來沒有人像喜公公這樣對我好過，喜公公真是個好人。」

被人當面這麼誇獎，四喜雖然極力克制，嘴角依然忍不住揚起，口中道：「妳光謝咱家一個可是不夠，熹妃娘娘那邊也得好好去謝謝。」

一聽這話，莫兒還不錯的心情頓時又變得極差，冷冰冰道：「她都不管我死活了，我還去謝她做什麼？」

「有些事妳不知道。」四喜思來想去，還是決定將昨夜的事如實相告，雖然這樣違背了他答應的話，但總好過莫兒對熹妃娘娘的誤解越來越深。

當莫兒聽到是凌若拜託四喜收留自己，也是她讓四喜替自己請太醫時，震驚不已。若非四喜說得一臉認真，她都要當其是在開玩笑了。

熹妃，她並非如自己所想的那樣鐵石心腸嗎？可既然她關心自己，為何又要借四喜之手，乾脆讓自己留在承乾宮不是更好嗎？

四喜看著她又說了一句：「還有啊，早上水秀姑娘來過，見妳還睡著便未叫妳，而她又還有事要出宮，所以等了一會兒就走了。」

莫兒趕緊問：「她來做什麼？」

「她替熹妃娘娘問問妳，究竟是要繼續留在宮中還是出宮。若願意出宮，娘娘可以給妳安排一個好出路，不說大富大貴，至少也是衣食無憂了。」不等莫兒答話，四喜又道：「旁人咱家不敢保證，但熹妃娘娘的話還是可信的。莫兒，聽咱家一句勸，有好路子就趕緊離開，這宮裡不是人人都能待的。妳啊，還年輕，出宮之後找個好人家嫁了，和和美美過下輩子才是正理。」

說到這裡，四喜有些感嘆與落寞。他是太監，自淨身入宮的那一日起，就註定了不可能再過正常人的生活，至於娶妻生子那更是奢想。

「我……」莫兒張了張嘴，一下子不曉得說什麼才好，不過心中對凌若的怨氣卻是消了不少。唯一讓她耿耿於懷的，莫過於辛者庫一事。

四喜見她不說話，在她頭上輕輕拍了一記。「妳這丫頭，還猶豫什麼，難道咱家還會害了妳不成？」
莫兒頗有些委屈地道：「喜公公，我不是不信您，只是……我不明白熹妃，她既然不是那麼狠心絕情，當初為何要將我貶到辛者庫去受苦？即便是真偷了她幾顆珠子，也不用下此狠手啊。」
對於這件事，四喜尚是頭一次聽說，沉思半晌後道：「熹妃娘娘當初這麼做想必是一時氣憤，所以才罰得妳重了些，現在妳都已經出來了，就不要再想著以前的事，而且熹妃娘娘也不曾說要重新罰妳入辛者庫。莫丫頭，人啊，不能總記著別人的不好，更多的是要想想別人的好。」
「妳想想，當初被人追打的時候是誰救了妳？流落街頭、朝不保夕的時候又是誰收留妳？說到底，妳與熹妃娘娘素不相識，她不幫妳也是理所當然的，既然她幫了妳，妳就要懂得感恩。俗話說，受人滴水之恩，當湧泉相報。退一步講，即便不能相報，至少也要記著這份恩情，而不是因為一些事，將恩人當成了仇人。」
這番話四喜說得鄭重無比，倒是讓莫兒左右為難起來。熹妃對她有恩，年貴妃對她也有恩，那她究竟該怎麼辦呢？
四喜雖然不知道她在想什麼，卻能猜到必然是糾結掙扎，也不催促，只是道：「咱家去辦些事，妳待在這裡好生想想，想通了再與咱家說。至於藥和飯食，咱家已經吩咐了人，到時辰自然會有人送來。」
在四喜走後，莫兒一直保持著原來的姿勢。她在想，認真地想著，從與凌若第一次見面，一直到自己纏著她不放，再到入宮後所發生的種種事，皆在腦海中過了一遍。她想得過於入神，連小太監端上來的藥與飯都沒吃。

四喜一直忙到夜幕降臨方才回來，一進屋看到桌上原封未動的藥和飯菜，驚訝地道：「莫丫頭，妳一天都沒吃東西嗎？」

莫兒已經從沉思中回過神來，眉宇間帶著淡淡的疲倦，然神色卻是從未有過的輕鬆。「喜公公，我想清楚了。」

四喜呵呵一笑，也沒追問，正待要將藥與飯端下去熱一熱時，莫兒叫住了他。「喜公公，我有一事要與您商量。」

「與咱家商量？」四喜指了指自己，忽的打趣道：「莫不是白天咱家說讓妳出宮嫁人，妳就想讓咱家給妳介紹幾個如意郎君吧？咱家在宮外倒是有一個弟弟，不過已經娶妻生子了。至於其他人嘛，那可都與咱家一樣是個太監，娶不了妳。」

莫兒被他說得俏臉通紅，啐道：「喜公公您在瞎說什麼，誰說要嫁人了，我可不想這麼早就把自己嫁了。」

她這模樣，看得四喜更加有趣，搬了把凳子在床前坐下，道：「男大當婚，女大當嫁，有什麼好害羞的。」他本來還想再調侃幾句，看莫兒臉紅得不成樣子，怕是自己再說下去，她就要躲到被子裡了，當下抬手忍著笑道：「罷了罷了，說吧，究竟是什麼大事，要與咱家商量。」

莫兒輕咳一聲，待臉上紅雲消退些許後，方才將事情仔細說出來。四喜初時還不以為意，待到後面，神色卻是越來越凝重，最後更是盯著莫兒道：「妳說得都是真的？年貴妃她……」

「千真萬確，沒有一字虛言。」莫兒認真地說著，怕四喜不信，又舉手對天道：「若有一句虛言，就讓我被雷給活活劈死！」

第五百九十二章　夜訪

四喜坐不住，起身在屋中來回走著。如果事情真像莫兒說的那樣，那可就麻煩了。四喜有些後悔聽莫兒說這些話了，若不聽，又怎會有這些煩惱？唉，明明不想惹麻煩，麻煩卻使勁地往身上靠，趕都趕不走。

「喜公公，您能不能別走了，我眼睛要花了。」莫兒原還指望他給自己拿個主意，哪想到他一聽完就是不停地在那裡晃，晃得她頭都快暈了。

四喜聞言放慢腳步，但還是沒停下來，又走了幾圈後，方才一拉莫兒道：

「走，隨咱家去承乾宮。」

「啊？」莫兒沒想到會是這個結果，傻眼地看著他，直至被他拉下床才回過神來。昨夜淋了雨，今天一天又沒怎麼吃東西，雙腳根本沒力氣，勉強拖行了幾步後就倒在地上起不來。

看到她這個樣子，四喜拍一拍腦袋，暗道自己糊塗，當下命莫兒等一會兒，他出去尋了兩個小太監來，命他們輪流背著莫兒去承乾宮。虧得現在雨已經很小了，淋在身上沒什麼感覺，否則莫兒可是要病上加病了。

在路上，莫兒緊張地問：「喜公公，咱們究竟去承乾宮做什麼啊？」

四喜面無表情地走在旁邊。「將妳剛才與咱家說的話，一五一十地跟熹妃娘娘再說一遍。」

莫兒一聽頓時慌了神，連忙命背著自己的小太監停下腳步，激動地搖頭道：「不行，這事不能告訴她，她會……」會什麼，莫兒也不知道，只是本能地不想讓凌若知道這件事。

「就算妳不說，咱家也會去說。這種事，咱家與妳都擔待不起。」四喜命小太監繼續往前走。

莫兒張了張嘴，終是未說話，只是默默感受著身下傳來的顛簸。

一路疾行，在掌燈之時趕到了承乾宮，南秋正領著水月與幾個小宮女將宮燈一盞盞點亮。

看到四喜出現，水月迎上來，正要說話，忽的發現伏在小太監背上的莫兒，驚訝地道：「公公帶她來做什麼？」

「水月姑娘，咱家有急事要見熹妃娘娘，娘娘可在裡面？」四喜急切地問著，不解決這件事，總是心神不寧。

水月瞅了神色有些怪異的四喜一眼，道：「主子倒是在裡面，不過主子心情不怎麼好，喜公公待會兒進去的時候小心些。」

四喜是胤禛身邊的人，凌若就是心情再不好，也不會把氣撒到四喜頭上；可眼下四喜卻是帶著莫兒來，這又另當別論了，所以水月才會多嘴說一句。

「多謝水月姑娘提醒。」四喜拱一拱手，又轉頭問莫兒：「能走路嗎？」

「應該可以走幾步。」莫兒拍拍身下的小太監，示意他將自己放下來，隨後咬牙拖著無力的雙腿隨四喜走進去。

他們在裡面與凌若說了什麼無人知曉，只知離去的時候僅四喜一人，莫兒被留在承乾宮。

莫兒有些不安地站在殿中，不時偷眼打量坐在椅中的凌若，努力想要瞧出凌若此刻在想什麼。適才她已經將自己知道的事原原本本說了一遍，可是凌若聽完之後卻沒什麼表示，僅僅是讓四喜離開，將她單獨留下來。

在又一次偷望中，發現凌若那雙漆黑深沉的眸子正若有所思地盯著自己，莫兒心中一慌，連忙低頭盯著腳尖。

沉寂良久後，凌若終於開口打破沉寂，卻不是對莫兒說，而是對坐在她下首的美婦人道：「墨玉，妳以為如何？」

美婦人正是奉凌若之命入宮的墨玉。原本命婦奉召入宮是必須要黃昏時分離去，但今日是上元節，宮中要賜宴行燈會，王公大臣與命婦皆要入宮，墨玉是怡親王側福晉，自然不能缺席，所以乾脆就留到晚上，省得來回費時。

適才四喜帶著莫兒進來的時候，墨玉仍在殿中，凌若也沒有要她迴避的意思，自然將他們的對話一字不落地聽入耳中。如今聽得凌若詢問，她微微一笑道：「娘娘心中早有了定計，又何必再問奴婢呢？」

「妳倒是了解本宮。」如此說著，凌若露出今夜第一個笑容，側目對莫兒道：「行了，往後妳就與水秀她們一樣繼續留在本宮身邊伺候吧。至於以前的事，不管是妳對還是本宮錯，都讓它過去吧，不要再計較了。」

「不管是妳對還是本宮錯？」

莫兒愣愣地回想這句話，她明白熹妃是在說翡翠珠子一事，可這兩個意思不是同一個意思嗎？都是說熹妃錯了。

驟然，一道靈光在腦海中閃過，令莫兒突然明白她話裡的意思。熹妃這是在隱晦地向自己認錯，她承認之前的事是她錯了，希望自己不要再計較。

「娘娘……」莫兒一時間有些熱淚盈眶。她從未想過，高高在上的熹妃會向自己道歉，原以為她就算知道真相，也絕不會向自己這個身分低賤的人道歉認錯。

凌若發覺莫兒明白自己的心意，心下高興，面上卻佯怒道：「本宮都說已經過去了，妳若是再提，本宮可就要不高興了。」

「奴婢不提。」莫兒趕緊答應，旋即又有些憂心地道：「可是年貴妃那邊……」這件事就像是一塊大石，壓得她喘不過氣來。

凌若撫一撫臉，尖銳的護甲在燭光下閃耀著清冷奇異的金光。「既然她讓妳做眼線，那妳就好好做一個眼線吧。」

莫兒沒想到會是這個答案，詫異地瞪圓眼睛。就在她想問清楚的時候，已經洞悉凌若這句話意思的墨玉莞爾一笑。

「還不明白嗎？，妳家主子是讓妳將計就計。」

莫兒這才恍然大悟，心中為之一定，只要不害主子就好。經此一事，她已經明白究竟哪個才是真正待她好的人。

她很慶幸自己遇到四喜，更慶幸四喜帶她來承乾宮，否則她如今只怕還是糊里糊塗。

「主子，時辰差不多，咱們該過去了。」南秋掌完燈進來說道。此次上元節，燈會放在乾清宮，從承乾宮過去有一段距離。

第五百九十三章　上元節

凌若頷首，對墨玉伸出手道：「走吧，咱們一道過去。」

「是。」墨玉起身，極為自然地扶住凌若的手往外走，隨墨玉同來的阿意亦步亦趨跟在後面。

在經過莫兒身邊時，凌若腳步一頓，關切問：「可還走得動路？若能行就與本宮一道去燈會瞧瞧，今年的上元節聽說很是熱鬧，正好去長長眼。」

「奴婢沒事。」雖雙腿還有些無力，但比來時已經好了許多了，再加上心事一去，整個人感覺都輕快幾分，所以莫兒估計著自己應該可以走到乾清宮。

見莫兒答應，凌若示意水秀一路上扶著莫兒，別讓她摔了。

「娘娘讓莫兒同去，不僅僅是為了看燈會吧？」扶凌若上肩輿的時候，墨玉笑問了一句。

楊海已經將弘曆帶來了，他坐在一頂軟轎裡，隨凌若一道去乾清宮。

「是與不是何必分得太清楚，左右是作戲給別人看。」凌若眼眸微瞇，引在前面的絹紅宮燈映在她眸中，猶如一簇跳躍燃動的火焰，令人想要靠近卻又忍不住後退。

「與其在意這個，本宮更在意毛氏兄弟他們。」凌若幽幽嘆了口氣。她已經從阿意口中得悉了所有事情，他們在宮外的日子，比水秀說的還要艱難幾分，近些日子甚至連吃飯都成了問題，還有那些地痞流氓始終糾纏不休。

一說起這個，墨玉亦有些生氣，回頭瞪了身後的阿意一眼。阿意他們連她也瞞得牢牢的，要不是這次主子讓她帶阿意進宮，她至今還被蒙在鼓裡。不過她氣歸氣，心裡還是很關心的。「娘娘，要不還是讓他們離開京城算了，六合齋倒了雖說可惜了點兒，可事已至此，也沒辦法了。」

「不急，本宮還有些事不明白。」凌若坐在肩輿上想了一會兒道：「阿意，在那些脂粉鋪東家聯手打壓之前，妳可曾聽到什麼風聲？」

阿意仔細回想了一下道：「風聲倒是沒有，不過那幾家店都在同一時間施壓，彷彿事先商量好了一樣。」

「奇怪。」凌若眉尖一蹙。她很清楚那些做生意的，萬事以利為先。正所謂同行是冤家，彼此看似客氣，實則心裡都提防著對方使手段，要說他們聯合起來對付什麼人，不是不可能，不過那只可能是生死存亡的時候，而六合齋顯然不至於對他們造成那樣的威脅。他們耗費巨大財力去整垮六合齋，究竟為的是什麼呢？

偏偏那麼巧又是在自己出宮以後，難道與自己有關？可他們從何得知，這麼做的目的又是什麼？自己與他們可是素不相識。

此時，阿意突然輕「啊」了一聲道：「主子，奴婢記起一件事來，不曉得與六合齋的事有沒有關係。」

原來在出事前，曾有人在店鋪附近跟蹤毛氏兄弟，不過被發現、趕走後就沒再出現，阿意他們也沒將這件事放在心上。

難道，毛氏兄弟未死的事被那拉氏發現了？若真是這樣，那六合齋一事便說得通了。

以那拉氏的性子，是絕對不會放過任何一個背叛她的人，一直沒要毛氏兄弟的命，只怕是她還沒玩夠。至於她什麼時候會下殺手，誰也不知道。

想到這裡，凌若神色頓時嚴肅起來。「阿意，等會兒出宮之後，妳與傅從之還有毛氏兄弟連夜去怡親王府，不得耽擱，就說是本宮的命令。天下雖大，但眼下只有怡親王府方能保你們幾人平安。」

「是，奴婢記下了。」阿意見她說得嚴重，不敢置疑，也不敢多問。

墨玉從凌若話中聽出些許端倪，小聲問：「娘娘，您可是想到了什麼？」

凌若望著遙遙可見的明燈，一字一句道：「六合齋的事只怕是因本宮而起。那幾家脂粉店的東家不過是小嘍囉罷了，事情遠未結束，眼下毛氏兄弟他們很危險。墨玉，妳身在宮外，行事較本宮方便許多，本宮想拜託妳去查個事。」

「娘娘請吩咐。」見凌若用上「拜託」二字，墨玉曉得此事必然非同小可。

「之前阿意不是說有人去順天府告狀，說用了六合齋的胭脂後，臉頰潰爛嗎？這些人妳給本宮一個個查過去，從她們身上挖出線索來。」夜色中，凌若的眸光森冷如冰。

辛苦建立起來的六合齋不能白白倒，阿意他們的苦也不能白白吃，那拉氏不是要玩嗎，那她就陪著玩到底，看究竟誰贏誰輸。

墨玉點頭，將之記在心裡。此時彩燈漸漸清晰，且能看到無數人影穿梭於燈影之中，他們離乾清宮已經很近了。

彼時，夜空已經徹底放晴，連零星的雨點也沒有了，烏雲散盡，露出躲在雲後的圓月與繁星。星月之下，是無數彩燈，燈月交輝，閃閃爍爍，連成一片五彩繽紛的燈海。

玉兔、牡丹、瓜果、嫦娥、仕女、呂布，什麼樣的彩燈皆有，一盞盞活靈活現，令人眼花撩亂。

最為壯觀輝煌的莫過於佇立在乾清宮前的燈臺、燈樓、燈樹、燈輪，而當中又以燈臺上碩大的九蓮寶燈最為耀眼，光芒熠熠；不過九蓮寶燈最中心一盞尚未點亮，凌若曉得這一盞是要等到吉時，由胤禛親手點燃，如此上元節燈會才算正式開始。

乾清宮裡擺桌宴十數席，除卻先帝在世時所辦的千叟宴外，就屬這次的燈會最熱鬧。席次又分內外，外席是王公朝臣，內席則是后妃命婦，既可共賞花燈，又互不相干。

凌若帶著弘曆與墨玉等人從側門而入，裡面已經坐了不少人，多是隨王公大臣們入宮的命婦，聽到太監的唱喏聲，紛紛起身拜見。莫說是凌若這樣的正三品妃子，就是沒有定數的貴人，那都是伴在皇帝身邊的人，身分比她們高上一籌。

第五百九十四章 點燈

「眾位福晉請起。」凌若和顏悅色地說著，目光在眾人中搜尋一陣子，看到了富察氏，後者正對著她笑。此次燈會原本要正四品以上官員命婦方能參加，不過在此之前胤禛已經說了，會特許凌若父母入宮。

在一眾謝恩聲中，凌若意外地看到富察氏身邊的納蘭湄兒。多年未見，她一如以往那般嬌豔美貌，幾乎看不到歲月的痕跡。

彼此目光一錯而過，相較於凌若的坦然，納蘭湄兒有些局促，似乎還沒有適應角色的變換。以前是凌若向她行禮，而今卻是她向凌若行禮。十年時間，滄海都可以變桑田，何況人世變遷。

凌若一勾嫣紅的脣角，示意富察氏與她同坐一桌。伊蘭因為尚在坐月子的緣故，沒有隨富察氏入宮，李耀光留在家中陪伴她。

在她們母女說話的工夫，瓜爾佳氏、溫如言、裕嬪等人相繼到來。因與凌若交好的緣故，三人分別執晚輩禮見過富察氏，涵煙跟弘晝更是與弘曆一樣喚了聲外祖母。涵煙模樣本就嬌俏可愛，再加上性子乖巧溫柔，富察氏越看越喜歡，又覺得是第一次見面，便摘下手上的白玉鐲子給涵煙戴上，權當見面禮。

「外祖母，這個禮太貴重了，涵煙不能收。」涵煙推辭著不敢戴。她自幼長在宮中，見多了珠玉珍寶，看得出富察氏手上這個白玉鐲子價值不菲。

「妳都叫我外祖母了，有什麼不能收的。」富察氏執意要給她戴上。

涵煙為難地看著溫如言，見後者點頭，方才接過鐲子甜甜地說了聲「謝謝」。

弘晝在一旁嘟了嘴，悶悶地道：「我也叫了外祖母，為什麼就只有二姊有見面禮？」

裕嬪與凌若到底不如溫如言她們十幾年的交情來得親近，聽得弘晝這話，忙喝斥道：「你這孩子，平常額娘是怎麼教你的，叫外祖母是為了見面禮嗎？」

她這話說得弘晝更不高興了，低頭踢著腳上的靴尖。凌若見狀，忙勸道：「弘晝尚小，妹妹莫要訓他，何況他也沒說錯什麼啊。」說罷，朝富察氏笑笑道：「額娘，看來您還得再拿一件見面禮出來，可要女兒先支給您？」

「臣婦尚拿得出，不勞煩娘娘了。」富察氏一邊笑著一邊從懷中取了一對流雲百福的玉珮。玉珮由雲紋和蝙蝠組成，雲紋若如意，綿綿不斷，再加上寓意「遍福」的蝙蝠，其意頭極好。

這對玉珮是入宮前凌柱交給富察氏的。前次來的時候，他們一時大意忘了給弘曆備新年禮物，回去後精心挑了一對玉珮，準備送給弘曆，沒想到突然鬧這麼一齣，只得將一對玉珮拆開，分別給了弘曆和弘晝。兄弟倆倒是不介意，高高興興地接過，然後坐回各自額娘身邊。

隨著時間的推移，乾清宮中的人越來越多，因皆是女眷，滿殿雲鬟霧鬢，香風細細。

「貴妃娘娘駕到！」

隨著內監尖細的聲音，一個婀娜的身姿在環珮叮噹聲中走了進來。隨著這個身影的出現，殿中所有女子皆起來，齊齊欠身恭敬地道：「參見貴妃娘娘，娘娘千歲千歲千千歲！」

年氏嬌聲一笑，抬手道：「都坐吧，今日是上元節，行燈會圖熱鬧，大家不必如此拘禮，隨意些就是了。」

「謝娘娘恩典。」年氏話是這麼說，但在場哪個又敢當真不拘禮，落座之後安靜許多，大多數人一言不發，坐在那裡眼觀鼻、鼻觀心。

年氏怡然一笑，很滿意這些人對自己表現出來的敬畏，在扶著綠意的手準備坐下時，眼角餘光掃過凌若身邊的莫兒，笑意不由得更深了些許。

在年氏落座後不久，外頭傳來三聲禮袍響，繼而有內監用比剛才年氏進來時更加高亢的聲音喊：「皇上駕到！太后駕到！皇后駕到！」

胤禛與那拉氏一人一邊扶著烏雅氏，緩步從乾清宮外走進來，一路走來，不論是外殿的文武百官、王公貴族，還是內殿的後宮嬪妃、命婦福晉，皆帶著發自內心的敬畏跪下去。

「眾卿平身。」烏雅氏就著胤禛的手在鋪有錦墊的寶座中坐下。

許是燈光過於濃重的關係，凌若覺得烏雅氏的臉色並不怎麼好，有些發黃。

烏雅氏的聲音被一重重傳出去，眾人在謝恩之後站起了身。蘇培盛走到胤禛身前，俐落地打了個千兒道：「吉時已到，請皇上點燈。」

所謂的點燈，點的就是九蓮寶燈最中心的那一盞。每一年宮中行燈會之時，雖然主燈各不相同，但主燈中心那盞必須由皇帝親手點亮，皇帝在點燈時向天祈願，保佑在新的一年中國泰民安。

「知道了。」胤禛頷首，起身往外走去，明黃色的龍袍上繡著九條張牙舞爪的金龍，行動之間，如要從衣中騰飛出來一般。

外頭，四喜早早備好了燃燈杆，杆子由純銅打造，當中空心，灌滿了燈油。以火點燃之後，燈油就會源源不絕地供應著火焰的燃燒，在燈油耗光之前，燃燈杆上的火是絕對不會熄滅的。

胤禛接過燃燈杆，來到巨大的蓮花燈盞前，他並沒有急著點燃，而是環視著底下眾人，大聲道：「朕自奉先帝之命，登基為帝以來，一直秉承先帝遺訓，憂天下之憂，樂天下之樂，以天下為公，自問未敢有一刻忘記。朕不敢比肩先帝，只求能不負先帝所託，護佑我大清昌隆繁盛。」

胤祴聽著這席話，在底下撇嘴道：「真是說的比唱的還好聽，明明自己私心最重，偏說得好像一點兒私心都沒有，聽著都反胃。」

「人家是皇帝，自然想怎麼說就怎麼說。」胤禟比他淡定許多，不過身上仍然流露著一絲戾氣。

「皇帝，哼，憑他？也不知使了多少陰謀詭計得來的。」胤祴氣呼呼地說著。對於胤禛坐上皇帝之位，他心裡一千個、一萬個不服。

「不管怎麼說，那都是他的本事。」一直負手未語的胤禩突然淡淡地說了一句，眸光在絹紅燈光下閃爍著旁人難以理解的複雜。

第五百九十五章　驟變

「哼，什麼本事，分明是心虛。」胤䄉怒氣沖沖地啐了一句。「要不然他也不會一直把老十四軟禁在府裡，連今日的上元節都沒讓他來。不過他要以為這樣就可以安安穩穩地坐他的皇帝之位，那可就太天真了。」在說到最後時，滿面怒意的臉龐硬生生擠出一絲笑意，看起來比不笑時更可怕。

「是啊，太天真了，皇位應該是有能者居之。」胤禟也笑了起來，眼眸中閃爍著暴戾與……令人不明的期待。

胤禩未語，只是迎風而立，燈光下的五官一如從前那般儒雅英俊，沒有絲毫變化。

那廂，胤禛在祈求完上天對大清國運的昌隆庇佑後，並沒有即刻點燈，而是遙遙朝烏雅氏所在的地方看了一眼，續道：「朕再求上天，保佑皇額娘鳳體康健，福壽綿延，讓朕與諸兄弟同盡孝心，侍奉膝下！」

不論是烏雅氏還是其餘人，皆沒想到胤禛會在燈臺上為烏雅氏祈福祝願，這是以前皇帝所不曾做過的。眾人在回過神來後，紛紛同為烏雅氏祈福，並讚胤禛乃是仁孝之君。

烏雅氏神色複雜地看著胤禛。對於這個打小不養在身邊的兒子，她實在說不上有什麼太過深厚的感情，更何況胤禛還軟禁了允禵，讓她至今不曾見過一面。

若可以，她寧願拿這什麼祈福換允禵的一面。唉，她這個太后，看似尊貴，實際上一點兒也不隨心。

烏雅氏有些心煩地想著，許是心中不痛快的緣故，右側胸腹忽的隱隱作痛，但仔細一感覺又沒了。

正當烏雅氏懷疑是否錯覺時，抬眼正好看到胤禛對著她笑。燈光下，胤禛的笑容帶著從未有過的純粹與孺慕。恍惚之間，烏雅氏好像看到了剛剛回到長春宮時的胤禛。那時，他就常用這種眼神看自己，可是忙於照顧允禵的自己從未過多關注，只是將他交給嬤嬤帶。

仔細回想起來，自己虧欠他頗多。可是他自小不在自己身邊，實在難以如允禵那樣親近，再加上他登基後的種種作為，令自己更加不喜。

在這樣的恍惚中，她看到胤禛將燃燈杆伸進燈籠中，隨後她看到無盡的火光從九蓮寶燈中噴湧而出，向最近的胤禛席捲而來，像是要將這片天地燃燒殆盡。

一切，彷彿定格在這一刻，無盡的火、無盡的光，染紅了漆黑的夜空，星月在這一刻黯然失色，淪為漫天火光中不起眼的點綴。

所有人都傻傻地看著這一幕，不明白究竟發生了什麼事。不是點燈嗎？為何會……皇上，對了，被吞噬在火光中的那人是皇上啊！

當眾人回過神來，驚惶地看向臺上時，已經不見胤禛的身影，而整個燈臺以及九蓮寶燈已經化為熊熊烈火，更可怕的是，這烈火正向四周蔓延開去。要知道周圍可都是正燃著的燈，數以千萬計，如果所有的燈都被燒入大火中的話，那麼整個紫禁城有可能毀於一旦。

「皇上！」年氏最先回過神來，爆發出尖銳淒厲的哭泣聲，臉上滿是淚痕，起身就要朝燈臺奔去，卻被身邊的綠意等人死死拉住。

「主子，那裡都是火，去不得啊！」

「滾開！」年氏反手一巴掌甩在綠意臉上。

綠意受痛卻不肯放開年氏，死死拖住不讓年氏過去。迎春亦是一樣，淚流滿面地勸著年氏，這臺上火勢那麼大，現在過去等於送死。

那拉氏面色鐵青地站起身，忍著心中的驚慌與害怕，厲聲道：「都愣著幹什麼！還不快去救皇上，快去！」

她的話令旁邊的烏雅氏如夢初醒，強忍著一波波襲來的暈眩，顫聲道：「對，趕緊去救皇上！皇上！」

「皇額娘放心，皇上乃是真命天子，一定會沒事的。」那拉氏緊緊握著烏雅氏的手，努力想要讓烏雅氏安心；可是她的手是冰涼的，聲音也在顫抖，連她自己都在害怕。

宮人亂哄哄地奔出來，從附近的太平水缸中端水潑向大火，還有一些機靈的宮人快步跑出去，尋找停在各宮角落裡的水車。

乾清宮亂成一團，看著不住燒過來的大火，大臣也好，女眷也罷，均是尖叫不止。尤其此刻胤禛生死未卜，任誰都沒想到好好一場燈會竟然鬧成這個樣子。

弘曆和弘晝分別被富察氏與裕嬪死死抱住，兩人一邊掙扎一邊不住地大聲叫著「皇阿瑪」。

「外祖母，您放開我，我要去救皇阿瑪！」弘曆急得眼淚都掉出來了，盯著起火的燈臺哭喊不止。

弘時、弘晟等人亦是焦急不已，卻被那拉氏大聲喝止，不讓他們踏出一步。

「四阿哥聽話，等宮人把火救滅了再過去！」富察氏哪敢鬆開弘曆，這樣大的火，他一個孩子過去根本就是送死。

裕嬪同樣安撫著弘晝。她們不是不擔心，只是此刻宮人正在努力救火，她們這些婦孺過去，不只幫不了忙，還會添亂。

眾人之中，溫如言勉強還算鎮定，對身邊的素雲等人道：「你們幾個也趕緊幫忙去救火。」

「嗻。」素雲等人趕緊答應一聲，隨那些宮人一道提水救火。虧得今夜沒什麼風，否則火勢蔓延得更快。

「妹妹，妳別急，皇上會沒事的……妹妹？妹妹？」溫如言想要安慰凌若幾句，可一回頭，卻發現身邊早沒了凌若的身影，問瓜爾佳氏與裕嬪，她們都說沒看見凌若去哪裡，也沒發現她是何時離開的。

還是弘曆眼尖，指著外頭某處大叫：「額娘！是額娘！」

順著弘曆手指的方向看去，果見一個身影正艱難地從擁擠的人群中努力擠過去，看那背影與服飾，正是凌若無疑。

「妹妹，妹妹，不要過去！」溫如言顧不得是否招來皇后等人的側目，大聲喊著，想讓凌若回來。可是凌若連頭都沒回，依舊一步步往火勢熊熊的燈臺走去。

富察氏急得快要暈過去了，當即要去追凌若，被溫如言死死拉住。「凌夫人在這裡等著，本宮去將妹妹追回來。」

第五百九十六章　大火

自九蓮寶燈冒起大火將胤禛吞噬的時候，凌若大腦便成了一片空白，唯一的念頭就是找到胤禛。哪怕是在大火中，她也要把他找到！

在這樣的念頭支撐下，在眾人驚慌之時，她已猶如幽魂一般往燈臺走去，一邊走一邊喃喃地重複著同樣的話：「不會有事的，皇上一定不會有事的，他答應過我的，我們會永遠在一起。」

當她終於走到燈臺附近時，烈焰的熾熱撲面而來，儘管不斷地有水潑進去，可是也僅僅阻止了大火的蔓延而已，燈臺依舊被熊熊大火圍困著。搭建的燈臺已經徹底變形，至於九蓮寶燈更是消失在大火中，僅餘一個燒紅的鐵絲燈籠輪廓在熾紅的火焰中若隱若現。

「娘娘，您不能再過去了！」四喜是第一個發現凌若的，趕緊拉住她，不讓她再靠近。

「放開本宮，本宮要去找皇上！」凌若失態地大叫，猶如一隻被激怒的母獅，秀美的容顏在火光映照下猙獰可怕。她現在只有一個念頭，那就是看到胤禛，看到他平安無事地站在自己面前。

四喜放下手裡的空桶，苦口婆心地道：「娘娘，奴才知道您擔心皇上，可火燒得這麼大，您進去了不只救不了皇上，還會害了自己性命啊！」

「不用你管！」凌若用力地掙扎，無奈四喜抓得太緊，她竭盡全力也沒能掙脫。急怒攻心之下，凌若突然一口咬在四喜胳膊上，緊緊地咬著，乃至口中嘗到腥味。

四喜沒想到向來溫和的熹妃會做出如此瘋狂的舉動，胳膊上傳來的劇痛令他冷汗直冒，整張臉都扭曲了，可即便如此，他依然用力抓緊她，絲毫不肯放鬆。皇上已經生死未明了，怎麼能再讓熹妃有危險。

「四喜，棉被來了！」就在這個時候，一個聲音突然插了進來，正是蘇培盛。看到凌若像發瘋一樣咬著四喜不放，他嚇了一大跳，趕緊把手裡的被子往地上一扔，努力拖開凌若。

感覺到胳膊上的痛楚為之一緩，四喜長出了一口氣，低頭看去，只見血正一滴滴落下。

「滾開！都給我滾開，我要去見皇上！」凌若狀若瘋狂地大叫，那模樣，令人打從心底發顫。

四喜搖搖頭，忍著手裡的痛，從一個內監手裡奪過一桶水淋在棉被上。

蘇培盛猶豫了一下道：「四喜，你手上有傷，要不換我進去吧？」

「這點兒小傷不礙事，倒是你看牢熹妃娘娘，別讓她進去！」四喜將溼透的棉被連身子帶頭地裹好，快步衝向燈臺。

燈臺的臺階在大火下已經脆弱不堪，幾乎是在四喜剛踏上去的時候就發出「喀喀」的聲音斷裂了。

隨著四喜的身影沒入大火中，所有人的心都提了起來，屏息注視著被烈焰包圍的燈臺，在等待與期盼間，想要看到那個寄託了無數人期望的身影可以平安出現。

彷彿過了很久，終於有人影在火焰中顯露出來，因為臺階已經斷裂，所以那人只能帶著圍繞在周身的火焰從臺上躍下。

燈臺離地足有半丈多高，人影狼狽地滾在地上，不等一直緊張注意著的蘇培盛吩咐，就有太監提著滿桶的水潑在那人身上，幫他將火焰撲滅。

那人扔掉已經燒得焦黑的棉被從地爬起來，辮子已經被燒散了，亂七八糟地披在身後。當那張臉抬起來時，一直緊盯著他的眾人露出失望與慌亂之色。出來的人是四喜，那麼皇上……難道已經……

啜泣聲在人群中響起，起先還只是低低的，到後面竟是越來越響、越來越多。原先尚能忍耐的女眷聽到別人哭，忍不住也跟著哭起來，令眾人心裡均蒙上一層陰影。

「都不要哭了！」眼見局勢難以控制之時，有一個清朗的聲音驟然響起，卻是允禩，只見他大步走到四喜面前喝問：「你在大火中可有找到皇上？」

四喜黯然搖頭。「沒有，奴才找了很久都沒有找到皇上，後來實在擋不住大火，只能退了下來。」

一直在用力掙扎的凌若聽得這話，動作頓時為之一滯，兩滴晶瑩的淚水從眼中滴落。

允禩眼裡閃過一絲狐疑。燈臺總共就這麼大，也沒什麼隔擋，怎麼會找不到人呢？而且胤禛出事，允祥那邊怎麼一點兒動靜都沒有，他可是胤禛最忠實的一條走狗。

因為底下很亂，他一時也找不到允祥在哪裡，倒是看到內監推著幾輛水車進來，心頭微定，同時沉聲道：「你們速速再去拿一床棉被來，本王親自進去找皇上。」

「八哥，使不得，這火會要了你命的！」允禟第一個勸阻，允䄉也在一旁不住點頭，不贊成允禩冒這個險。

允禩怒瞪他們一眼，正色道：「皇上有難，我等身為臣子、身為兄弟，都該誓死全力相救，又怎能懼怕區區一點兒火勢而退縮？你們不必多說，我意已決，趕緊去拿棉被來。」

此時水車已經裝好，用管子接了遠處幾個太平水缸，幾名太監圍著水車用力將接來的水壓向火場。有了這些水車的幫助，火勢慢慢減小，等小太監拿著允禩要的棉被過來時，火勢已經被壓縮在一個很小的範圍裡；再用了滿滿兩缸子水後，終於將火勢撲滅了。

虧得滅火的人多，沒有讓大火有機會蔓延開來，否則引燃了懸掛在四周的燈籠，就是再多一倍水，也難以將大火撲滅。

第五百九十七章　受傷

在大火被徹底撲滅後，有人眼尖地發現一片狼藉的燈臺上有一個洞，大小與人的身體差不多。顧不得合宜與否，那人指著黑黝黝的洞口大叫：「快瞧，皇上會不會從那裡掉下去了？」

燈臺是四喜與蘇培盛負責搭起來的，他們很清楚，因為是臨時所建，燈臺並沒有如尋常建築那樣砌磚糊泥，而是用鐵架、木板搭造而成，也便於燈會之後移除，所以燈臺下面是空的。以燈臺的高度，人掉進去後，恰好可以把人藏下，如此一來，便可避過臺上的大火。

想到這裡，四喜整個人都激動起來了，扯著嗓子衝滅完火後站在那裡的宮人道：「趕緊給咱家把燈臺拆開，趕緊！趕緊！」

宮人也知道事態緊急，顧不得疲憊，咬牙衝到臺上。

瓜爾佳氏與溫如言終於趕到凌若身邊，雖然她已經沒有再往臺上衝，但兩人還是緊緊抓住她。剛才凌若近乎瘋狂的一幕她們可是看到了，堂堂嬪妃居然用牙齒去咬一個太監的胳膊，看得出凌若有多麼緊張胤禛。

「沒事的！皇上一定會沒事的！」溫如言不斷撫著凌若的背部，想讓她身子放鬆一些。

凌若什麼也沒說，又或者她根本沒聽在耳中，只是死死盯著燈臺上忙亂不堪的宮人，通紅的雙眼不斷有淚滴淌下。

胤禛！胤禛你一定要活著，你若敢離我而去，我必追你至碧落黃泉，讓你不得安寧！

正當宮人準備將鋪在燈臺上的木板一塊塊卸開時，一個有些中氣不足的聲音在嘈亂中響起——

「不必找了，皇上在這裡！」

是允祥的聲音！允禩目光微微一縮，順著聲音方向，只見一個身影自燈臺側面的黑暗中走出來，正是允祥。他背上還伏著一個人，身上穿的正是昭示皇帝身分的明黃龍袍。

看到遍尋不見的胤禛出現，且看他樣子似乎並沒有怎麼被火燒傷，眾人懸著的心皆是為之一定。剛才實在將他們嚇壞了，唯恐胤禛遭遇不測。

「皇上！」允禩眼中的異光一閃而逝，取而代之的是憂慮與關切，一個箭步衝上去想要從允祥背上接過胤禛，哪知後者腳下一退，竟避開他伸出的手，轉而將胤禎交到後奔而至的四喜等人手上。允禩伸在空中的手一僵，有些訕訕地收了回來。

「皇上！皇上！」四喜叫了幾聲，發現胤禛始終雙目緊閉，且面色極是難看，剛剛安定些許的心又提了起來；然更令他懼怕的事還在後面，他托著胤禛的手莫名感覺到一陣溼潤，低頭看去，發現自己不知何時竟是滿手鮮血，順著手指不斷滴落。他手臂上只有一個傷口，不可能流這麼多血，那麼這血只可能是從胤禛身上流出來的。

四喜惶恐失措地大叫：「太醫！趕緊叫太醫！」

原本已經鬆了一口氣的凌若聽到四喜惶恐淒厲的聲音，身子再度為之一緊，推開擋在面前的人衝過去。她看到了胤禛，也看到了四喜手上怵目驚心的鮮血。一時間，整個人都呆了，站在那裡挪不動腳步。

「血，皇上在流血！」不知誰叫了一句，原本安靜的人群再度騷亂起來。

從內殿奔出來的烏雅氏等人恰好聽到這句，本就提心吊膽許久的烏雅氏受不住這個刺激當即就暈了過去，令得場面更加混亂。跟著烏雅氏出來的那些嬪妃看到四喜滿手的鮮血，個個花容失色，有那不堪者倚在隨身宮人身上搖搖欲墜。

危急時刻，虧得允禩臨危不亂，命人趕緊將烏雅氏送回慈寧宮去，並召太醫前去診治。至於其他女眷，則全部先回內殿，不要擠在此處。

安置好了這邊後，他又對失魂落魄的四喜道：「你與蘇培盛他們先送皇上回養心殿。所有太醫，除去慈寧宮的之外，全部去養心殿為皇上醫傷。」

四喜等人早已失了分寸，允禩怎麼說他們就怎麼做，背著胤禛急急往養心殿奔去，一路之上流下滴滴猩紅。

凌若什麼也沒說，只是緊跟在後面。她要與胤禛在一起，不管怎樣，都要陪在胤禛身邊。

溫如言與瓜爾佳氏對視一眼，放心不下胤禛與凌若，也疾步跟上去。至於弘曆他們，有富察氏與裕嬪看著，應該不會有什麼事。何況現在火也被滅了，並不會有什麼危險。

那拉氏雖然擔心胤禛，但她還要照顧烏雅氏，暫時不能分身去養心殿。倒是年氏想都沒想，便緊跟著四喜他們直奔養心殿，在他們之後還有戴佳氏等嬪妃。

允祥在安撫了他們之後，待要去養心殿，允禩攔住他，關切地問：「老十三，皇上怎麼會傷得這麼嚴重？還有你是什麼時候過去的，我竟一點兒都沒發現。」

他的神態自然，彷彿剛才允祥有意避開他的事根本沒有發生。

允祥目光一閃，旋即沉沉嘆了口氣。「唉，不瞞八哥，燈臺剛起火的時候，我就衝過去了，只是火勢太大衝不進去。原本想著等火勢小一點兒去救皇上，哪知在旁邊徘徊的時候，讓我聽到燈臺下有動靜。我記得這燈臺下面是空的，猜想皇上會不會在無法避火之下躲到下面，便踹開了圍在外面的木板進去，果然讓我發現皇上在裡面。只是皇上在落到下面時，頭不慎撞到用來撐住燈臺的鐵柱，恰好那一段又是削尖了的，所以……」

第五百九十八章　各懷心思

說到後面，允祥已是眼眶發紅，難以繼續。允禩拍拍他的肩膀安慰道：「沒事的，皇上乃真命天子，不會有事的。」

「是啊，老十三，別擔心了，皇上有老天爺護著呢，不會出事的。」允䄉亦在一旁說著。

允祥點頭，但神色仍是凝重無比，咳了兩聲，拱手道：「幾位哥哥，我先去養心殿看皇上了。」

「好，我們把這裡處理好了再過去，有什麼難關，咱們兄弟一起過。」允禩溫言說著，待允祥離開後，神色方才漸漸冷了下來。

「八哥，看來老四這回傷得很嚴重。」允禟面色陰冷地盯著地上那一路延伸的血跡。

「嚴不嚴重還不曉得，不過我倒是沒想到他反應這麼快，竟然在那種情況下還能如此冷靜地想到唯一活路，躲到底下去。」允禩負手於身後。大火剛撲滅不久，空氣中仍然瀰漫著一絲炙熱的氣息。

「哼，瞧他流的血，就算不死也得去掉半條命。」允䄉咧嘴說道。如今他臉上哪還有一絲關切之色，看著反倒是恨不得胤禛早點死掉。

他們與胤禛爭了一輩子，臨到頭卻是胤禛成了皇帝，他們被迫改名避諱，被迫日日向其叩頭跪拜，心中早已充滿怨氣，只是一直在忍耐罷了。

「此事暫且不說，我倒是更在意老十三，他對皇上可真是忠心得緊。」允禩神色依然是溫和儒雅的，唯有那雙漆黑如墨玉的眼眸漸漸流露出冷意。

「再忠心又怎樣，還不是一個病秧子，看他動不動就咳的樣子，能有幾日好活？」允䄉不以為然地說著。雖然與允祥流著一半相同的血，但他與允祥素來不對盤，再加上允祥又是胤禛登上皇位的最大助力，對胤禛怨恨有多深，對允祥就同樣有多深。

允禩看著允祥離去的方向淡淡道：「就這樣一個病秧子還把皇上救了出來，輕視不得啊。」

允䄉不服還要說話，允禟已經瞪了他一眼道：「別不服氣了，至少剛才老十三過去的時候，咱們誰都沒看到，更不曉得他是何時救了皇上。」

允䄉輕哼一聲，踢著腳下的石子不說話。允禩看了周圍一眼，對他們道：「趕緊將這裡都安置好，然後去養心殿。」

始終，胤禛的死活才是最要緊的！

「是。」允禟與允祴心裡清楚，允禩口中的「安置」並不是指那些王公大臣、命婦女眷，而是另外一件事。

等他們趕到養心殿的時候，裡一層、外一層圍了許多人，正要進去，遠遠看到那拉氏疾步過來，幾人忙上前一拍袖子道：「臣給皇后娘娘請安。」

「幾位王爺請起。」那拉氏剛從慈寧宮過來，急切地問：「皇上這邊怎樣了，要緊嗎？」

「臣等人也是剛來，尚不知裡面情況如何。」允禩答了一句又問：「敢問皇后，不知太后那邊鳳體如何？甦醒了嗎？」

那拉氏搖搖頭。「還昏迷著呢，太醫說是受驚過度所致，只要醒了就沒大礙。」

「唉，誰都沒想到好好一場上元節燈會會弄成這樣子，臣寧願受傷的那人是自己。」允禩神色悲切地說著，充滿了濃濃的懊惱。

「廉親王也別責怪自己了。走吧，咱們去看看皇上怎麼樣了。」憂色隱藏在那拉氏眉眼細細的紋路處揮之不去，她是皇后，所要擔心的事比尋常妃子多許多。

他們進了養心殿，候在外頭的眾人紛紛行禮。年氏、凌若還有一眾嬪妃大多在裡頭，面色哀沉不展，瞧得那拉氏心頭更加緊張，上去道：「太醫還沒有出來嗎？」她先是去慈寧宮，安頓好烏雅氏又等太醫看過才來，雖說一路緊趕慢趕，可也過了半個多時辰。

「沒有，太醫已經進去小半個時辰了，怡親王在裡面陪著呢。」年氏等人皆沒心思說話，還是四喜答的話。

那拉氏默默點頭，神色凝重地看著緊閉的內殿門。太醫在裡面待得越久，就說明胤禛的傷勢越嚴重，難道真的……

那拉氏不敢想下去。若胤禛真的傷重不治，龍歸大海，那麼朝堂後宮都會有一場大震動。當初康熙賓天前，做了許多安排，幾位阿哥還是差點兵戎相見；而今胤禛這邊什麼安排都沒有，雖說膝下有數個皇子，繼位有人，可一旦有些人心懷不軌，那結果如何可就難說了。

那拉氏悄悄往允禩那邊看了一眼，她雖久居後宮，謹遵祖訓不問朝堂政事，但心卻透澈如明鏡，曉得眼前這幾位看似一臉悲切的王爺都不像表面上那麼簡單，也不知道他們如今正在打什麼主意。

不行，萬一胤禛當真有什麼不測，皇位絕不能落入他人之手。

想到這裡，那拉氏回頭問身後的三福：「二阿哥人呢？」

「回主子的話，二阿哥正在乾清宮陪著佳福晉呢。」三福依言稟道。他口中的佳福晉就是側福晉索綽羅佳陌。

那拉氏心頭火起，努力壓了怒氣，低聲罵道：「這個蠢貨，什麼時候了，還在那裡兒女情長，趕緊去將他給本宮喚來！」

「嗻！」三福隱約猜到那拉氏的心意，不敢多問，悄悄離開養心殿。

等在養心殿的每一分、每一秒對淩若來說都是漫長的，她的手一直緊緊握著沒有鬆開。溫如言想去掰她的手，卻怎麼也掰不開，無奈之下，只能將她冰涼的拳頭籠在掌心，用自己的體溫去溫暖她。

不知過了多久，內殿的門終於開了，數名太醫走了出來，走在最前面的是太醫院院正齊太醫。

一看見他們，帶著各種心思的眾人皆湧了上去，急切地道：「齊太醫，皇上怎麼樣了，要不要緊？」

幾位太醫相互看了一眼，皆是臉色難看地搖頭。齊太醫代為答：「回諸位的話，皇上這次磕傷了頭，流了許多血，情況怕是不妙。」

此言一出，所有人皆大吃一驚。竟然真的這麼嚴重嗎？

儘管許多人心中已經有了猜測，但畢竟只是猜測而已，作不得準，可現在齊太醫卻是親口證實了。

第五百九十九章　傷重難治

那拉氏身子一晃，面色由白轉青，朱唇顏色盡失，艱難地道：「齊太醫，你不要與本宮開玩笑，皇上他究竟怎麼樣？」

原本精神恍惚悲痛的年氏聽得那拉氏此話，猶如抓到了救命稻草，帶著最後一絲希望顫聲道：「是啊，齊太醫，你不要胡說了，快與我們說實話。」

往日裡，年氏是最不服那拉氏的，事事與她唱反調，可這一回卻全沒了這個心思，唯一的念頭就是希望胤禛平安無事。

齊太醫苦笑道：「皇后娘娘，貴妃娘娘，就是借微臣十個、八個膽，也不敢在這個時候開玩笑，皇上他這次確實傷得很嚴重，只怕……」

雖然齊太醫後面的話沒有說出口，但在場之人無一個是蠢鈍愚笨之輩，皆是明白了那層不可言說的意思。

那拉氏如遭雷擊，「登登登」往後連退數步，雙唇顫抖不止，連一句完整的話也說不出。年氏渾身癱軟在宮人身上，雙手死死捂著嘴脣，不敢相信這一切竟然是真的。

眾人心中大悲，允禩上前強忍了哽咽道：「齊太醫，你是院正，也是咱們大清的國手，求你一定要救救皇上，大清不能沒有皇上啊，本王在這裡給你下跪了。」

說著，他竟屈膝要跪，齊太醫哪敢受他跪拜，趕緊扶住，迭聲道：「王爺使不得，使不得！」好不容易勸住允禩後，齊太醫沉重地嘆了口氣道：「不瞞王爺，微臣已經竭盡全力，無奈醫術低微，只能保住皇上傷勢不惡化，至於說好轉……實在非人力所能及。皇上情況危急，如今雖止住了血，但腦袋受到嚴重震盪，連頭骨都裂了，現在最好的情況就是不惡化。也就是說，皇上會一直昏迷下去。萬一傷口感染，併發其他病症，又或者出現什麼意想不到的情況，那就難說了。」

他所謂的「難說」，無非就是一死，不過涉及當朝皇帝，齊太醫實不敢輕易說出這個字。

「嗚……」不知是誰先哭了出來，在死一般寂靜的養心殿裡聽來格外刺耳。不等其他人跟著哭，一道寒光已經劈面打在那人臉上，繼而掉在地上，定睛看去卻是一只翡翠戒指。

戴佳氏聽得齊太醫說胤禛無救，心中悲痛難忍，忍不住哭出了聲，豈料剛哭了一聲就被什麼東西砸了臉。不等她說話，一道渾身冒著寒氣的身影已經出現在她面前，卻是面色鐵青難看的凌若。

一直以來，凌若給戴佳氏等人的印象都是溫和秀雅的，何曾見過她這副冷徹入骨的模樣；尤其她嘴角還殘留著剛才從四喜手臂上咬出來的一絲血跡，這還沒說話，戴佳氏心中就懼了三分。

「皇上還好好地躺在裡面，妳哭什麼，沒得惹來晦氣！給本宮好好閉上嘴，再敢亂哭，看本宮不掌妳的嘴！」

凌若是妃，戴佳氏是嬪，凌若訓斥戴佳氏本沒什麼問題，但是皇后在，年貴妃也在，她們兩人一主一輔掌管後宮，就算戴佳氏當真有什麼不對，也該是她們出言訓斥才對。凌若這樣，無疑是有些越俎代庖了。

可是，此刻的凌若是絕對不會在意這些的，她只知道戴佳氏的哭聲令她很心煩，她要讓戴佳氏閉嘴。

胤禛還活著，還沒有死，誰都不許哭，哪個敢哭她就摑哪個的臉！

在訓斥完戴佳氏後，凌若機械地轉身，一步步走到齊太醫面前。「本宮要去看皇上。」

齊太醫往邊上讓開一步，嘆道：「娘娘要進去自然可以，只是皇上現在昏迷著，什麼都不會知道的。」

凌若沒有理會他，只是一步步往內殿走去。腳上明明空無一物，她卻感覺有千斤重的腳鐐束縛著一樣，每一步都走得萬分艱難。

這個時候，弘時終於趕到了，喘了幾口氣息後，朝那拉氏行了一禮道：「皇額娘，皇阿瑪怎麼樣了？」

那拉氏一看到他就滿肚子氣，若非此處人多，非得好好訓斥弘時一頓。她掐了掐翡翠的胳膊平息了一下怒氣，冷冷道：「你皇阿瑪情況很不好，太醫說磕傷了頭無法救治，你趕緊隨本宮進去看看。」

弘時一聽這話也急了，趕緊扶了那拉氏往內殿走。年氏剛才已經跟著凌若進去了，其餘諸妃這時也跟著那拉氏進去。

進了內殿，只見胤禛躺在床上，頭上的傷口已經用紗布包好，只是那抹猩紅依然猙獰地出現在紗布上。

允祥雙目通紅地站在旁邊，看到那拉氏等人進來，無聲地行著禮。

不論是對胤禛有情無情的，這一刻，看到他躺在床上生死不知的模樣，都悲從中來。自然，更多的，不是悲胤禛的生死，而是悲自己的未來。若說胤禛是一棵參天大樹，那麼她們就是依附在樹上的藤蔓，樹生則生，樹死則死。

如果，這一次胤禛沒能熬過來，那麼，她們會怎麼辦？像先帝那些妃嬪一樣搬入壽康宮，然後在孤寂無望的漫漫長夜中了此一生嗎？

一想到那樣的結局，她們皆想哭，可是在看到站在最前面的那一道身影時，已經到嘴邊的哭聲又生生收了回去。戴佳氏的教訓可還在眼前，她們未必懼怕凌若，卻不願去惹已經徘徊在崩潰邊緣的熹妃，誰也不曉得她在這種情況下會做出什麼瘋狂的舉動。

「皇阿瑪！」弘時悲呼一聲，雙膝跪地爬行到床邊，一遍遍喚著，可是胤禛連一點兒反應也沒有，若非錦被下的胸口還在起伏，幾乎要以為……

那拉氏仰一仰頭，努力將眼眶中的淚水逼回去，轉頭對跟進來的齊太醫道：

「齊太醫，當真連一點兒辦法都想不了嗎？」

第六百章　那一夜

齊太醫搖頭不語。倒是他後面的柳太醫澀聲道：「娘娘，微臣們能想的法子已經都試過了，實在是藥石無效，唯一的轉機就是看皇上自己。若求生意志強的話，也許能熬過來也說不定。」

被他這麼一說，那拉氏好不容易逼回去的淚險些又要出來。

年氏在一旁聽了又氣又痛，將一腔怒火統統發洩在柳太醫等人身上：「什麼叫唯一的轉機？分明是你們自己無用，若依你們這話來講，生了病靠求生意志熬著不就行了？還要看什麼大夫！」

柳太醫低著頭不敢答話，而年氏在喝罵一通後，又道：「既然你們無法，那麼就張貼皇榜，尋天下名醫來替皇上治病。」

「萬萬不可！」第一個反對年氏這提議的竟是允祥，只聽他正色道：「皇上受傷嚴重一事不宜張揚，否則易引起朝局動盪，難以收場。」

「怡親王說得不錯。」那拉氏很快便想明白了其中道理，附和允祥的話。「何況天底下醫術最好的國手齊太醫都沒辦法，妹妹以為外頭那些山野大夫會有辦法嗎？」

「這也不行，那也不行，難道就這麼乾坐著嗎？」年氏著急又無奈地說。

那拉氏無言，在靜靜看了胤禛一會兒後，對弘時道：「你在這裡陪著你皇阿瑪，本宮去佛堂祈福，祈求佛祖保佑你皇阿瑪度過這一劫。諸位妹妹如果想替皇上祈福的話，可隨本宮一道去佛堂。」

她們不懂醫，又幫不了胤禛，唯一能做的也只有祈福了。至於佛祖能否聽到，又是否垂憐，那就是另一回事了。

允禩拍拍默不作聲的允祥，道：「別太擔心了，皇上一定會好起來的。」

「嗯，八哥你們先回去吧，留在乾清宮的那些人，要麻煩八哥安排他們離開。至於明日早朝也請八哥代為主持，朝臣問起，就說皇上受了驚嚇，暫時不能處理國事，需要休養幾天。」說到這裡，允祥有些不放心地道：「八哥記得，皇上傷重一事，千萬不能洩漏出去，一旦朝局動盪，可就麻煩了。」

「八哥知道，八哥又不是那沒分寸的人，你在這裡好生照顧皇上。」允禩又安撫了幾句後，與允禟他們一道退出去。

人，來了又去，很快的，內殿中就剩下允祥、凌若與弘時三人。原先溫如言與瓜爾佳氏不願離去，可是又想著弘曆他們那邊的情況，總不能讓他們一直等在乾清宮，只得先行離開。

在蠟燭爆出一朵小小的燈花時，凌若說道：「允祥，你身子不好，先回去吧。」

「微臣不礙事，咳！咳咳！」允祥放心不下胤禛，如何肯離去，然身子卻是不爭氣，一說得急了些便使勁咳嗽起來，直咳得胸口發痛，難以站立。

「聽本宮的話，回去休息。」見允祥還待要說，凌若目光一沉，沉聲道：「皇上我會照顧，不會有事的。何況這日子還長著，若連你也倒了，那麼宮裡宮外，本宮就真的連一個可以依靠的人都沒有了。快回去，墨玉還等著你呢。」

「那好吧。」允祥也知道自己守在這裡起不了什麼作用，難過地看了胤禛一眼後，拱手離去。

在允祥離去後，那些宮人也被遣出去，令得養心殿越發的安靜。其間有宮人端藥上來，雖然齊太醫說胤禛的傷藥石無效，但還是開了補血復傷的藥。凌若與弘時，一個扶著，一個餵藥，原本餵得倒是挺順利，哪知在剩下小半碗的時候，胤禛突然嘔吐起來，好不容易吃下去的藥全吐在弘時身上。

「皇阿瑪！」看到這個情景，弘時越發手足無措。他真的很害怕皇阿瑪就這麼沒了，以後再也見不到了。雖然皇阿瑪待他嚴厲，但他知道皇阿瑪心裡其實是很關心他的，否則也不會將佳陌賜給他為側福晉。

「熹妃娘娘，皇阿瑪他會不會——」不等弘時說完，凌若已經打斷他的話。

「不會！皇上一定不會有事！」她聲音尖利得像是要把人耳膜刺穿。

弘時怔忡了一會兒，黯然低頭不語。凌若越是這樣反常的肯定，他越是擔心，難道真的回天乏術了嗎？

弘時突然站起來，走到殿門口跪下，哽咽道：「求上天保佑皇阿瑪度過此次難關，不孝子弘時願減壽二十年！」

聽著弘時至誠至孝的話，凌若努力平息著胸口翻騰的情緒，走到弘時身後，將手掌輕輕放在他肩上，愴然道：「會的，上天一定會保佑你皇阿瑪的。」話音一頓，她又道：「起來吧，去將衣裳換了，天氣這麼涼，穿著溼衣裳容易生病。」

「是。」弘時答應一聲，出去換衣裳。

在他離開後，凌若緩步走到胤禛床前；一路走去，雙眼越來越模糊，直至連胤禛的身影都看不清。

凌若不敢眨眼，唯恐一眨眼，那淚就會掉下來。她不能哭，一定不能哭，胤禛沒事，只是受了點兒傷而已，等傷好了就又和以前一樣。

她就這樣一眨不眨地睜著眼，直至眼裡的淚水被一點一滴地逼回去，化作一抹苦澀流過喉間。

「四爺。」她喚著，執起胤禛的手在頰邊輕輕地蹭著，貪戀於他手背上傳來的暖意。「答應臣妾，撐下去，一定要撐下去，千萬千萬不要放棄。」

她目光婉轉，安靜守望著昏迷不醒的胤禛，忽的，一抹笑意在脣邊綻放，淒絕唯美。「將臣妾從宮外帶回來的時候，您說過，此生都不會再負臣妾，君無戲言，您不可以食言。否則，哪怕是追到黃泉，臣妾也會把您追回來。」

她愛重胤禛更勝過自己，若胤禛離去，她不知道自己還有沒有繼續活下去的勇氣。她怕，怕胤禛真的會死，所以她不許戴佳氏哭，不許任何一個人哭，包括她自己。

這一夜，宮中經聲不斷，香煙繚繞……

這一夜，凌若徹夜未眠，守在胤禛身邊，不為其他，只為可以時時刻刻感受到他的心跳與呼吸，讓自己知道，胤禛還好好地活著，沒有離開自己。

第六百零一章　密謀

第二天一早，溫如言帶了弘曆過來。弘曆緊緊抿著像極了胤禛的薄唇，走到凌若身邊，低低喚了聲「額娘」。

凌若什麼也沒說，只是緊緊抱著弘曆，從他身上汲取讓自己堅持下去的勇氣。

弘曆眼睛很紅，卻沒有一滴眼淚落下，仰頭道：「額娘，皇阿瑪一定會沒事的，兒臣陪您在這裡守皇阿瑪。」

弘曆的懂事令凌若更加心痛，說不出話來，只能用力點頭。這一日，弘曆與她同守在養心殿，其間不斷有人來，又不斷有人離開。

當後宮籠罩在一片愁雲慘霧中時，允祥要求隱瞞的真相卻不知經由誰的口，洩漏出去，上至朝臣、下至百姓，都聽說皇帝傷重不治、隨時可能會駕崩的消息。一時間人心惶惶，流言漫天，皆在猜測事情的真假以及……皇帝什麼時候會死。

雖然允禩等人極力澄清，卻不足以令群臣信服，尤其當日胤禛昏迷流血的情況有許多人親眼見到。

在勉強安撫了兩天後，群臣終於按捺不住，開始不斷要求進宮向皇帝請安。允祥還有允禩等人心裡都清楚，這些人名為請安，實為探虛實，是萬萬不能讓他們見胤禛的。

至於這件事能瞞得了多久，他們也不知道，只是在沒有更好辦法的情況下，只能瞞著一刻是一刻。

後宮、朝廷、京城，一時間都似乎陷入一種風雨飄搖的狀態……

廉親王府裡，允禟、允䄉正坐在廳中喝茶。允䄉一口氣將還很燙的茶喝盡，阻止了下人的續茶，對看起來氣定神閒的允禟埋怨道：「九哥，八哥怎麼還不回來啊？」

「急什麼，該回來的時候總會回來的。」允禟慢慢抿著茶。這可是在貢茶中也算上等的女兒茶，像允䄉那樣如牛飲水，那是糟蹋了好茶。

允䄉哼哼道：「真是個慢性子，喝個茶也能喝半天，這樣小口小口抿，哪裡解得了渴。」

允禟抬眼道：「老十，這不叫慢性子，而是既知急不來又何須去急呢？若都像你這樣，可是成不了大事。要我說，你可得好好修一下性子才是。」

「得，九哥你饒了我吧，要我像你們這樣，還不如直接要我的命得了。」允䄉性子魯莽急躁，脾氣也臭，經常一點就著，有個外號叫「十鞭炮」。

允禟正想再說幾句，卻見允禩走進來，忙起身喚了聲「八哥」。

允䄉則面露興奮地道：「八哥，老四那邊怎麼樣了？」

允禩擺擺手，在命廳中的下人全部出去後，方道：「今日我進宮去了養心殿，老四的情況看著越發不好了。」

「太好了！」允䄉第一個拍手大笑道：「奪了咱們皇位的老四，終於也有這一天！」

「老十，聲音小些，當心隔牆有耳。」允禩有些不悅地瞥了允䄉一眼。

允䄉晃晃腦袋道：「這裡可是廉親王府，哪有什麼耳目。要我說啊，八哥你就是太謹慎了些。」

「謹慎一些總是好的。」允禩並沒有因他的話而露出任何大意之色，在踱到門口看了一圈，確定沒有任何可疑人影後，方才道：「老四那人疑心甚重，雖我等在他登基之後，一直安分守己，不露任何異狀，可他未必就信了我們，指不定正派人暗中監視著呢。」歷代皇帝手中都有屬於自己的力量，為的就是控制群臣，鞏固自己的統治，相信胤禛絕不會是例外的那一個。

允䄉哼了兩聲道：「哪個敢監視，我第一個把他腦袋擰下來，看哪個還有膽子來。」

允禩了解他這性子，知道一時半會兒勸不過來，搖搖頭看向允禟道：「事情辦得怎麼樣了？」

允禟眉飛色舞地道：「八哥放心，事情很順利，老四傷重隨時會沒命的消息一傳出，大臣也好，百姓也罷，一個個都擔心著他死後京城會變天。在我去拜訪時，那些大臣都有投靠之意，包括……」他故意停頓了一下，緩緩說出三個字：「隆科多。」

隆科多這個名字帶來的意義實在太大，以允禩的城府亦忍不住喜上眉梢。隆科多是吏部尚書兼步軍統領，手中掌著京中九門的所有兵防，當初要不是隆科多相助，胤禛未必能順利登上大位。

「老九，你確定隆科多有意投靠我們？」允禩目光炯炯地盯著允禟。

「這隻老狐狸沒有明說，不過話裡話外確有這個意思，臨走前還塞了一疊銀票給我，少說也有數千兩。」允禟陰陰一笑道：「老四整日在那裡說什麼肅清吏治，卻不曉得他這位舅舅就是一個徹頭徹尾的大貪官。」

「有貪心才好為我們所用。」允禩輕輕敲著桌子，這可真是一個意外之喜，他抑住心中那絲興奮道：「老九，隆科多這個人一定要拉過來。」

「這個我省得。不過八哥，隆科多這人兩面三刀，今日可以投靠我們，說不定明日就會投靠別人，信不得。」允禟眼光極利，一下子就將隆科多這人看了個通透。

允禩眼眸微瞇，冷然道：「這一點我也知道，他再重要也不過是一枚棋子，等事成之後，棋子自然就沒有什麼用處了。」

「八哥，那咱們什麼時候動手啊？」允䄉最是直接，摩拳擦掌地問著。

允禟在旁邊抿了口茶，插話道：「什麼動手不動手，咱們又不是要犯上作亂，而是要撥亂反正，讓大清重新走上正途，不被無恥宵小所把持。」

允䄉嘿嘿一笑，道：「不管怎樣，只要不讓老四繼續騎在咱們頭上拉屎撒尿就好。要我說，還是八哥有主意，能夠想到在燈會上動手腳，讓老四栽了個大跟頭，連小命都要沒了，可真是替咱們出了口惡氣。」

「噓！」允禩做了個禁聲的手勢，肅聲道：「這件事不許再提。記著，燈會上發生的事與咱們沒有任何關係。」

「是，知道了。」允䄉雖然心粗，卻也分得清事情輕重緩急，改口道：「八哥，那咱們究竟什麼時候動……呃，撥亂反正？」

允禩沉吟了一會兒道：「不急，此事關係重大，馬虎不得。而且老四那邊，我始終還有點懷疑。」

第六百零二章　拉攏

「怎麼，難道八哥懷疑老四的傷是假的？」允禟擰眉問道。若真是這樣，那事情就複雜了。

胤禩緩緩道：「那倒不至於，只是這兩天我尋了好幾位京中有名的大夫，想帶進宮去給他診治，都被老十三擋了回來，說是連御醫都沒法治，其他大夫看了也白看。」

「我說八哥你也真是，他死了不是正好，做什麼還尋大夫給他看？」允䄉皺著兩條大濃眉，神色很是不以為然。

允禟挑一挑眉道：「你懂什麼，八哥這是探虛實，太醫不是我們的人，他們說的話未必能相信。不過八哥，這次是否是你想多了？從燈臺出事到老四受傷，就那麼點兒時間，又有那麼多人看著，老四怎麼可能耍花樣。」

「希望是這樣。」允禩沉沉點頭。不曉得為什麼，這幾日心裡總覺得不是特別踏實。「老九，諸位王公大臣你要加緊聯繫，盡量爭取將他們拉到我們這邊，越多越好，尤其是隆科多。」

「此事我會留心。」允禟答應一聲，又有些無奈地道：「不過像張廷玉這種老四的死忠派就沒辦法了。」

「隨他們去，憑他們幾人也成不了事。」允禩抬眼望著逐漸發黑的天空，沉沉道：「還有，就是豐臺大營與健銳營等京中布防、軍力。上次咱們之所以會失敗，就是因為手中沒有足夠的兵力，老十四又遠在西北，遠水解不了近渴，同樣的虧可不能再吃第二次了。隆科多手裡的步軍衙門是一個好助力，但這人與我們不是一艘船上的，別看他現在有意示好，在形勢明朗並且占據上風之前，他怕是絕對不會賭上身家性命來幫我們的。」

「豐臺大營一直被老十三那夥人捏得死死的，咱們沒法動，倒是健銳營、前鋒營、火器營那邊可以想想辦法。他們有幾個是當初老十四帶出來的，這些年與咱們也不曾斷了來往。」這樣說著，允禟忽的露出一絲獰笑，在漸暗的天色中顯得尤為陰森。「八哥，隆科多這麼好的助力放棄不是太可惜了嗎？再說當年，他害得咱們沒了皇位，現在助咱們再奪回，也是應該的事。」

允禩沒有說話，只是回頭看著允禟，他知道這個九弟心裡肯定已經有了將隆科多拉上船的主意。

「隆科多有一名愛妾，名叫四兒。當初四兒乃是隆科多岳父的侍妾，卻被隆科多強奪過來，隨後隆科多妻死，據言，其妻死於非命，且慘狀猶若人彘。隆科多對四兒寵幸痴迷，使得四兒跋扈專橫，行事肆無忌憚，逼死隆科多不少姬妾不說，還十分貪心，對於送上門的銀錢從來不拒，甚至公然索要賄賂。八哥，你說這樣一個人，要找她的罪證會很困難嗎？」

「你的意思是從那個四兒身上著手，逼隆科多就範？」允禩是何等聰明之人，一下子就明白四兒之所以一直安然無事，是因為有隆科多當朝一品大員的身分壓著，沒人敢與之作對。

「不錯，只要她出事，以隆科多對她的痴迷勁，一定會任由我們擺布。可以說，拿捏住四兒，就等於拿捏住隆科多的命門。」

「有這麼邪乎嗎？別到時候偷雞不成蝕把米。」允䄉覺得有些不可思議，至少他絕對不會為了一名姬妾做到這個地步。

「一樣米養百樣人，沒有什麼是不可能的，隆科多對這個四兒的痴迷我也聽說過一些。老九，那這件事就交給你去辦，我與老十底下的人，任由你差遣，務必要將他綁到咱們的船上來。至於我，設法去與十四弟聯繫，還有太后那邊……」允禩眼中精光一閃，徐徐道：「若能得到太后支持，老四一死，十四弟繼位的事就十拿九穩。」

允禩雖然很想得到那個至高無上的寶座，卻很有自知之明，知道自己的出身容易遭人詬病，會有許多人不服；但是允禵不同，他與皇上乃是同父同母的兄弟，繼位理所當然。至於那些皇子，呵，弘時不過是中庸之才，弘晟、弘曆、弘晝幾個尚且年幼，根本成不了大事。

「不過，你們還得小心一個人。」在沉寂一會兒後，允禩突然來了這麼一句。

允䄉問：「八哥可是說年羹堯？」

不等允禩說話，允禟已是笑著打趣道：「唷，老十，不錯啊，這次腦筋動得真快，竟然想到年羹堯。」

允䄉牛眼一瞪，道：「九哥，別以為我真的什麼都不知道。雖然滿朝文武眾多，但能夠讓八哥忌憚的也就手握西北兵權的年羹堯一個，八哥你說是不是？」

「不錯，京中之事好安排，京外之事卻難說了，所以年羹堯是我最擔心的一個變數。」允禩頓了一下又道：「如今羅布藏丹津反叛，他正與之交戰，若此戰敗了尚且好說；若勝了，他到時候揮師回京，而我們又根基未穩，怕是很難應付。」

「怕什麼？他敢來，我就把他打回去。不就一個包衣奴才嗎？還反了天了？」允䄉從來就是天不怕、地不怕的性子，這兩年要不是允禩壓著，他早就與胤禛處處對著幹了。

「年羹堯不可怕，可怕的是他手裡的大軍。」允禩露出凝重之色。既要成大事，那麼方方面面都必須考慮到，一點兒小疏漏就可能導致全盤皆輸。

允禟倒是沒這麼擔心，涼聲道：「大軍未動，糧草先行。這段時間年羹堯在前面打仗，各地的糧草、物資源源不絕送往西北，一旦糧草中斷，他這仗也就不用打了。所以我說，只要我們能控制糧草，就不用擔心年羹堯作亂。何況我不認為年羹堯對老四有多忠心，比之張廷玉、李衛一流，更是遠遠不及。」

允禟的這番分析令允禩心情一舒，這些他未必想不到，只是太過在意，所以有些事反而不如他人看得更清楚，當下展顏道：「老九說得不錯，倒是我過於憂心了，不過此戰還是宜敗不宜勝。」

第六百零三章　三天

「這是為何？雖說年羹堯這奴才有些麻煩，但好歹是咱們大清的，讓他將羅布藏丹津收拾掉不是很好嗎？」允䄉有些摸不著頭腦。

「老十，這你就不懂了，如果年羹堯戰勝，那麼就證明老四用人有方，平白給老四添了美名；若他敗了……」允禟突然想到什麼，看向允禟道：「八哥，你是不是想他若敗了，就讓老十四代替他出征？」

「不錯。」允禩對允禟能猜到自己的想法並不感到奇怪，他們幾十年兄弟，除了老十這個一根腸子通到底的之外，餘下幾個對彼此心思都有些了解。「若能掙下一個蓋世戰功，老十四的皇帝之位就繼承得更加理所當然了。」他話音一頓又道：「老九，明日早朝後，你隨我入宮再探一探虛實，還有太后那邊也得去動一動了。至於老十，你給我全力監視送到京城的軍情消息，我要第一時間知道西北的戰況。我們已經忍了太久了，所以這一次，只許勝，不許敗。」

養心殿中，凌若已經幾天幾夜沒闔眼了，一直守在胤禛床前。時光彷彿回到了胤禛患時疫的時候，她也是這樣日夜不休地守在床前。那一次，她與胤禛都熬過來了，那這一回呢？還能那麼幸運地熬過去嗎？凌若不曉得。

太醫每日都會來，但每一次都是搖著頭，神色凝重地離開。到最後，齊太醫更說，依胤禛現在的情況，很可能熬不過三天。

三天……凌若從未想過生離死別會來得這樣突然，整個人都渾渾噩噩的，猶如一抹幽魂。

弘曆也想與她一道守在養心殿，卻被她喝斥了回去，並且囑託瓜爾佳氏與溫如言，一定要照顧好弘曆。凌若心裡是清楚的，如果胤禛這一次沒有熬過來，那麼新君繼位勢在必行。

弘曆雖然聰慧，也最得胤禛喜歡，可是畢竟還小，又非嫡非長，一旦爭位，很難鬥得過擁有嫡長子身分的弘時，更不要說還有一個那拉氏虎視眈眈。

如果再給凌若十年時間，她可以保證替弘曆鋪平一條繼位之路，不輸於任何人；可惜沒有如果，所以這一次他們根本無法爭過皇后一派，唯一能做的就是在爭位中盡量遠離漩渦，保住性命。

而且，除了皇后之外，還有允禩他們，這些人是不會甘心讓弘時順利繼位的。

還有燈臺……凌若心中一直有個疑問，為何好端端的，九蓮寶燈會在胤禛點燈的時候突然燒起？照理來說，這些東西都會有人仔細檢查，不可能會有意外；而且火勢那麼大，倒像是被故意催發。

若這猜測屬實，那麼就是有人故意要謀害胤禛，而其圖謀也必然不小。

此事她已與允祥說了，允祥答應會派人仔細追查，希望可以揪出幕後主使者，不讓他的陰謀得逞。

眼下，她唯一能夠信任的，也就一個允祥了……

彼時，坤寧宮中，那拉氏剛從佛堂回來，三福正替她仔細揉著雙腳。她在佛堂中唸了一日經，雙腳都快跪麻木了。自胤禛出事後，她就領了後宮諸妃一直在佛堂中誦經祈求，盼佛祖可以保佑胤禛度過這一劫。可是誠心求了數日，換來的卻是齊太醫關於胤禛活不過三日的斷言。

難道，真的沒有一絲希望了嗎？

想到這裡，那拉氏不覺黯然神傷。夫妻近三十年，她從不是胤禛心中的至愛，但胤禛從來就是她心中的至重。

她在意胤禛，從喜帕被揭開的那一刻就在意那個冷峻的男子。每一次相望、每一次牽手，她都是欣喜的。即便明知胤禛心中有人，明知胤禛並不愛自己，她依然默默地守在胤禛身後。

之後，她有了弘暉，可僅過了八年，她就失去了弘暉，以後也再沒有了自己的兒子。弘時不過是保住她地位的一枚棋子，根本不能與弘暉相提並論，所以，她生命中唯一的重心僅剩下一個胤禛。

失去弘暉的痛苦令她更加在意胤禛，也更在意他身邊的那些女子。她恨他們可以得到胤禛的喜歡與愛，所以瘋狂地報復，擄奪本不屬於她們的恩寵與榮華。

原以為，自己會這麼一輩子鬥下去，直至白髮蒼蒼之時，卻不曾想，胤禛竟然會以為這種方式離開她，且還是這般快，只剩下三日時間。

那拉氏心裡是難過的，可是除了難過，她更擔心胤禛的身後事。胤禛不曾立過儲君，他一走，誰來繼承皇位就成了最大的問題。

按理，弘時身為嫡長子，應是第一順位的繼承人，可是八阿哥他們會善罷干休嗎？一想到這個，那拉氏就覺得頭疼得厲害。八阿哥那群人狼子野心，讓他們繼位，自己這些人絕不會有什麼好下場，所以皇位必須要牢牢攥在手中。

「三福，弘時還在養心殿嗎？」她問，聲音透著難掩的疲憊。原本身子就不怎麼好，再接連數日在佛堂中誦經唸佛，更是虛弱不堪。

三福手中動作一滯，小聲道：「回主子的話，黃昏時分二阿哥就出宮了。」

「啪！」那拉氏一掌狠狠拍在扶手上，厲聲道：「又是因為那個索綽羅佳陌？」

三福曉得那拉氏最討厭的就是二阿哥府上那位佳福晉，低了頭不敢答話，唯恐觸了霉頭。

過了一會兒，只聽那拉氏陰聲說道：「明日二阿哥進宮後，三福，你給本宮看牢他，不許他離宮半步，更不許去見那個索綽羅佳陌，若看不住，本宮就打斷你的腿。」

「奴才遵命，便是拚了奴才這條命，也一定攔住二阿哥。」三福一邊說一邊在心裡暗暗叫苦。二阿哥是金枝玉葉，他要走，自己一個小奴才怎麼攔得住？二阿哥不敢違背皇后的意思，卻不會聽一個奴才的話。唉，主子與二阿哥之間的事，卻非要他一個奴才夾在中間為難。

這個時候，翡翠走了進來，恭謹地道：「主子，熱水已備下，奴婢扶您去沐浴吧，也好早些歇息。」

那拉氏壓下心中的怒氣，點頭由著翡翠將自己扶起，往內殿走去。接下來的路一步比一步難走，她要養足精神走好每一步，絕不能輸給任何人。

皇位只屬於弘時，太后之位也只屬於她。

第六百零四章　阻攔

第二日弘時進宮後，三福果然寸步不離地跪在弘時身邊。原先倒是尚好，可到了黃昏時分，弘時與前幾日一樣就要出宮回府，三福卻擋在他面前。「二阿哥，娘娘有命，讓您在宮中陪伴皇上。」

弘時眉頭一皺，道：「我已經陪了一天了，現在天色將晚，我得先回府一趟，明日早些入宮就是了。」

他繞開三福就要走，哪料到三福就跟個影子一樣，他走到哪裡擋到哪裡，來來回回都是那句話，聽得弘時心頭火起，怒喝：「你這狗奴才，總擋著我的路做什麼，本阿哥現在要回府，趕緊讓開！」

「請二阿哥恕罪，這是皇后娘娘的命令。」三福更加垂低了頭，他不想得罪弘時，但更不敢不遵那拉氏的吩咐。

「皇后娘娘、皇后娘娘，你這狗奴才就知道將皇額娘搬出來壓我！」弘時指了三福的鼻子怒罵。

可是任他怎麼罵，三福就是不肯讓開，口中更道：「二阿哥息怒，奴才也是奉命行事。皇后娘娘擔心皇上傷勢，也是想有二阿哥陪著，皇上傷勢會有所好轉。」

弘時怒極反笑。「我又不是大夫，哪裡治得了皇阿瑪的傷。再說最後一次，給我讓開！」

三福哪裡肯讓，依然擋在弘時跟前。這次弘時毫不客氣地一腳踹在他左肋上，痛得三福倒吸一口涼氣，卻還是咬牙擋在弘時面前，把弘時氣得額上青筋直跳。「你這奴才，當真要與本阿哥作對嗎？」弘時並不是一個暴戾、霸道之人，換作以往，留下來也便留下來了，可是這幾日他確實有事，不便留在宮中過夜，偏生三福又在那裡胡攪蠻纏，所以才氣得踹了他一腳。

三福忍痛跪下道：「奴才只是奴才，奉主子之命，留二阿哥在宮中，實不敢有違。今日就算二阿哥將奴才打死在這裡，奴才也是不敢讓開半步的。二阿哥若真有急事要出宮，還請與皇后娘娘說一聲，也省得奴才在這裡礙您的眼。」

弘時考慮了一會兒，轉身往佛堂走去。

三福在後面暗自鬆了一口氣，捂著痛處趕緊跟上。弘時走得很快，不一會兒就到了佛堂，還未進去，就聞到一股濃郁的檀香從裡面飄散而出。

除了凌若之外的宮嬪幾乎都在裡面，閉目跪在蒲團上誦經祈福。弘時小心地越過她們走到跪在最前面的那拉氏身邊，輕輕喚了聲「皇額娘」。

那拉氏睜開眼，朝佛像磕了三個頭後，扶著翡翠的手站起來。她沒有看弘時，只是道：「隨本宮來。」

從佛堂到坤寧宮並不遠，不過一盞茶的工夫，待得進了正殿坐下後，那拉氏方道：「來見本宮，可是為了出宮一事？」

弘時承認道：「是，兒臣不明白皇額娘為何不許兒臣出宮。」

那拉氏輕輕捻著手裡的佛珠道：「在本宮回答你問題之前，你先告訴本宮，為什麼一定要出宮？」

弘時目光一轉，猶豫著是否該如實相告。那拉氏也不催促，眼瞼微垂，看著星月菩提子製成的佛珠在自己指尖一顆顆撥過。

「回皇額娘的話，因為佳陌剛剛有了身孕，胎氣不甚穩健。」最終弘時還是決定將真相相告。

「哦？」那拉氏抬起頭，沒有什麼意外之色，反倒是一臉寒意地道：「這麼說來，在你心中，索綽羅佳陌的胎氣比你皇阿瑪的性命還要重要了？」

弘時聽出那拉氏話中的不喜，心中一驚，忙道：「兒臣不敢做此想。」

「不敢做此想，也就是本心如此了？」那拉氏逼視弘時，聲音越發不善。

弘時被她問得大為惶恐，連忙跪下道：「皇額娘息怒，兒臣從不敢有如此想法。只是一來兒臣即便留在宮中，對皇阿瑪的傷勢也沒什麼幫助；二來佳陌那邊也需要人照顧，所以兒臣才……」

「你府中沒有下人嗎？要你去伺候一個側福晉？」那拉氏一想到那個女子就滿腹怒氣，偏又不好直接發作，唯恐令弘時更加反感，強自憋了怒氣，苦口婆心道：「弘時，你皇阿瑪眼下這個樣子，你身為嫡長子，當日夜陪護在其床前才是，怎好為了一個女子而置你皇阿瑪於不顧呢？這是為人子該盡的孝道嗎？」

「兒臣沒有。」弘時心中很是委屈，他明明一整天都陪在養心殿，只是晚上回去，怎的在皇額娘口中便沒了孝道。

「既然沒有，那麼從現在起，就留在養心殿照顧你皇阿瑪。至於佳陌，讓下人好生伺候著就是了；再不行，派個太醫過去，如此總行了吧？」

弘時心裡頗不情願，但那拉氏已將話說到這一步，他若再不答應就真是不孝了，當即垂頭道：「兒臣聽皇額娘吩咐。」

「好。」那拉氏面色一緩，起身親手扶起弘時。「莫要以為皇額娘故意為難你，你是皇額娘唯一的兒子，不論皇額娘做什麼，那都是為了你好。」

「兒臣知道。」弘時想到這些年那拉氏對自己的養育之恩，之前的些許不滿頓時煙消雲散。

那拉氏點點頭，撫著他清俊的容顏道：「你明白就好。你皇阿瑪傷勢嚴重，齊太醫已經與本宮說了，依皇上眼下的情況，只怕拖不過三日。」

齊太醫這話只說與少數幾人知道，弘時尚是頭一次聽說，神色悚然一變，急急問：「皇阿瑪的傷當真如此嚴重，無可救治了嗎？」

第六百零五章　蛇蠍

「除非華佗再世、扁鵲重生，否則誰也救不了。」說到這裡，向來端莊沉穩的那拉氏不禁潸然淚下，傷心無比。

弘時忙取過她手中的絹子，將她臉上的淚拭去道：「皇額娘不要太難過了，皇阿瑪他——」

「不用說那些虛話安慰本宮。」那拉氏打斷他的話，黯然道：「本宮心裡比誰都清楚，這一次皇上只怕真的是在劫難逃了。」

「皇額娘……」弘時本就是至情至性之人，被那拉氏這麼一講，更是難過得說不出話來。

那拉氏沉沉嘆了口氣，扶了弘時的肩膀道：「生老病死，這是哪個人也逃不過去的事，所以這個痛，皇額娘忍得住。可是，萬一你皇阿瑪真的龍歸大海，弘時，你身為嫡長子就必須要挑起他留下的擔子。答應皇額娘，一定要將這副擔子挑起來，哪怕再累再苦也要一肩挑起，不可以退縮一步。」殿中除了他們母子，便只有翡翠與三福這兩個心腹在。

弘時愕然，他自然曉得那拉氏所謂的擔子是什麼。那是天下，整個大清遼闊無邊的天下，他……能挑得起嗎？

弘時曉得自己幾斤幾兩，根本沒有皇阿瑪那樣的鐵腕能力，這偌大的江山他怕自己一肩挑不起。

見弘時沉默不語，那拉氏心中有數。這個兒子因為自小資質有限，不及弘晟、弘曆，所以做任何事都顯得信心不足，尤其是在這樣突如其來的事情面前。

果然，弘時在沉默了一會兒後低聲道：「兒臣知道皇額娘的意思，只是……」

那拉氏緊一緊握住他肩膀的手道：「皇額娘知道你在擔心什麼，放心，不管遇到什麼樣的困難，皇額娘都會與你一同承擔。這個大清江山是你皇阿瑪用盡所有去守護的，你是他的兒子，就得繼續守護下去，不容有失，更不容它落入歹人之手。」

迎著那拉氏堅定的眼睛，弘時深吸一口氣，用力點頭道：「兒臣明白，兒臣定會盡己所能，守住大清江山。」

「好！」那拉氏露出欣慰之色，頷首道：「去養心殿吧，趁著現在還有時間，多陪你皇阿瑪一陣子。至於佳陌那邊，本宮會派太醫去看著，你放心吧。」

「是，兒臣遵命。」雖心中依然牽掛，但在這種情況下，弘時也只能顧一邊了。所幸有太醫在，佳陌應不會有事。

待弘時離去後，那拉氏臉色再次陰沉下來，盯了手中的星月菩提子一陣子後，涼聲喚道：「三福。」

「奴才在。」三福聞言，趕緊忍了胸肋的疼痛上前答應。

在又一顆菩提子從指尖滑過時，透著森森寒意的聲音在坤寧宮中響起——

「本宮不想看到索綽羅佳陌的孩子生下來，更不想看到索綽羅佳陌繼續活著。」

自從弘時納索綽羅佳陌為側福晉後，就越來越不聽她的話，甚至處處與她作對，再這樣下去，只怕以後她的話，弘時一句都不會聽在耳中。

弘時是她的，她絕不允許任何人將弘時奪走，哪個人敢存此妄想，她就要那人的命。

「奴才遵命！」三福忍著心中的寒意答應。這不是主子第一次讓他去除掉一個人，卻沒想到主子會連二阿哥的側福晉也狠下毒手。至於原因，他能猜得出幾分，必是覺得側福晉妨礙了她對二阿哥的控制。

「做得乾淨俐落些，本宮不想二阿哥有任何懷疑。」那拉氏彷彿只是在吩咐一件無關緊要的事，而非取人性命這等大事；又或者在她看來，除了自己，其餘人的性命不過是草芥，沒了便沒了，根本不須在意。

索綽羅佳陌的名字從這一刻起，已經刻在了牌位上，而這一切，弘時是不知道的。在他心裡，那拉氏是慈母，是絕不會殺人害命的慈母。

翌日一早，允禩與允禟一道去了慈寧宮。自燈會那日受了驚嚇後，烏雅氏就一直臥病在床，難以下地。

在請過安後，允禩關切地道：「太后鳳體如何，可有好些了？」

「還是老樣子，能好到哪裡去。」烏雅氏神色倦怠地說著。在她的示意下，宮人將她扶起來，讓她靠著鵝毛軟墊倚在床頭。「去看過皇上了嗎？他怎麼樣，好些了嗎？」

「太后您尚不知曉嗎？」允禟有些詫異地問著。

「究竟出了什麼事，給哀家說清楚。」烏雅氏心中陡然升起不祥的預感。之前因為那拉氏的吩咐，所以關於胤禛傷勢的事都瞞著烏雅氏，烏雅氏只知胤禛受傷，卻不曉得他的傷已經嚴重到無藥可醫的地步。

允禩連忙瞪了允禟一眼，笑道：「沒什麼事，太后別多心，皇上那邊好得很呢，估計著再有幾日就可以來給太后請安了。」

烏雅氏分明瞧見允禩笑容中的勉強，哪裡肯信他的話，追問：「你們不要瞞騙著哀家，是不是皇上的傷很嚴重？」

允禩見隱瞞不過，只得沉沉道：「是，齊太醫說……皇上的傷熬不過今明兩日。」

「什麼！」烏雅氏想過情況會不好，卻沒想到竟然會差到這個地步，既痛又驚，一下子閉過氣去，慌得宮人好一陣子忙亂。

待得烏雅氏幽幽醒轉時，看到允禩兩人正跪在地上，低聲道：「無端跪著做什麼，起來。」

「臣等有罪，驚了太后，求太后恕罪。」允禩惶恐地說著。

聽到這話，烏雅氏眼中一紅，有淚滑落。胤禛再不好，始終是從她肚子裡爬出來的，如今聽得他只幾日好活，哪有不難過的理。好一會兒她才緩了神，擺手道：「你們不過是實話實說罷了，何罪之有，起來吧。」

「謝太后恩典。」允禩與允禟這才敢起身，見烏雅氏在那裡傷心流淚，忙勸其當心鳳體，莫要太過悲傷，隨後又道：「臣等今日來，還有一事要與太后相商。」

在烏雅氏止了淚後，允禩方徐徐道：「如今皇上垂危，朝中雖有臣等與十三弟暫代朝政，但還是力有未逮，再加上西北戰事吃緊……」

「西北那邊不是有年羹堯嗎？怎麼著，連他也壓不住？」烏雅氏驚疑地問道。她雖久居後宮，卻並非對朝堂一事全無所知，何況是叛亂這等大事。

第六百零六章　允禵

允禩故意嘆了口氣道：「太后有所不知，年羹堯此人雖有些才，卻剛愎自用，聽不進底下人的諫言，使得我軍雖裝備精良，依然節節敗退，漸有不支之勢。」這些話自是允禩胡說的，如今戰況尚不曾傳到京城，根本無人曉得哪方更占優勢一些，不過剛愎自用四個字倒也不算冤枉了年羹堯。

「這……這可如何是好，皇上如今管不了事，你們幾個王爺得幫著拿主意才行。想我大清乃是馬背上得天下，如何能輸給一個小小的叛亂者。」烏雅氏畢竟是女流之輩，聽他說得言之鑿鑿，頓時有些失了分寸。

允禟在一旁道：「太后，其實我朝有一個比年羹堯更懂得用兵之道的人。」

烏雅氏眸光一亮，連忙追問：「是誰？若果真堪當大用，便該當讓他去西北助年羹堯一道平亂才是。」

允禩沉吟了一下道：「此人太后最是清楚不過，正是十四弟允禵。」

聽得這名字，烏雅氏驀然不語，良久，她揮手示意宮人退下，待得內殿僅剩下她與允禵、允禟三人時，方才咳了一聲，黯然道：「不瞞二位王爺，允禵是皇上親自下令囚禁的，為此事，哀家與皇上提過好幾次，可他都不肯釋允禵出來，現在……唉，你們是知道皇上脾性的，哪裡又會肯。」

眼見自己親生的兩個兒子鬧成這種水火不相融的局面，烏雅氏心中說不出的痛惜。

「太后。」允禩輕喚一聲，上前替烏雅氏揉著背，輕聲道：「太后多慮了，皇上之所以軟禁允禵，無非是怕他年少氣盛，做出什麼不該做的事來，所以想教訓一頓罷了。其實說到底，皇上與十四弟是親兄弟，哪會有什麼解不開的結。」

「那依你所言，該怎麼辦才好？」烏雅氏心裡沒有主意，只瞅著允禩問。因為允禵的關係，她對允禩等人一直頗為信任，從未有什麼懷疑。

「臣以為一切該當以國事為重，臣與皇上還有十四弟他們都是先帝的子嗣，即便偶爾有些意見不合，但為國為民之心卻是一般無二的。如今戰事吃緊，皇上有難，國家有難，臣認為該當上下一心，聯手度過這個難關才是。」見烏雅氏頻頻點頭，他終於說出此行真正的目的：「所以，臣想請太后擬懿旨，恕十四弟出來。」

烏雅氏猶豫道：「這怕是不妥吧。」能夠放允禵出來自是好事，可囚禁允禵的旨意是胤禛下的，她貿然下旨將其放出，顯然不太好。

允禩倚著床畔跪下，肅然道：「臣知道太后心中顧忌，可現在是非常時期，皇上不能理事，幾位阿哥又少不更事，如今能主持大局的也只有太后了，還請太后以國事為重。」

「哀家知道。」烏雅氏擰了細長的蛾眉，猶豫不決。此事關係重大，實輕率不得啊。

允禩等了一會兒始終不見烏雅氏說話，悄悄向允禟使了個眼色，後者會意，上前撩袍跪在烏雅氏面前，輕聲道：「太后，臣有句話不知當講不當講？」

「都什麼時候還說這些，有話直說便是。何況你們一直與允禵交好，雖不是哀家所生，可哀家也從不曾將你們當過外人。」

「是。」允禟輕輕答應一聲，抬頭道：「當年皇阿瑪病危，遺命傳大位於十四弟，這個話，臣與八哥他們是親耳所聞，絕不會有假；可是不知道為何，隆科多捧來遺旨時，繼位人選卻成了皇上。這當中有什麼，臣等不敢妄言，但臣敢對天發誓，皇阿瑪心中認定的繼位者絕對是十四弟。而且皇上繼位以後，推行酷政，弄得朝中怨聲載道，不得人心，也與皇阿瑪的行事政向完全背道而馳。恕臣說句不敬的，燈會一事，興許就是老天爺對皇上的懲罰。」

允禩眉頭一挑，側頭低喝道：「老九，這樣大逆不道的話怎可在太后面前胡言，還不趕緊向太后領罰。」

允禟抿唇不語，倒是烏雅氏擺手道：「別怪老九，他只是說出了心裡話而已。哀家觀皇上這一、兩年的治國，確實太過嚴苛了些，不像先帝那樣以寬仁為懷。」

允禩目光一閃，澀聲道：「不管怎樣，臣等既為臣子，便當盡心盡力輔佐君王，而非在背後議君王是非。」

「八哥。」允禟不服氣地道：「若皇上得位正統，那麼我等自然無話可說，可他分明是厚顏無恥地奪了十四弟皇位，還將大清弄得烏煙瘴氣，你教我如何嚥得下這口氣。今日既然說了，乾脆就把話全部說開，省得總憋在心裡。」說罷，他不顧允禩的勸阻，說出驚人之語：「太后，齊太醫已斷言皇上活不過今明兩日，若到時候皇上當真駕崩，龍歸大海，這皇位由十四弟來繼承，也算是物歸原主。」

烏雅氏雙手驟然一緊，銳利的目光牢牢攫住允禟，似要從他臉上尋出什麼端倪來，良久，她問：「是誰教你說這些的？」

允禟心頭微跳，面上卻是一副坦然之色。「無人教臣，是臣自己替十四弟不值，若太后認為臣不該說這番話，那麼就請太后責罰。」

允禩連忙在旁邊磕頭勸道：「太后，九弟只是一時糊塗罷了，求您饒過他這一回。」

烏雅氏瞧也不瞧他，只是一味盯著允禟。從不曉得溫和無爭的烏雅氏竟然也有這樣銳利的目光，直把允禟瞧得後脊冒汗，強自硬撐。

許久，烏雅氏緩緩閉上眼，再睜開時，那一絲銳利已經悉數散去，化作平日那般溫和。「這些話，哀家今日權當沒有聽到，你以後也不要再說，否則惹禍上身，別怪哀家沒有提醒你。」

聽得這話，允禟便曉得烏雅氏沒有懷疑自己，暗吁一口氣，再度道：「十四弟是太后的親生兒子，難道太后準備以後都不再管他，由著他被軟禁一輩子嗎？這樣不得自由的日子，對十四弟來說與死有何異。」

烏雅氏身子一震，緩緩垂下眉，哀慟難言。允禩見狀趁機道：「不瞞太后，臣曾悄悄去看過十四弟，他……」

第六百零七章　遊說

「他怎麼樣？」事關允禵安危，烏雅氏哪裡按捺得住，迭聲追問。

允禩神色黯然地道：「恕臣直言，十四弟的情況很不好，那一次臣見他的時候，他已經有了華髮。」

烏雅氏不自覺地撫上自己鬢邊。怎麼會，允禵才三十五而已，正值壯年，怎的就有了華髮？他這一年，當真過得這麼苦嗎？

「其實對十四弟來說，軟禁的並不僅僅是身子，還有精神，在十四阿哥府的每一日，對十四弟來說都是度日如年。他曾跟臣說，若非心裡還惦念著要見太后，這樣的日子早已堅持不下去。」

允禩話音落下時，烏雅氏已是淚流滿面，嘴裡反覆唸著允禵的名字。她的兒子，苦命的兒子，明明連天下都是他的，卻落得一個軟禁的下場……

「太后若真可憐十四弟，不想讓他一輩子都被關在那小小的阿哥府中，便當設法還他一個公道。」

允禟的話猶如驚雷一般在烏雅氏耳畔炸響，令她久久回不過神來，半晌方低聲道：「哀家只是一個女流之輩，如何能干預得了大位傳承。」

「太后是天底下身分最尊貴之人，只要有您一句話，十四弟繼位便是順理成章的事。」允禟繼續遊說烏雅氏。要讓允禵順利繼位，烏雅氏是不可缺少的一大助力。

烏雅氏久久拿不定主意，再加上額頭又隱隱作痛，乾脆將目光轉向允禩。「老八你向來最有主意，這件事你倒是替哀家思量思量，真要走那一步嗎？」

允禩連連搖手，誠惶誠恐地道：「臣不敢妄語，全憑太后做主。不論太后決定如何，臣必當全力襄助。」

「哀家讓你說就說，何時你這廉親王也變得婆婆媽媽了。」烏雅氏不悅地睨了他一眼，催促道：「趕緊說。」

「是。」允禩被逼無奈，只得戰戰兢兢道：「皇上如果駕崩，理當由其子繼位，可是二阿哥資質平庸，難當大用；三阿哥、四阿哥、五阿哥又皆年幼，不能獨自理政，一旦由他們其中一人繼位，必會出現後宮臨朝稱制的情況。若幼帝之母無二心也就罷了，否則只怕會出現呂武之禍。」

呂武指的是呂雉與武則天，這兩人都曾以太后身分臨朝稱制。呂后執政八年，幾乎奪盡劉氏天下；而武則天更是自立為武周帝，成為史上第一位女皇。

若真出現這樣的事，那可算是將大清江山徹底毀了，而她烏雅氏也將成為大清的千古罪人，無顏去見列祖列宗。

在出了一身冷汗後，烏雅氏終於有了決定，揚聲命宮人端來文房四寶，執筆在紙上寫下釋放允禵的旨意，隨後蓋上太后鳳印，將之交給允禩，疲憊地道：「去吧，帶著哀家懿旨，將允禵放出來。」

「臣遵旨。」捧著這一張輕飄飄的紙，允禩內心異常高興。說了這麼多，終於如願以償，只要允禵一出來，他的計畫就等於成功了一半。

果然，允禵出來後就凝聚一幫人在身邊。到了第二日，接連兩個好消息傳到允禩耳中。一是允禟底下那些人查到了隆科多愛妾四兒的罪證，這女人可真是夠狠的，隨便一查便查出好幾條人命來。

為此，允禩親自去了一趟隆科多府上，威逼利誘再加上許以重諾，終於成功讓隆科多死心塌地站在他們這一邊。他答允只要胤禛一死，就立刻派步軍衙門將京城團團守住，這樣就算允祥要動豐臺大營的人也沒那麼容易，而他們大可以在此之前就將允祥控制住。

另一件事，就是一封西北的八百里加急軍情急報，報上說年羹堯在西北不敵羅布藏丹津，已經戰敗，要求朝廷趕緊派兵支援。

當允禩拿到這封奏報時，再也掩飾不住心裡的歡喜，仰天大笑，彈著那張薄薄的信紙，對坐在倚中的允禵道：「老十四，真是天助我們，看來這一次，你註定是要坐在乾清宮那張龍椅上了。」

允禩緩緩捏緊了掌下的扶手，一字一句道：「這一日，我已經等了很久了，只可惜，我不能親自向胤禛討要這一年的囚禁之仇。」

允禟微微一笑，道：「這個仇，八哥已經替你報了，無須再介懷，現在最重要的是做好萬全準備，只要胤禛一死，咱們就立刻進宮。有太后替咱們撐腰，憑著後宮裡那些孤兒寡母，根本掀不起風浪來。何況，西北那個大麻煩還要靠十四弟你來解決。」

「年羹堯那個蠢貨，連個小小的叛亂也平定不了，枉自受了這麼多年皇恩，這次回京，定要將他從嚴問罪。」允禩冷笑著接話。

「這是自然，不過也多虧了他的愚蠢。」允禟話音剛落，就見允禟與允䄉匆匆走進來，面上帶著難掩的喜色。

「八哥，宮裡有消息了，說老四就要撐不住了。」

「好！」允禩猛一擊掌，欣然道：「老九，你這就告訴隆科多，讓他把步兵衙門的兵力都動用起來，牢牢控制住九門，連一隻蒼蠅都不許飛過。老十，你帶著健銳營、前鋒營那些咱們能動用的兵力，將紫禁城所有宮門都守住，不許他人出入。至於我和十四弟，這就進宮，只要胤禛一斷氣，就立刻擁十四弟為帝。記住，千萬不可有差池。」

「八哥放心，我與九哥一定把紫禁城和京城圍得跟個鐵桶一樣，任是插了翅膀的鳥兒也休想飛過城牆一尺。」允禩拍著胸脯，信心滿滿地道。

「是啊，八哥你們放心去吧。」允禟在一旁說著，眼中同樣有著掩飾不住的興奮。隱忍與準備了這麼久，終於是到這個時候了。他轉眸看向神色凝重的允禵，含笑道：「老十四，去把屬於你的東西拿回來，九哥等著向你叩首行禮，喊皇上萬歲的時刻。」

「九哥放心，上回是因為我不在京城，所以才被胤禛奪了皇位去，這一次我定要他連本帶利地吐出來。」允禵冷笑，眸中有著深刻的恨意。被囚禁的時光，他就是靠著這樣的恨意堅持下來的。

第六百零八章　中計

在允禩與允禵進入紫禁城後，允䄉立即領著他從各營抽調來的兵力將紫禁城團團圍住。不久後，京中的步兵衙門也開始出動，數萬名兵力將京城九門守住，不論是何身分，皆不許出入。

京城，終於要變天了……

入宮之後，允禩沒有直接去養心殿，而是先至慈寧宮。烏雅氏正在那裡焦急地等候他們，看到允禵，歡喜得直落淚，拉著他的手不肯放開，泣聲道：「孩兒，皇額娘終於又見到你了，這一年來，皇額娘思你思得好苦啊。」

允禵亦哽咽地道：「兒臣也日夜思念皇額娘，無奈身陷囹圄，不能與皇額娘相見。」

「皇額娘明白，什麼都明白。」烏雅氏抹了抹淚，對允禩道：「皇上那邊已經不行了，皇后她們都過去了。哀家一直等著你們過來，是因為還有一句話，哀家想問問你們，是否真的只剩下這一條路可以走，沒別的選擇了？」

自那日允禩走後，烏雅氏心中一直有些惴惴不安，畢竟涉及的可是整個大清天下啊。

「皇額娘。」允禵反握了烏雅氏的手，讓她看著自己的雙眼。「您若不想兒臣死，不想大清亡，那麼就只能走這條路。」

「也罷。」烏雅氏澀然一嘆道：「走吧，你們隨哀家一起去養心殿，見皇上最後一面。」經過幾日的休養，烏雅氏已勉強能下地。

當他們出現在養心殿時，外頭已經集了黑壓壓一大幫人，一個個均是面色哀戚，憂傷難掩。

那拉氏看到允禵出現，不由得一怔，旋即浮起不祥的預感。在向烏雅氏行禮時，她試探道：「皇額娘，十四弟不是應該禁足在自己府中嗎？怎麼來這裡了，是何時放出來的？」

「是哀家恕他出來的。皇上與允禵都是哀家所生，如今皇上垂危，允禵這做兄弟的自然應該在旁邊。怎麼，皇后認為不妥？」烏雅氏目光落在那拉氏身上，看似尋常的言語下卻有一絲不易覺的鋒銳。

那拉氏目光一滯，垂目道：「兒臣不敢，兒臣只是隨口一問罷了。」

烏雅氏聞言略略點頭，瞥了一眼緊閉的朱門，沉聲問：「皇上……果真已經不行了嗎？」

聽得這話，那拉氏頓時露出難過之色，拭著眼角的淚泣聲道：「齊太醫還在裡面，他剛才出來說是皇上……就快要熬不住了，他們如今只能設法拖延，拖得一刻是一刻。」她們吃齋唸佛，求了佛祖這麼久，還是沒能挽回胤禛的命嗎？

不同於烏雅氏流露出來的神傷，允禵卻沒有絲毫難過，相反的，眼底浮現出一抹痛快。

胤禛，你終於也有這一天。費盡心機奪去皇位又如何，只是做了一年皇帝便沒命了，可見你始終沒這個命，不是你的永遠都不會是你的，我才是天命所歸之人！

正說著話，齊太醫走了出來，他的話與剛才那拉氏所言一模一樣，更下了最後通牒，表明任他們施盡渾身解數，也只能將胤禛性命多拖幾個時辰而已。

「唉，老八，老十四，你們隨哀家去見皇上最後一面吧。」烏雅氏舉了舉織金飛花的袖子，掩飾著眼中的波光。

允禵答應一聲，正要隨烏雅氏進去，忽的胳膊被人一把握住，他回頭訝然看著抓著自己不放的允禩，問：「八哥，怎麼了？」

允禩沒有理會他，只是對烏雅氏道：「太后，您老人家先進去，臣與十四弟還有幾句話要說。」

烏雅氏感到奇怪地看了允禩一眼，今日所為何來，她心裡再清楚不過，要說的早已說了，怎的臨到頭又有話了？

這樣的疑問卻不便問出口，她只是語帶雙關地道：「既如此，那你們趕緊說完進來吧，皇上那邊怕是等不了太久了。」

「是。」在目送他們進去後，允禵不顧允禩的疑惑，叫住準備離去的齊太醫。「齊太醫，恕本王多嘴再問一句，皇上當真無藥可救了嗎？」

齊太醫搖頭，澀聲道：「請王爺恕罪，微臣無能」

允禵眸光一閃，微微點頭道：「人力有限，此事怪不得齊太醫，倒是這些日子，齊太醫等諸位太醫日夜留在宮中照料皇上的傷勢，實在是辛苦了。」

「這是微臣該盡的本分。」齊太醫如是回答之後，又道：「王爺若沒別的吩咐，微臣先行告退了。」

「好，齊太醫慢走。」允禵一如平常那般溫和有禮，卻讓允禩瞧得心焦不已。好不容易等齊太醫走遠了，他急道：「八哥，你在弄什麼名堂，做什麼不讓我進去，還與齊太醫說這麼多話，也不嫌……」允禩正要說浪費時間，忽的看到允禵的臉色，頓時愣了一下。「八哥，你臉色怎麼這麼難看？」

允禵緩緩收回目光，說出一句驚人之語：「老十四，這次咱們只怕中計了。」

允禩曉得允禵的性子，沒有把握的話他是絕對不會說的，可是這所謂的中計又是什麼，實在是一頭霧水。

「八哥，到底是怎麼一回事，你倒是說清楚啊。」允禩不住催促著。

允禵卻是無聲地握緊蟒袍下的雙手，唯有如此，他才可以克制住心中的駭意與挫敗。一直以為這一次算無遺策，豈料在最後一步時，卻發現自己不過是步入了一個別人精心設下的圈套。

允禩沒有即刻回答他的問題，而是道：「老十四，有沒有發現咱們這一路過來，大內侍衛的數量比以前多了許多，而且多是生面孔，以前從不曾見過。」

允禵被他問得莫名其妙，不過還是努力回想一下，發現倒真是這一回事。從慈寧宮到這裡，三步一哨、五步一崗，確實比以前森嚴許多。不過他經年不曾入宮，只道是這一、兩年重新加強戒備，如今聽允禩提起，方感覺到事情彷彿沒這麼簡單。

允禩瞥了若有所思的允禵一眼後，繼續道：「若只是這樣便也罷了，可是剛才我仔細觀齊太醫言行，發現他在回答我話的時候，視線一直盯著腳下，並不敢與我對視，很明顯，他心虛。」

第六百零九章　撤回

「齊太醫好端端的心虛什麼？」允禟聽得越發覺得奇怪，忽的眉頭一挑，心中浮起一個大膽的假設來「難不成是他有法子去救胤禛，卻故意不救？」不等允禩回答，他已搖頭道：「按理也不會啊。齊太醫是宮裡的老人了，最是忠心不過，沒道理會這樣做。」

「齊太醫瞞的不是這個，而是老四的傷。」允禩冷冷說道：「我懷疑老四根本沒有傷得這麼重，是齊太醫故意瞞著咱們，以達到一個不可告人的目的。」

「什麼？這不可能！」允禟神色驟變，下一刻已是斷然否認。「胤禛如果好端端的，為什麼要故意裝成傷重不治的樣子？且瞧皇后她們的樣子，並不像是假裝。八哥，會不會是你想多了？」

「也許，這件事連皇后也不知道呢？那自然就沒有假裝一說。」

允禩一句話問得允禟啞口無言，但還是不認同他的話，認為這樣的猜測太過勉強，根本不能作為依據。

允禩仰頭看著冬日高懸的天空，明媚如金的陽光灑落在身上，他卻感覺不到一點兒溫暖。「剛才我與齊太醫說的時候，有一句『日夜留在宮中照料皇上』，齊太醫的回答是什麼？」

允禵記性不錯，稍一回想，便將齊太醫的回答原封不動複述出來：「他說『這是微臣該盡的本分』。」

「是啊，該盡的本分。」允禩喟然一笑，說不出的失落。「即便是老四病得再重，可需要那麼多太醫日夜留在宮中，不得回去嗎？」

這一回，允禵沒有急著回答，而是細細體會他這句話的意思，良久方帶著一絲驚意道：「八哥可是說，有人故意不讓這些太醫回去？」

允禩略微點頭。「不錯，有人需要控制住這些太醫的一言一行，所以不許他們離宮半步，控制他們的人，應該就是胤禛。」

「難道胤禛他……真的沒有受傷？」到了這個時候，允禵已經開始相信允禩的說法，可他心中還有疑惑。「只是胤禛這麼做的目的是什麼？」

「我想，他已經猜到上元節燈會上的意外，是有人動手腳，所以故意配合做出一副傷重不治的樣子，想引我們出洞。」允禩極不情願地說出這句話。一年多前，他已經敗在胤禛手中一次，想到現在又要再敗一次，心中萬分的不甘與恨怒。

「可是當日在乾清宮，八哥你們是親眼看到胤禛流了許多血的，難道連這也是裝的？」允禩還是覺得有些難以置信。

「流血而已，不見得就會要命。」允禩冷笑一聲，忌憚地看了緊閉的殿門一眼，拉過允禩道：「若一切如我所料的話，此地怕是危險了，咱們先離開再說。」

允禩是不甘的。原本今日之後，他就可以入主皇宮，成為新主人；可是他相信八哥的判斷，這麼些年來，八哥從來沒有錯過。皇位雖好，卻也要有命才行。

在走了幾步後，允禩忽的止了腳步道：「慢著，八哥，皇額娘還在裡面呢，若胤禛當真在用計，那皇額娘豈非很危險？」

「放心吧，太后是他的生母，他縱然對太后再有意見，也絕不敢冒著被天下人唾罵的危險對太后做什麼。」走在前面的允禩頭也不回地說著。

允禩想想也有理，遂不再多說，隨允禩快步往宮門走去。在經過那些面容嚴肅的大內侍衛時，允禩有一種心驚肉跳的感覺，彷彿這些侍衛隨時會一湧而上，把自己與八哥捆綁起來。

幸好，允禩的擔心沒有成真，他們順利地從午門出了紫禁城。

允祇正領人守在外頭，看到允禩兩人出來，迫不及待地迎上來問：「如何，八哥，事成了嗎？」

允禩深吸一口氣，壓下心裡的煩躁道：「老十，趕緊把咱們的人都撤回去，還有通知老九與隆科多，所有人全部撤回，一個都不許留。」

允祇一下子就懵了，待得回過神來後，立時就跳起來，也不顧底下人都在，大聲道：「這是為什麼啊，咱們不都布置好了嗎？怎麼說撤就撤了！這人都撤了，後面怎麼辦，皇位怎麼辦？」

聽到允䄉當著底下人的面放這種渾話，允禩氣得渾身發抖，狠狠打了他一巴掌道：「胡說什麼，要犯渾回府裡犯渾去，別在這裡丟人現眼！」

允䄉捂著臉，半天回不過神來。他一直都是個渾人，這個八哥也知道的，往日裡九哥說自己的時候，八哥還常幫著說話，怎的現在沒說幾句就動手打自己？難道宮裡頭出了什麼事？允䄉越想越覺得有可能，要不然八哥與十四弟怎麼會這個時候出來？按說，十四弟該在宮中繼位才是。

這般想著，允䄉突然安靜下來，沒有再繼續吵鬧，帶人跟著允禩回去。至於允禟那邊，已經有人快馬加鞭前去通知。

等允禩趕回府裡後，允禟也正好到了。儘管心中有無數疑問，但他還是忍住了，直至不相干的人都退下後，方問著一臉陰沉的允禩：「八哥，出事了嗎？何以突然間讓我們把人都撤回來？」

當允禟聽完允禩的分析後，臉色變得慘白不已。他的心思比允䄉還要細上幾分，仔細思慮一番後，不得不承認，允禩的猜想至少有七成可能。

雖然他們一直說自己是撥亂反正，但那不過是用來修飾的話罷了，允禟心裡很清楚，他們的所作所為，就是犯上作亂，就是篡位逼宮。成功了，自然是天下在握；失敗了，則是死無葬身之地，即便是皇子身分也救不了他們。所以允禩在關鍵時刻收手，是最正確的做法。

七成可能啊，換言之，他們成功的可能只有三分，這機率委實太低了，他們賭不起。

「他奶奶的，老四那傢伙居然敢陰我們！」允䄉一掌拍在扶手上，只聽得「喀嚓」一聲，扶手受不住他的大力從中斷開。

第六百一十章　等

其他幾人雖然沒說話，但心裡對胤禛的恨意只多不少。良久，允禟咬著牙，不甘心地問：「八哥，咱們接下來該怎麼辦？」

允禩起身走了幾步，從齒縫間迸出一個冷冷的字來：「等！」

「要等多久？」允䄉按捺不住道：「要我說，還不如拚一次，就算老四他真的是裝病，可現在咱們掌著京中所有兵力，九門皆在控制之中，不見得就拚不過他這個所謂的皇帝。只要成了，那一切就是咱們的了。」

「愚蠢！」允禟不屑地道：「沒聽八哥說嗎？宮中大內侍衛的數量比以前多了許多。」

「那又怎樣，再多還能多過步軍衙門的人？簡直就是笑話。」允䄉不以為然地說著。

允禟神色凝重地道：「單憑那些大內侍衛自然不足為慮，怕就怕他們只是其中一個縮影。你別忘了老十三，他是老四的死忠黨，手裡又握著豐臺大營，如果受傷是計，那麼豐臺大營的人馬必然早已布下，只等我們動手便會反撲。」

允䄉猶不服氣，嘴硬地道：「可是九門已閉，即便拚上整個豐臺大營也沒那麼容易進來，等大局一定，他們就算攻進來也沒用了。」

「沒那麼簡單。」允禩接過話道：「老四這個人我很清楚，從不打無把握的仗，若這次傷重真是一個局，那麼他肯定已經做好萬全的打算，也許豐臺大營的人早在咱們不知情的情況下進城了。」見允䄉梗著脖子要說話，允禩抬手道：「我知道你想說什麼，可是九門每日都有這麼多人出入，只要那些將士脫下軍服，混在百姓之中進來，就不會引起任何人注意。」

「所以我說，只能等，胤禛不可能一直裝下去，是死是活終有一個定論。現在唯一的指望就是我猜錯了，如此，咱們還有機會，否則……」允禩搖搖頭沒有說下去，但眾人皆是明白他的意思，心思變得沉重無比。

尤其是允禵，其他人尚且好說，但他本是被囚禁之人，剛才卻大搖大擺出現在宮中，一旦追究起來，他還有釋他出來的烏雅氏都難逃其罪。

允禩看出允禵的顧慮，拍拍他的肩膀道：「不用太擔心，胤禛不會動你。年羹堯戰敗，西北的殘局還需要你去收拾，這就是你最好的護身符。」

養心殿中，一眾嬪妃進去後，看到躺在床上氣若游絲的胤禛，皆是悲從中來，拿著絹子不住抹淚，有那不堪的已經低低哭出了聲。

允祥紅著雙眼站在床尾，看到烏雅氏進來，忙上前攙扶她，道：「太后，您小心身子。」

「哀家不礙事，讓哀家看看皇帝。」烏雅氏哽咽著走到胤禛床前，未語淚先落，倚在床邊坐下後，看著胤禛瘦削的臉頰。兩人雖不親近，但看到胤禛將死，心中還是說不出的難過。到底是她親生的，流著她的血。猶記得胤禛剛出生的時候，她瞧著那個小小的人兒，心中不知道多歡喜，那是她第一次當額娘，多想親眼看著他長大。

可那時她僅僅是一個貴人，根本沒資格撫養孩子，所以僅過了一天，連名都沒取的胤禛就被抱到了孝懿仁皇后宮中。她日想夜想，想得眼睛都哭腫了，直到嬤嬤跟她說，再這樣哭下去，眼睛要瞎掉了才不敢再哭。

後來熬到出月子，她就經常偷偷去孝懿仁皇后宮中看胤禛，看著他從一個奶娃娃到牙牙學語，再到會走會跑。

她欣慰於胤禛的長大，卻也難過，因為胤禛不認識她，偶爾在御花園中或什麼地方見了，也只是生疏地喚她額娘，一點兒也不親近。

每次聽到胤禛那生疏的稱呼，她的心都跟針扎一樣。她不想聽，更不想見到親生兒子與別人親近，所以漸漸的，她不再去看胤禛，不再去想這個兒子。再後來，她又懷孕了，這個時候，她已經是德嬪了，有資格撫養自己的孩子，所以她將所有母愛都傾注在允禵身上，胤禛在她腦海中的印象越來越淡，她都快忘了自己還有這麼一個兒子。

可偏偏就在這個時候，孝懿仁皇后過世了，胤禛又回到她身邊。突然多出來一個人，令她有些無所適從。雖然她很想與胤禛親近，可一來胤禛自小不養在膝下，兩人之間總有那層隔閡在；二來她當時疲於照顧允禵，關注在胤禛身上的精力自然少得可憐。

不知從什麼時候開始，胤禛的性子越來越冷，脾氣越來越怪異，而她與胤禛之間的距離也越來越遠……

一轉眼，已經四十多年過去了，她還活著，可是胤禛就快死了，連最後一絲母子情分也要消失了。她抬手，撫上胤禛的臉頰，一遍又一遍，眉眼間充滿了濃濃的不捨。淚水不斷滴落於胤禛臉頰上，她低喃道：「老四，如果你願意，下輩子再做額娘的孩子吧，下一世，額娘一定會好好疼你，不讓任何人將我們母子分開。」

聽到烏雅氏的話，眾人哭得更凶了，她們彷彿已經看到胤禛死後，自己等人被趕入壽康宮，在孤寂與冷清中度過餘生的悲慘下場。

聽到漸響的哭泣聲，原本木然站在一旁的凌若驟然回過頭，厲聲叫：「閉嘴！我說過，一個都不許哭！」

她怕，怕聽到哭聲，總覺得每哭一聲，胤禛離自己就遠一分，所以她不允許任何人在耳邊哭，不許她們的哭聲將胤禛帶遠。

這一次，她的話沒有像上一次那樣有效，僅僅是停頓一會兒後，哭聲就再次響起。

「不許哭！不許哭！」凌若紅著眼歇斯底里地叫著，渾身都在發抖，就像是一隻被逼到絕路的母貓。

「夠了！」年氏帶著淚從眾人中站出來，盯著凌若冷冷道：「熹妃，把妳的威風給本宮收起來，太后在，皇后在，本宮也在，這裡輪不到妳來發號施令！」

說到這裡，她繞著凌若走了一圈，眼中毫不掩飾厭惡。

「在咱們眾多姊妹之中，皇上待妳是最好的，明知妳犯下大錯，還親自接妳回宮。可是妳呢？妳又是怎麼回報皇上的？從皇上出事到現在，妳一滴眼淚都沒掉過，一聲都沒哭過。妳不哭，還不許別人哭，熹妃，本宮都在懷疑妳的心腸究竟是不是鐵打的，否則怎可以如此狠心絕情！」

第六百一十一章　訃

「好了，都已經這個時候了，還吵吵嚷嚷的成什麼體統，難道妳們想讓皇上走也走得不安心嗎？」那拉氏上前制止，在說到最後一句時，她聲音發顫，強忍已久的淚亦落了下來。

見那拉氏如此，眾人心中的悲傷更甚，紛紛大聲哭泣起來。凌若用力捂著耳朵，可是哭聲還是從四面八方鑽進來。她大叫著，發瘋一樣地大叫，沒用，所有人都在哭，她阻止不了，就像是她阻止不了胤禛生命的流失一樣！

望著安靜躺在床上的胤禛，凌若憋了數天的淚終於如決堤的洪水一樣洶湧而出，帶著無盡的絕望。「為什麼要死，為什麼要違背諾言，為什麼要離開我，為什麼啊！」

沒有人回答凌若，就像沒人可以改變生死一樣，一切皆是命中註定。

烏雅氏掩面傷痛之餘，心下也感到奇怪，怎的過了這麼久，允禩與允禵還不進來，有什麼話需要說這麼久？

想到允禩，她又有些擔心地望了跪在地上的弘時一眼。按理來說，他才是順位的第一繼承人，可惜他天資有限，無法掌管好這個龐大的帝國，所以，允禩繼位才是最好的選擇，希望弘時有自知之明，到時莫要胡纏不休。

她正自轉念間，一個小太監從外頭走進來，附在允祥耳邊輕聲說了幾句話。

允祥面色微微一變，低聲道：「確定嗎？」

「應該不會錯，好幾個都瞧見廉親王和十四阿哥他們離開，因為沒有十三爺的話，所以不敢阻攔。」小太監仔細回著。

允祥略思索一會兒，走到胤禛榻前，低聲道：「皇上，八哥和十四弟他們已經出宮了。」

眾人不解地看著允祥。胤禛已經成這副模樣了，如何能聽得到他說話，然下一刻，所有人都像是見了鬼一樣，瞠目結舌，半晌說不出話來。

隨著允祥話音的落下，本該將死的胤禛竟然睜開眼，繼而側身坐起，猶如沒事人一般，問：「被老八他們察覺了？」

「應該是。」眾人之中，唯獨允祥毫無驚色。

「可惜了。」胤禛輕嘆了口氣。可惜什麼他沒有說，允祥卻是明白的，這一次確實是可惜了。

「老四，你……」烏雅氏目瞪口呆地打量著恍如沒事人一般的胤禛，一時半會兒竟不知該怎麼說才好。

胤禛起身淡然道：「讓皇額娘受驚了，兒臣沒事。」

「你……真的沒事？可是燈會那日，哀家明明看到你流了許多血。」驟然看到胤禛好端端的，烏雅氏一時間有些難以接受。

胤禛摸了摸還裹著紗布的額頭道：「是，兒臣當日是受了傷，卻沒有嚴重到危及性命的地步。」

「既然如此，那為何要故意裝成傷重的樣子？」烏雅氏問出了眾人心中的疑問。

胤禛沒有回答，倒是允祥道：「皇上認為燈臺上的事是有人故意加害，所以決定將計就計，來一個引蛇出洞。」

烏雅氏心裡「咯登」一下，聯想到允祥剛才的話，隱約明白什麼，同時止不住的駭意在四肢百骸擴散，令她整個人陷入了不安中。

「皇上……」

她剛想說什麼，胤禛已是道：「皇額娘也累了，早些回去歇息吧，朕晚些再去給皇額娘請安。」說罷，不顧烏雅氏的拒絕，命宮人將其送回慈寧宮，隨後又命除了凌若與允祥之外的所有人退下。

那拉氏等人雖不清楚究竟是怎麼一回事，但看到胤禛平安無事已經足夠了，至少她們知道，後宮與朝堂皆不會變天了，她們也可以繼續過著原有的生活。

在養心殿重歸平靜後，胤禛看向從剛才起就一直盯著自己的凌若，輕笑道：

「怎麼，朕醒了，妳不高興嗎？」

凌若連忙搖頭，目光始終未離胤禛左右，既有歡喜又有害怕。她害怕這是一場夢，夢醒之後，現實依然殘酷得讓她崩潰。

「皇上，真的是您嗎？您好好地活著？」許久，凌若終於鼓起勇氣問出心中的話，同時手顫抖地伸出去，想要感覺胤禛的真實。

「是，朕活著，朕沒有死。」胤禛一把握住她猶豫不前的手，將其放在自己臉頰上。「感覺到了嗎？」

指下的肌膚是暖的，像記憶中一樣溫暖。這一刻，凌若終於放下了心，衝到胤禛懷裡，緊緊抱住他，放聲大哭。

年氏會誤會凌若鐵石心腸，胤禛卻不會，沒人比他更清楚凌若這幾日是怎樣過來的，她一直守在自己榻邊，一步不離。

不哭，不是因為不傷心，而是因為害怕，害怕眼淚，害怕失去。

胤禛沒有說什麼，只是任由凌若哭著，他知道凌若憋得太久太痛，需要一個機會好好發洩。

在哭過後，凌若也知曉了事情的前因後果。原來那日胤禛在點九蓮寶燈，被突然冒出來的大火吞進去時，第一時間想到了空心的燈臺下面可以躲避，千鈞一髮間，他用盡全力將腳下的木板踏破，掉落到燈臺下面。沒有了持續的烈炎，身上那些餘火很快就被撲滅，不過他在掉下來的時候磕到了頭，流了不少血。

這場突如其來的大火令胤禛心生警惕，認為是有人故意在九蓮寶燈中動了手腳，想要加害於他，所以他在出了燈臺後並沒有立刻現身。恰好這個時候，允祥尋過來發現他，允祥心中對這場大火同樣有懷疑，所以兩人一合計，決定演齣好戲，看看究竟是什麼人想對胤禛不利。

之後的事就如凌若看到那樣，故意裝作傷重的樣子，為了演得逼真，胤禛還故意將頭上的傷口弄大，流出更多的血，使得看起來很嚴重的樣子。其實不過是皮外傷罷了，看著嚇人，其實沒什麼大礙。

而齊太醫等人，在第一次診治的時候就已經知道胤禛無事，所謂傷重不治的話，皆是出自胤禛授意。為了保證這件事不被洩漏，所有太醫都被勒令留在宮中，不許出去。

這幾天，胤禛意識一直是清醒的，能感覺到和聽到身邊的一切，但為了計畫，他不得不裝成昏迷不醒的樣子，將一切事情交給允祥處理。

第六百一十二章　應對

在胤禛傳出傷重不治的消息後，允禩他們就按捺不住動了起來，先是故意將胤禛受傷將死的消息散布出來，弄得整個京城人心惶惶，緊接著就開始四處拉攏大臣，結黨營私，後來更是慫恿太后將允禵放了出來。

如此一來，曾經在康熙朝掀起無數風浪的八阿哥一黨就全齊了，而胤禛也幾可肯定，上元節的燈會是他們做的手腳，一切都是為了那張龍椅。

允禩是想與以前一樣，扶允禵登上皇位，只是自己膝下有兒子，按理不應輪到允禵，所以他斷定允禩一定會在自己「死」的時候動手。

所以，他讓允祥在暗中安排布防，除了加強皇宮的守備之外，也抽調一半豐臺大營的人進京。

一切都已準備妥當，就等著允禩他們今日自投羅網，卻沒想到允禩竟然瞧出了端倪，在最後一刻果斷退走，令胤禛布下的局未能竟全功，實在可惜。

「朕倒是沒想到，滿朝文武之中居然會有這麼多人與允禩勾結。」在說這句話時，胤禛眸中透著失望的冷意。「從先帝到朕，說過多少次不許結黨營私，可是那些官員總是當作耳旁風，聽過便忘。」

「審時度勢是每個人的本能，倒也不能將他們一概否定了。何況張廷玉、鄂爾泰等人皆對皇上忠心耿耿，任允禩如何花言巧語也未曾動搖。」允祥唯恐胤禛一怒之下罪責百官，是以言語間多有替他們開脫之意。

他這點兒心思又豈能瞞得過胤禛，擺手道：「你不必多說，此事朕心裡有數。」

「是。」允祥答應一聲後又道：「皇上，還有一件事，是關於隆科多的。」

「他怎麼了？」因為胤禛這些日子一直裝昏迷，允祥又不便當著凌若與弘時的面與他說話，所以胤禛如今所知的，全部是事前做出的猜測，對於之後發生的事並不清楚。

當允祥將隆科多與允禩勾結，私動步兵衙門的人封鎖九門時，胤禛恨恨一掌拍在床榻上，厲聲道：「他這是在找死！」

胤禛幾乎將允禩一夥人的打算全算盡了，唯獨沒算到一直尊敬有加的舅舅竟然會背叛自己。他自問登基以來從不曾虧待過隆科多，何以他要這樣迫不及待地在自己背後捅刀子，連張廷玉這個漢官都不如。

允祥在一旁默然不語。隆科多的背叛確實出乎所有人的意料，食君之祿，卻不忠君之事，難怪胤禛如此生氣。

略安靜了片刻，允祥問：「皇上，那咱們接下來要怎麼辦？」允禩及時退走，也就讓他們沒了證據證明他有謀反意圖，若此時不顧一切將允禩等人抓起來，那些不明真相的人就會反過來指責胤禛的不是，甚至給他扣上一個殘害手足、暴虐成性的帽子；可是不將他們抓起來，又怕養虎為患。

事實已經證明，允禩並沒有安分守己，而是時時刻刻盯著皇位，這樣的人是最危險的，留不得。

胤禛撫額，忍著陣陣襲來的暈眩之意。他從不是一個心慈手軟的人，既然允禩已清楚暴露出野心，就萬萬留不得。他曾答應過皇阿瑪，非萬不得已不會傷害兄弟性命，但他更答應過皇阿瑪會好好守住大清江山，不讓任何人動搖。

眼下麻煩的是，他該以什麼理由除去允禩？即使他身為皇帝，也不能無緣無故去處死、圈禁一個人，必要有理有據。

許久，胤禛趁著暈眩暫止的空隙道：「允禩一黨要除，但現在還不行，朕需要尋一個更好的契機。允祥，從現在起，你派人牢牢盯住允禩等人，他們有任何異動都要即時回稟。」

「臣遵旨。」聽得胤禛這麼說，允祥暗自鬆了一口氣。他剛才真怕胤禛盛怒之下，會不顧一切對允禩動手。

胤禛直一直身子道：「好了，忙了這麼幾日你也累了，趕緊回去休息吧。明日早朝，朕再讓你看場好戲。」

允祥心思銳敏，瞬間猜出胤禛話中的意思，卻不說破，只是含笑告退。

在他走後，胤禛抬頭，和顏看著一言不發的凌若，道：「還在怪朕騙了妳？」

凌若此時已經從大悲大喜中恢復過來，低頭道：「臣妾豈敢。」

胤禛微微一笑，拉了她柔軟的手道：「妳這女子，口中說不敢，心裡卻是怪朕得很。」見凌若不說話，他嘆了口氣道：「朕這麼做也是迫於無奈，否則怎麼能查出究竟是什麼人在暗中對朕與江山不利。而且當時情況緊急，根本來不及與妳細說。對不起，若兒，讓妳擔心了。」

凌若低頭看著握住自己的那隻大手，輕輕嘆了口氣，將另一隻手覆在其上。「臣妾當真沒有怪皇上的意思，只是希望不要再有下一次。當齊太醫告訴臣妾，皇上無藥可醫的時候，臣妾真的快要瘋了。當時甚至在想，如果皇上沒了，那臣妾也沒必要獨活在這個世上。」說到最後，她忍不住垂下淚來。

胤禛起身將她緊緊摟在懷中，長出青黑色鬍碴的下巴抵在她脖頸處，帶著少見的繾綣纏綿道：「朕知道，朕什麼都知道。朕答應妳，絕不會再有下一次。」

溫存了一會兒，胤禛忽的撫著凌若的臉，道：「朕答應了妳，那麼妳也答應朕一件事。」

「是什麼？」凌若抬起頭，定定地望著胤禛，眸中始終洋溢著一種失而復得的喜悅。她雖然有些惱胤禛騙自己，但更多的是慶幸，慶幸一切只是一場局，並不是真的，她還可以這樣安靜地聽著胤禛說話。

「萬一……有一天朕真的先妳一步走了，妳一定要好好活下去，千萬不要做任何傻事。別忘了，妳還有弘曆。」胤禛也不知道為何會突然說這個，興許是因為剛才凌若不願獨活那句話觸動他心裡那根弦。

「不會的！」凌若連連搖頭，握著胤禛的衣裳道：「皇上是萬歲，一定會萬壽無疆的。」

第六百一十三章　平淡

胤禛笑著搖頭道：「什麼時候妳也信這一套了？天子也好，平民也罷，都不過是一介凡人罷了，逃不過生老病死的輪迴。」

「不會！就算是凡人，皇上也是最長命的凡人，絕對不會比臣妾走得早。」凌若努力地否認著，不願聽胤禛說這些話。

「朕是說如果，如果朕先走一步，妳定要好好活下去，千萬不要做傻事。」胤禛真的很擔心，這些日子凌若一直不眠不休守在養心殿，他能夠感覺到她那種無助與絕望。

凌若想了許久，始終還是搖頭道：「臣妾不知道到了那個時候，自己是否會有那個勇氣，所以就算皇上再怎麼要求，臣妾也無法答應皇上。既然如此，倒不若請皇上保重龍體，努力比臣妾活得長久來得更好。」

「朕好生與妳說話，妳倒是反過來將了朕一軍！」胤禛佯裝不悅地說著，心中卻是滿滿的感動與心疼。不論現在、不論將來，也不論他身邊會有多少年輕貌美女子，鈕祜祿凌若都是獨一無二的，即使是湄兒也……

想到湄兒，胤禛眸光微微一黯。原本這個獨一無二的位置應該是屬於湄兒的，可是她卻背棄自己……

「咕嚕。」肚子的鳴叫將胤禛的思緒拉了回來，低頭撫著肚子笑道：「這幾日除了齊太醫開的那些藥之外，什麼東西都沒吃，可是將朕給餓慘了。」

齊太醫開的那些藥，除了補血之外還有補充元氣的作用，正是這些藥支撐著胤禛的身體機能，令他雖不曾進食，卻沒有大礙。

「想不到坐擁天下的皇上也會有肚子餓的時候，可真是新鮮。」凌若打趣了一句後道：「臣妾去給皇上做點兒東西吃。」

胤禛吻一吻她的髮，溫言道：「好，朕躺在床上這幾日，最想念的就是妳的手藝，眼下總算是可以吃了。」

「皇上這是在哄臣妾嗎？」凌若似笑非笑地看著他。

「朕說的可都是實話，絕無半句虛假。」胤禛笑著，突然湧起一陣說不出的快活。能夠與喜歡的人在一起，也許就是世間最大的快活了吧。

凌若笑著出去，再進來時，手上端著一個紅漆托盤，上面放著一個白瓷小碗。因為小碗上面蓋著小銀蓋子，所以看不出是什麼，只能聞到一股淡淡的香氣。

胤禛被這絲若有似無的香氣勾起了食慾，腹中越發飢餓，趿鞋迎上去道：「是什麼珍饈美味？」

凌若將托盤往桌上一放，側頭笑道：「皇上打開不就知道了嗎？」

「居然還跟朕賣關子。」胤禛指了她一笑，順手揭開小銀蓋子，當他看清碗中的東西時，卻是大失所望。「若兒，這便是妳給朕準備的膳食嗎？只一碗粥未免也太小氣了些，何況又哪能吃得飽。」

凌若將那碗香芋紫米粥端到胤禛面前，道：「皇上腸胃本就不是極好，這幾日又不曾進食過米麵，若現在驟然吃得太多又或者東西太硬，會更加傷胃，必得循序漸進才好。所以只能委屈皇上先吃幾頓粥，等腸胃適應了，再吃其他東西。」

胤禛也曉得是這個理，不過臉上依然裝出勉為其難的樣子，接過粥碗道：「那好吧，不過這幾頓粥可是不許重複。」

「是，臣妾遵命。」凌若笑著答應一聲，看胤禛吃著那碗香芋紫米粥。忽的，胤禛舀了一勺粥遞到她嘴邊，口中道：「可別告訴朕，妳已經吃過了。」

凌若見他始終記著自己，心下感動。「臣妾不餓，皇上自己吃就是。」

「朕讓妳吃就吃，不許推辭。」見胤禛擺出一副不容拒絕的樣子，凌若依言張開嘴，將一勺熱騰騰的粥吃進肚中，隨後胤禛又不斷地舀給她吃。到最後，那一碗原本專門做給胤禛吃的粥，倒有一大半進了凌若肚中。

「皇上餓嗎？要不臣妾再去盛一碗來。」凌若過意不去地說著。

胤禛將她拉到懷中，溫言道：「晚些再說。現在，朕想妳陪著朕。」

「嗯。」凌若答應一聲，靜靜依偎在他胸前，聽著那一下又一下的心跳聲，令她感覺格外踏實。

在這樣的安寧中，睏意逐漸襲來，凌若不知自己是何時睡過去的，只知醒來時已是夕陽西下，而胤禛依然維持原來的姿勢。

「醒了？」胤禛感覺到懷中的身子動了一下，低頭吻一吻她的髮際道：「正好可以看夕陽美景。」

凌若順著他的目光望去，只見一輪紅到眩目的夕陽正緩緩自天邊落下，華麗濃醉的光芒染紅了滿天雲彩，映著宮殿金黃色的琉璃瓦，即便是世間最繁麗唯美的蜀錦也不能與之相提並論。

只一眼，便讓人沉醉其中。

直至夕陽全然落下，凌若方才移開目光，仰頭看著胤禛猶映著天邊最後一抹流光的眼眸，帶著一絲不捨與眷戀道：「夕陽無限好，只是近黃昏。」

胤禛微微一笑，摟緊她道：「無妨，朕以後有無數的時間與妳欣賞這夕陽美景。黃昏過後是黑夜，可是黑夜過後又是朝陽初升，永遠不會終結。」

凌若回以溫軟的笑意，啟脣道：「今日的話，臣妾會牢牢記在心裡，可不許皇上食言。」

在入夜起風之時，養心殿的門終於再次打開，看著從裡面走出來的胤禛，四喜激動得說不出話來。雖然一早已經從眾妃的交談中得知胤禛沒事，可終歸是沒親眼看到，心裡免不了還有些惴惴不安，眼下卻是再沒有任何疑問了。

「奴才給皇上請安，皇上您沒事就好，這些天可是把奴才擔心壞了。」四喜激動地跪伏在地上，不住有歡喜的眼淚滴下。

「朕沒事，起來吧，還有別老動不動就流眼淚，倒是跟女人一樣了。」胤禛微微皺了眉說道。

「是。」四喜聞言，趕緊用袖子擦一擦淚站起身來。

起先因為他跪著，胤禛倒是沒怎麼在意，如今他一站起來才發現，四喜整個人亂糟糟的。頭髮長短不齊，有些還是焦的，在後面胡亂綁了條辮子；眉毛則半邊有、半邊沒，左臉上還起了一個水泡。

第六百一十四章　四喜

胤禎驚訝地道：「這是怎麼了？幾日沒瞧著，你就成這副德行了？」

四喜在一旁沒說話，倒是淩若笑道：「皇上您還不知道，當日大夥都以為您被大火困在裡面出不來，喜公公為了救您，頂著大火衝進去找您，之後幾天又擔心您的安危，根本沒心思顧自己。」

「原來如此。」胤禎微有動容，看向四喜的目光緩和許多。「好了，朕已經沒事了，你下去歇著吧，順道把自己好生收拾收拾，明日朕可不想再看到你這副模樣。」

「嗻！」四喜打了個千兒，依言退下。

在走到外頭時，他意外遇上送晚膳來的莫兒，打了聲招呼便離去，豈料走了一會兒，身後遠遠傳來莫兒的聲音。

「喜公公，您慢點兒，慢點兒。」

四喜感到奇怪地停下腳步，回頭道：「怎麼了，有事嗎？」

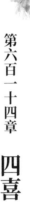

莫兒好不容易跑到他跟前，扠腰喘了好一陣子氣才道：「沒什麼事，就是上回那件事，一直沒機會謝謝喜公公。要不是您，我現在還不知道在哪裡呢。」

一聽是這個，四喜瞇眼一笑道：「沒事、沒事，咱家也不過是舉手之勞罷了，說到底還是熹娘娘心善，肯重新收留妳。」

「主子好，喜公公也好。」莫兒笑著說道，兩隻眼睛彎成了月牙，只是後面她的神色就有些不對了，變成想笑又不敢笑的樣子。

四喜看到她這樣子哪有不知道的理，沒好氣地道：「想笑就笑吧。」

「噗哧！」四喜話剛出口，莫兒已經忍不住哈哈笑了起來。其實莫兒原先就見過四喜的樣子，只是當時心裡壓著一塊大石頭，就算遇到再好笑的事情也笑不出來；如今大石移去，自然恢復了本性。

「笑夠了的話就趕緊回去吧，咱家不陪妳在這裡耗了。」

四喜轉身就走，莫兒卻一邊笑一邊追著他道：「喜公公，說實話，您現在這樣子真是要多好笑有多好笑。」

四喜翻了個白眼道：「咱家知道，不用妳提醒。還有，別老跟著咱家，咱家與妳不熟。」

莫兒聽出他話中的不樂意，吐了吐舌頭，討好地道：「喜公公，我不笑就是了，您別生氣啊。要不……」她眼珠子一轉道：「我幫您啊！」

「妳？」四喜瞥了她一眼，搖頭道：「不必了，咱家怕妳把咱家的頭髮剪光了，妳還是趕緊走吧。」

「哪會，喜公公莫要冤枉人家。」自從上次的事後，莫兒與四喜已經很熟了，曉得他是一個好人，所以一點兒也不怕他，一路纏著非要幫忙不可，四喜無奈之下只得答應了。

進了四喜住的屋子，莫兒迫不及待地問他剪子在哪裡，待四喜將剪子遞給她後，便讓四喜趕緊坐好。

四喜膽顫心驚地拿了一面小鏡子道：「莫丫頭，我可就剩下這麼點兒頭髮了，妳別再給我剪壞了，否則辮子紮不起來，皇上可是要問罪的。」

「我知道了，喜公公您儘管放心吧。」莫兒一邊說著一邊解開四喜髮尾的藍色髮帶，拿著剪刀喀嚓喀嚓上起了手。

四喜原先還擔心莫兒把頭髮剪壞了，所以牢牢盯著手裡的小銅鏡，一旦發現不對立刻叫停。不過稍微看了一會兒，他便放心了，莫兒並沒有胡來，而是很認真地替他修著頭髮。

因為大火的緣故，四喜頭髮被燒了將近一半，剩下那些也是參差不齊，猶如被狗啃過一般。莫兒仔細將這些長短不一的頭髮剪平，然後稍作修飾，重新紮了條辮子，除了短些之外，與往常並沒什麼區別。

「不錯啊，莫丫頭，看不出妳還有些手藝。」四喜滿意地打量鏡中的自己，若是他自己，肯定剪不出這個效果。

「那是自然。」莫兒得意地抬高下巴，隨後她將四喜剩餘一半的眉毛統統剪去，然後用眉筆將雙眉畫出來。如此一來，四喜除了臉上那個水泡以外，基本就與以前一樣，看不出區別了。

四喜驚喜之餘又擔心地道：「這畫出來的眉好是好，就是這一沾水就花掉了，長久不得。」

莫兒不以為然地道：「沒事，往後我每天早上來替您畫眉就是了，也就一會兒的工夫。」

「那就麻煩妳了，莫丫頭。」四喜這樣說著，心裡卻是在苦笑。他一個太監，竟然還需要人天天來畫眉，算是個什麼事啊，只盼著眉毛趕緊長出來，就可省了這尷尬的事。

莫兒將眉筆往桌上一放，噘了嘴道：「喜公公，您別老是莫丫頭、莫丫頭地叫，可是把人家叫小了，再說您也沒比我大多少啊。」

「莫丫頭，妳今年十六有了沒？」四喜笑一笑問道，待莫兒點頭後，他又道：「咱家都已經三十了。七歲淨身入宮，到現在二十三年，不論年紀還是在宮裡的年頭，都比妳大上許多了，叫妳一聲丫頭那不是很正常的嗎？」

莫兒吃驚地道：「為什麼這麼早入宮？還有淨身……那不是很疼嗎？」說到後面那句，她神色略有些扭捏。

四喜苦笑一聲，慨然道：「還能為什麼，自然是因為家裡窮，要不然哪有人願意把孩子送進宮當太監的。那個時候家中五個兄弟姊妹，從我懂事起就不知道吃飽是什麼滋味，永遠都帶著三分飢，後來更是窮得連鍋都揭不開了，為了活命，我爹就把我送進了宮裡當太監，還有一個姊姊則送到了大戶人家去當婢女。」

想到過往之事，他忍不住一陣神傷，好一會兒才回過神來，澀然道：「我還算好的了，跟著一個好師父，幾乎沒吃什麼苦，如今更做了大內總管，好歹也算是有點名堂。」

「對不起。」莫兒內疚地說著，她原是隨口一問，沒想到問到四喜的傷心事了。

「不礙事，都已經過去很久了。」四喜搖搖頭，看了一眼外面的天色道：「很晚了，妳早些回去吧。」

莫兒也怕凌若尋自己，答應道：「嗯，那我明日再來給喜公公畫眉。」

「行，畫眉。」四喜苦笑著答應。在送莫兒出門時，他將門口一盞氣死風燈遞給她道：「拿著照路，走慢些，當心莫要摔著了。」

第六百一十五章　上朝

「我知道了。」莫兒接過氣死風燈，走了幾步後，回頭見四喜還站在那裡，道：「公公回去吧，我會小心的。」

四喜什麼也沒說，只是揮手示意莫兒離去。在她走得不見蹤影，連那盞燈的光芒也看不到後，方才折身回屋。除下衣鞋躺到床上時，四喜忍不住抬手摸了摸畫出來的那一對眉毛，在一絲連他自己也沒有察覺到的笑意中睡去。

這一覺睡得極沉，待得醒來時，天已經微微發亮。四喜心中一驚，糟了，怎麼就睡過頭了，誤了伺候皇上起身的時辰可是不妙。想到這裡，他趕緊換上衣裳，連臉也來不及洗，匆匆趕到養心殿。

到了那裡，發現蘇培盛已經在服侍胤禛穿衣，終歸還是晚了，他趕緊跪地請罪。「奴才來晚，請皇上恕罪。」

在由著蘇培盛將一串朝珠掛在脖子上時，胤禛瞥了四喜一眼道：「起來吧，下不為例。」

「是。」四喜暗吁一口氣，爬過去替胤禛將朝服理直，隨後跟著胤禛往乾清宮而去。

一個初來養心殿伺候的小太監看到蘇培盛尚站在原地，湊過來討好地道：「蘇公公，您不過去嗎？」

話音未落，他臉上就挨了重重一巴掌，懵了半天才回過神來，莫名地看著一臉冷漠的蘇培盛，委屈地道：「蘇公公，可是奴才做錯了什麼？」

蘇培盛用力捏住他的下巴，一字一句道：「你沒做錯，但是說錯了。記著，下次說話之前，先動腦子想想，這麼大個腦袋別光是用來擺設。」

在他怒氣沖沖地拂袖離去後，小太監拉住其中一個年長些的太監，道：「公公，我究竟說錯了什麼，惹得蘇公公發這麼大的火？」

年長的太監搖搖頭，一臉同情地道：「你啊，犯了蘇公公的大忌諱還不知道。」他將小太監拉到角落裡，小聲道：「蘇公公雖然與喜公公一樣都是以前李公公教出來的，又都在皇上身邊伺候，但能夠陪皇上去乾清宮的卻只有身為大內總管的喜公公，蘇公公是沒有資格去的。你剛才說那樣的話，不是存心讓蘇公公心裡添堵嗎？」

聽其說完，小太監終於明白過來了，同時心裡一陣後怕。

且說四喜隨胤禛一路來到乾清宮，候在乾清宮中的群臣看到一身明黃色朝服的胤禛過來，連忙跪地請安，山呼萬歲。

胤禛登上臺階，轉身站在「正大光明」匾下，冷冷睇視著跪地的群臣，每一個感覺到他目光的大臣都不約而同將頭垂得更低。

他們不明白，為何前一日還傷重不治、躺在床上奄奄一息的胤禛今日就像是沒事人一樣上朝臨政。

不過不明白是次要的，害怕才是主要的。他們當中有不少人在以為胤禛不治時，都向前來遊說的胤禩一黨靠近過，萬一皇上要是追究起來，後果不堪設想。所以胤禛越不說話，他們心裡就越害怕，眼前這位可不是先帝那樣寬厚有加的仁君。有不堪者，額頭甚至開始見汗，雙臂瑟瑟發抖。

跪在最前面的允禩幾人雖看著面色如常，但心裡同樣在打鼓，不知道胤禛接下來會做什麼。

「前幾日的上元節燈會出了意外，朕不察之下受了些輕傷，所以這幾日一直在宮中休養，由廉親王代為主持朝政。」說到這裡，他和顏悅色地看向允禩。「老八，這些日子辛苦你了。」

允禩一臉惶恐地道：「為皇上分憂，乃是臣等的分內之事，如何敢言辛苦二字，皇上這樣說真是折殺臣了。」

胤禛目光一閃，笑道：「老八你一心為朝廷辦事，忠心耿耿，實乃國家不可多得的棟梁，所以朕決定賞你雙親王俸祿。」

允禩不解胤禛打的是什麼主意，面上卻是擺出一派激動之色，叩首道：「皇上如此厚待，臣縱使肝腦塗地也難報君恩之萬一。」

「你我既是君臣也是兄弟，無須說這些見外的話。」胤禛笑一笑，意味深長地道：「前些日子你受累了，如今朕身子已經無恙，你便趁這個機會歇歇，好好將養身子。」

允禩身子一震，瞬間明白胤禛的打算，胤禛這是要在不動聲色間奪下自己手中的權力，然後再慢慢收拾自己。他當下道：「回皇上的話，這種事情臣早已習慣了，並不覺辛苦，更不需要將養什麼。何況臣手上還有許多事在做，一下子全停下來也不好。」

胤禛擺一擺手，一臉關切地道：「朕知道你一心為國為民，但身子也同樣要保重，朕往後要倚靠你的地方還有很多。至於你手上那攤子事，盡可交給十七弟去做，十七弟已經長大，朕觀他頗為聰慧敏銳，又吃苦肯學，定不會讓你失望。」

「是，臣遵旨。」胤禛將話說到這個地步，允禩還有何話好講。聖旨如山，根本不容他人拒絕。

所謂雙親王俸祿不過是胤禛先拿來糊弄自己的，與交出去的實權相比，這個根本不值一提。

「皇上這是賞八哥還是罰八哥啊？」在滿殿皆寂的時候，一個粗獷的聲音在殿中響起，除了十阿哥允䄉還會是何人。

「老十你這話是什麼意思？」胤禛似乎忘了一大堆人還跪在那裡，絲毫沒有要命眾人起身的意思。他不提，所有人只能忍著發麻的雙腿在那裡繼續跪著。

「是什麼意思，皇上心裡明白，又何須臣再說一遍呢？」允䄉冷笑一聲續道：「皇上若要卸八哥的權大可明說，無須這麼拐彎抹角。」

允禩見他說得過分，忙喝道：「老十，不得對皇上無禮。」

允䄉故作不聞，依舊直直盯著胤禛道：「皇上卸了八哥一人夠不夠，若嫌不夠的話，就將臣和九哥手裡的權也一併給卸了。」

胤禛一臉愕然地道：「老十，你胡說些什麼，朕何時想過要卸老八的權，不過是怕他過於勞累垮了身子，讓他先去休養一陣子罷了。待得他身子好了，朕自然會將這些事還於他。」

第六百一十六章　戰事

「惺惺作態！」允䄉不僅沒有見好就收，反而吐出一句堪稱大逆不道的話來。

允禩嚇得不輕，待要再喝斥，袍子被人拉了一下，側頭看去，只見允禟衝自己微微搖頭。

胤禛冷哼一聲道：「既然老十這麼說，那朕自當成全，自明日起，你不用再上朝也不用再管任何事，一切事務朕會另外找人接手。」

「多謝皇上。」允䄉拱拱手，爬起身來竟然大搖大擺地往外走去，直把一干大臣瞧得目瞪口呆。

就在允䄉走後，允禟磕了個頭，不等他開口，胤禛已道：「怎麼，老九，你也想與老十一道走嗎？」胤禛的聲音很平靜，聽不出究竟是喜是怒。

允禟磕頭道：「臣不敢，臣只是覺得自己有愧於皇上所託，不敢再厚顏占據高位，所以想請皇上允許臣與十弟相辭。」

胤禛一言不發地盯著允禟。他知道，這是允禟他們在給自己出難題，接手一個允禩手裡的事情不難，可要是一下子接手三位阿哥的手中事，那便麻煩了，憑允禮一個人是絕對無法勝任。

允禟的意思很明顯，他們三人同進退，要不一個都不卸，要不便將三個都卸了，扔出的攤子自己去解決。

想威脅他？他從不是一個受威脅的人！

隨著這個想法，胤禛的眸子漸漸冷了下來，唯有聲音依然溫和如初：「既然這是九弟的意思，朕自無不允之理。九弟好生歇息一陣子，朝中之事不必擔心，朕自會妥善處置。」

「多謝皇上。」允禟低了頭，看不出神色如何，聲音也是一如既往的平靜。

議完了這事，胤禛眼眸一揚，彷彿才看到眾臣尚跪在地上，擺手道：「都起來吧。」

「謝皇上。」群臣心中暗吁一口氣，紛紛自地上站起來，唯有一個人依然一動不動地跪在地上，此人正是允禵。

胤禛早就看到了允禵，只是一直未說罷了，眼下眾人皆起，唯他獨跪，想忽視也不行了。他當下道：「十四弟，你為何不起？」

「臣不遵聖命，擅自離府，請皇上降罪。」允禵雙手撐在冰冷堅硬的金磚上，沉聲說著。

胤禛目光複雜地看著他。允禵，他唯一真正可說是同胞同源的兄弟，卻跟老八他們一黨勾結，處處與自己作對；這一次看到自己傷重，更是迫不及待地想要奪皇位而代之，如此行徑，實在令他心痛。

「啟稟皇上，十四阿哥也是擔心皇上才會如此，還請皇上念在十四阿哥一片赤誠的分上，饒恕他一回。」允禩在一旁說著。今日上朝之前，他與允禵幾人仔細商議過，允禵已經出來了，想要當成什麼事都沒有發生過顯然不可能，與其坐等胤禛問罪，倒不如自己主動承認。何況眼下西北戰敗對允禵來說，是一個不可多得的契機，一旦他立下蓋世軍功，胤禛即便心裡再不情願也不敢冒著天下之大不韙將允禵軟禁。

「此事朕心裡有數，且是太后下的懿旨，倒也不能說擅自離府，下朝之後，還回府中去，以後沒有朕的命令，不許再離府。」胤禛這樣說著，嘴角卻是微微勾起，彷彿在等待什麼。

果然，就在他話音剛落下，允禵便叩首大聲道：「臣聽聞年羹堯敗於羅布藏丹津，令得我大清在西北失敗，臣不才，願為皇上出征西北，誓將叛亂平定！」

「哦？」胤禛頗感興趣地看著他。「十四弟果真有此心？」

允禵聞言，只當胤禛意動，心中一喜，鏗鏘道：「是，臣願以此身平定叛亂，為皇上分憂。」

胤禛微微點頭，似若感動地道：「十四弟有這份為君為國之心，朕甚是欣慰，不過……十四弟卻是誤會了。」

允禵等人愕然抬頭，然，胤禛接下來的話卻令他們心涼不已。

「年羹堯在與羅布藏丹津的交戰中，並未有失利，恰恰相反，連接克敵，羅布藏丹津在年羹堯連番追擊下，已如喪家之犬，原先跟隨他的各部蒙古首領紛紛投降我軍，只剩下他孤家寡人尚在負隅頑抗。朕已命岳鍾琪為奮威將軍，由青海湖進攻羅布藏丹津駐守在哈喇河畔的駐軍。只要此地駐軍一除，羅布藏丹津就再沒有與我大清對抗的能力，所以十四弟大可放心。」

允禩等人目瞪口呆。怎麼可能，明明前日奏報上還說年羹堯失利，戰局吃緊，怎的一下子又變了？難道說，連奏報也是胤禛使的詭計，為的就是引他們上鉤？

想到此處，允禩等人渾身皆湧起一陣寒意。

若真是這樣的話，那胤禛太可怕了，幾乎將他們每一步皆料到，並且順勢布下局，讓他們步入圈套。

最受打擊的莫過於允禵，原以為就算不能繼位為帝，至少有機會擺脫眼前的困局，豈料就連這也是空歡喜一場。一個驍勇善戰的年羹堯，奪了他全部希望。

難道他還要回到被人軟禁、生不如死的日子？不！他受夠了，再也不要！允禵用力摳著指下細微的磚縫，神色間充滿了不甘。

胤禛沒有理會他，而是將目光轉向眾臣，命他們有事奏來。群臣見胤禛沒有追究他們的意思，皆在心裡暗鬆了口氣，靜一靜神，將該奏的奏了，該稟的稟了。

一直奏稟了半個多時辰方才安靜下來，而胤禛面前的御案上也擺了高高一疊奏摺，都是這幾日積壓下來，需要他親批的。

見眾臣無事再奏，胤禛瞥了旁邊的四喜一眼。後者會意地一甩拂塵，上前揚聲道：「退朝！」

「臣等告退！」眾臣叩首之後，躬身退出乾清宮，唯獨允祥還有允禵幾人站著不動。

第六百一十七章　反目

胤禛自寶座中站起來，居高臨下地看著允禩幾人。「怎麼，你們還有事嗎？」

允禩與允禟是因為允禩執意不肯離去才無奈留下來，所以聽得胤禛發問，皆將目光轉向允禩。

允禩仰頭，眼中有著極力掩飾依然洩漏出來的厭惡。高高在上的那個人本來是與他們一般的身分，可一朝得勢之後，就凌駕於所有人之上，用那種讓人痛恨的姿態看著他們。

「是，臣一直有一件事不明，想向皇上問個明白。」

胤禛沒有說話，只是以目光示意其說下去。

允禩極力挺直背脊，問出他憋在心中許久的話：「臣想知道，臣究竟犯了什麼錯？自皇阿瑪病逝回京之後，皇上不只卸了臣撫遠大將軍一職，還將臣一直囚禁在府中，連皇額娘的面都不得見上一面。」

「十四弟，皇上之所以這麼做都是為了你好，你莫要錯怪了皇上。」允祥不想他與胤禛衝突太甚，插嘴說了一句。

豈料他話音剛落，就見允禵面目猙獰地喝道：「閉嘴，我沒問你話！」

胤禛劍眉一皺，不悅地道：「允祥是你兄長，怎可如此無理，還不趕緊認錯？」

「臣沒錯。」允禵本就看不慣允祥所作所為，如今又在氣頭上，哪裡聽得進去，迎著胤禛的目光倔強地道：「臣與皇上說話，他有什麼資格插嘴？」

「不管怎樣，他都是你十三哥，你不該如此狂妄無禮。」話音稍稍一頓後，胤禛拂袖轉身，背對著允禵道：「該答的，允祥已經替朕答了，你可以回去了。」

允禵只覺得荒謬無比。囚禁他還說是為他好？簡直就是一個笑話。他起身，望著胤禛的背影，一字一句道：「這樣的回答，皇上不覺可笑嗎？」

「十四弟，胡說什麼，還不趕緊跪下。」允禩聽他說得不像話，低聲喝斥著，無奈允禵根本不聽勸，站在那裡一動不動。

胤禛背在身後的手動了一下，卻未回頭，唯有低沉的聲音在殿內緩緩響起：「你既然不相信，又何必多此一舉來問朕。允禵，你從來就沒相信過朕對嗎？」

「臣只是不知該如何去相信皇上，畢竟皇上連遺詔都可以偽造不是嗎？」

面對允禵突然冒出來的驚人之語，胤禛霍然回身，眸光犀利而陰冷，咬牙道：「你說什麼，再說一遍！」

「怎麼，皇上敢做卻不敢認了嗎？」允禵此刻已是豁出去，根本不在乎這樣的頂撞會為自己帶來什麼樣的後果。

他已經受夠了日日只能看到同一片天空的憋屈，雖然活著，卻只比死人多一口氣罷了。

胤禛的目光緩緩自允禩身上刮過，那種蘊含在最深處的冷意，即使心思深沉如允禩，也不禁低下頭，不敢再與之對視。

在將目光轉回到允禵臉上時，胤禛凝視片刻道：「你既然問了，那朕就回答你一次，朕不曾矯詔更不曾奪你的位，這皇位確確實實是皇阿瑪傳給朕的。」

允禵嗤笑一聲，這樣的神情令胤禛心寒，曉得他根本不相信自己，想到這裡，胤禛搖搖頭，黯然道：「回你的府裡去。」

「我若不回去，皇上是不是準備殺了我？」到了這個時候，允禵連一個「臣」字都不願用了。

「老十四，不要太過分！」胤禛的眉眼一分分冷下去。凡事皆有個底限，允禵很明顯正在越過這個底限。

「何謂過分？臣死了不是正合皇上心意嗎？」允禵一步不讓地望著胤禛，那份厭惡已經不再費心掩飾。

「死？」胤禛冷冷重複著這個字，自上面一步步走下來，每一步落在臺階上都有沉重的聲響迴盪在空曠的乾清宮。

當兩人面對面站在一起時，允禵剛要說話，脖子忽的一緊，被人狠狠掐住，而掐住他的人不是別人，正是胤禛。
「允禵，不要以為朕不會殺你，憑你們這次的所作所為，就算一個斬立決也是輕的。」他對允禵的忍耐已經到了極限。
「那皇上就殺了我吧，左右這樣活著也沒有意思。」允禵忍著窒息的感覺，咬牙說道。他受夠了，真的受夠了，與其這樣屈辱且沒有盡頭地活著，倒不如一死來得痛快。
「你！」胤禛沒想到允禵如此冥頑不靈，怒意一盛之下，掐在允禵脖子上的手不斷收緊。
允祥見勢不對，忙上前勸道：「皇上息怒，十四弟想是一時糊塗，並非有意冒犯聖顏，還請皇上念在他初犯的分上，饒過他這一回。」見胤禛不理會他，允祥微微發急，跪下低聲道：「還請皇上看在太后的面上，饒十四弟一次。」
聽得「太后」二字，胤禛眸光一滯，倏然自那種不可控制的盛怒中回過神來，盯著已經不能說話的允禵，緩緩鬆開手。
脖子上的手一移開，允禵立刻大口大口吸氣，心有餘悸地撫著灼痛的脖子，剛才那一刻他真的以為自己會這麼死去。
一直以為乾脆地死去比屈辱地活著更好，可是真到了瀕臨死亡的時候，他才知道原來自己還是害怕的，害怕死，害怕去那永遠籠罩著黑暗的未知彼岸。
「來人！」胤禛大喝一聲，兩名侍衛應聲而入，等胤禛吩咐。

胤禛深深看了允禵一眼，朝侍衛道：「將十四阿哥帶回府去。」

「嗻！」兩人齊聲答應，走到允禵身邊，一邊一個扯了他胳膊道：「十四阿哥得罪了。」

「我自己會走。」允禵用力甩開兩人的手，一步步往外走去，這已是他僅剩的最後一點兒尊嚴了。從宮門外照進來的太陽在他身後投下一道孤寂無望的影子，可以想見，終允禵一生，也不會再有什麼作為了……

在他走後，允禩與允禟也一同告退。望著允禩離去的身影，允祥緩緩道：「八哥將十四弟也當成了一枚棋子。」

「朕知道。」胤禛冷然說著，垂在身側的雙手捏得格格作響。

康熙是明明白白傳位給胤禛的，這一點不論是臨逝前傳召還是後來的遺詔，都明白無誤；可是允禵卻說胤禛矯詔，認為他奪了本該屬於自己的皇位，可想而知，必定是允禩故意誤導。

第六百一十八章　刁難

「不如讓臣去與十四弟好好說說，讓他不要再誤會皇上。」允祥輕輕說道。

胤禛搖頭道：「沒有用的，允禵的性子朕很清楚，倔強剛愎，一旦認定了什麼事就絕不會輕易更改。更不要說他對朕成見已深，任你說得天花亂墜也斷然聽不進去，隨他去吧。」他這樣說著，卻有難掩的失落在其中。允禵寧願相信允禩，也不相信他這個親哥哥。

「皇上莫要難過了，路遙知馬力，日久見人心，終有一日十四弟會明白皇上的一番苦心。」允祥安慰了一句又道：「如今臣擔心的是八哥他們把擔子都卸了，擺明是故意刁難，這一下子去哪裡找人接這些擔子？允禮雖然有潛力，但終只得一個人而已，顧不得許多。」

胤禛迎著冬日的朝陽，森然一笑，道：「朕卸老八一個，餘下的兩人就全推辭不幹。哼，卸便卸了，左右這些差事遲早是要收回來的。借這個機會，朕要讓他們知道這大清朝沒了他們幾個反倒是更好，憑他們就想威脅朕？痴人說夢！」

回頭，胤禛看允祥依然面帶憂色，拍一拍他的肩膀道：「朕知道你擔心什麼，不過是多一些事罷了，朕先暫時擔著就是，等有合適的人選時再慢慢放出去。」

「皇上日理萬機，本就已是萬分繁忙，再加這麼多事如何忙得過來，萬萬不可。」允祥連忙否決。世人總以為身為皇帝享盡人間富貴榮華，又怎知，皇帝也受盡天下之累，像胤禛這樣心繫天下的勤政之君，更是常常夙興夜寐。

胤禛不以為然地道：「實在不行，朕就少睡兩個時辰，總不成一個大活人還能被些許小事難倒。」

「皇上休息的時間本就不多，再少睡，累壞了龍體可怎麼得了。」允祥想了一下道：「還是讓臣來擔吧。」

「不行。」胤禛斷然拒絕。「你領的差事本就已經夠多了，再攤上這些，當真是要連半點休息時間都沒有了，再說你身子又不好。」

這一回允祥態度出奇地堅決，說什麼也不肯讓胤禛去擔負所有，哪怕胤禛用皇帝的身分去壓也不肯妥協。胤禛曉得他這是擔心自己，感動之餘只能無奈地選了一個折中的法子，那就是兩人各擔一半。

允禩一臉陰沉地出宮回府，一路之上都沒有理會過允禟，到了廉親王府，意外看到允䄉正等在廳中，神色些局促不安。

在下人端了茶上來後，允禩開口：「老九，老實告訴我，今日老十在殿中的那些話是不是你授意他說的？」

允禟端茶抿了一口，去去這一路上的寒意後，方點頭道：「確是我的主意。」

允禩不悅地一拍桌子道：「你往日看著挺精明，怎麼這一回這般魯莽？老四擺明了是想削我們幾個的權，偏你還主動湊上去讓他削，好了，現在咱們幾個都成了閒散之人，手中一些可用的權力都沒有了。」

「八哥此言差矣。」允禟渾不在意他話語間的責怪之意，依舊慢悠悠地道：「既然他已經下了主意要動我們幾個，那不論我們怎麼抓著不放，他都會想法設法地來削，與其被逼迫著交出去，倒不若自己主動一些。」

「可也犯不著撕破臉啊，你可知剛才老十在殿中說那番話的時候，我都捏了把汗，就怕老四一怒之下會治了老十的罪。」允禩還是不認同允禟的話。

「八哥，你別怪九哥了，剛才那番話我說得一點兒都不後悔。這一、兩年，由著老四在咱們頭上拉屎撒尿，實在是憋屈夠了。」允䄉晃著大腦袋道。

「為了圖一時痛快就把自己置於危險之地，那是蠢人才做的事。」允禩雖然在罵允䄉，目光卻一直盯著允禟，明顯是在等他的解釋。

「八哥放心，我料準他不敢。老四這個人無才無德，卻一心想做一個明君，又自詡是奉皇阿瑪之命繼位為帝，以正統自居。這樣的一個人，是絕不敢背上殘害兄弟的罪名，即使他心裡再窩火也只能忍著。」允禟自信滿滿地說著，旋即又道：「而且我與老十卸擔子還有一重意思，我要讓老四知道，大清不是他一個人就能說著算的。沒了我們，哼，我看他怎麼把那些差事擔起來。呵呵，說不定他現在已經在乾清宮裡焦頭爛額了。」一想到這個，允禟心裡就說不出的暢快。

允禩卻沒他這麼樂觀，蹙眉道：「老四不是一個簡單的人，看他不動聲色設下這麼大一個局，把咱們都繞進去就知道了，說不定真能讓他想出辦法來。」

允禟嗤笑道：「再不簡單，他還是一個人，我倒是想看看他怎麼解決這個事。只要他解決不了，就還是得倚靠咱們。」

「唉，不管怎麼說，咱們這次都輸給他了，以後怕是再也不會有這樣的機會了。」允禩黯然說道。可以想見，這次之後，胤禛對他們的防備必然更深，想要再尋得機會取而代之，幾乎是不可能的事。

「八哥，別說那洩氣的話，我就不相信老四能一輩子隻手遮天。慢慢等著，總會有機會的。」允禟陰惻惻地說著。從某方面說，他比允禩更能隱忍。

允禩看著外頭時陰時晴的天色不語，自從知道這次的事是胤禛精心設下的圈套後，他心裡就一直蒙著一層陰影，揮之不去。就是胤禛登基時，這種感覺都不曾有過，難道真的大勢已去？

雨，在近黃昏時分淅瀝瀝地落了起來。翊坤宮中，年氏站在廊簷下看著雨水從殿簷上飛落而下，在地上濺起無數水珠。

綠意走過來勸道：「主子，晚膳已經備好了，您進去吃一點兒吧。」

年氏搖搖頭道：「叫他們撤了吧，本宮沒胃口。」

「主子，您總這樣不吃東西可怎麼是好，先前是因為擔心皇上，如今皇上已經沒事了，您好歹用幾口。」綠意苦口婆心地勸著。

年氏低頭，看著雨水濺起落在自己鞋面上，緋紅鞋面的一角逐漸暈染開，澀澀道：「皇上是沒事了，可是本宮想弘晟，也不曉得他在皇后宮中怎麼樣了。」

綠意低嘆了口氣，正待說話，忽的瞥見雨幕中有兩個人影。再仔細一看，喜色頓時染上眉眼，她指著逐漸走近的人影，興奮道：「主子您快看誰來了。」

第六百一十九章 帝心

「是誰？」年氏對綠意的話並不感興趣，連頭也不曾抬一下。

綠意見狀，忙說道：「主子，是皇上和三阿哥啊！」

「什麼？」年氏身子一顫，急急抬起頭來，果然見到胤禛打了傘，與弘晟穿過重重雨簾朝自己走來。

她一下子激動起來，顧不得外頭還下著雨，提裙疾步奔出去。綠意趕緊拿了手裡的傘追上。

「皇阿瑪？」弘晟仰頭看了胤禛一眼，顯然是在詢問他的意見。

胤禛緩緩點頭道：「去吧，去見你額娘。」

「嗯！」弘晟歡快地答應一聲，迎著年氏奔去。雖然皇后待他也很好，可是額娘只得一個，任何人都代替不了。

「額娘！」在這樣歡悅的呼喚中，弘晟開心地撲入年氏已然被雨淋溼的懷抱。

「弘晟，我的弘晟，額娘終於又看到你了。」年氏緊緊地抱著自己唯一的孩子，臉上分不清是雨水還是淚水。此時綠意也追到了，趕緊將傘撐在年氏母子頭上，替他們擋住不斷落下的雨水。

「額娘，皇阿瑪已經答應我，以後都不用再去坤寧宮了，可以日日陪在額娘身邊。」弘晟自年氏懷中抬起頭，高興地說著。

聽到這話，年氏方想起胤禛也在，趕緊朝已經走到近前的胤禛行禮。「臣妾見過皇上，皇上吉祥。」

胤禛看出她心中的疑惑，扯了嘴角道：「起來吧，有什麼話進去再說。」

「是。」年氏也曉得這裡不是說話的地方，迎胤禛進正殿後，又下去換了一身衣裳，這才出來重新見禮。至於弘晟，適才已經被嬤嬤帶下去。

「皇上，弘晟真的可以繼續留在臣妾身邊了嗎？」年氏緊張地問著。雖然弘晟已經說過一遍，但總不及親耳聽得胤禛說更真實。

胤禛頷首道：「朕已經考教過弘晟，他確是在這一個月之內熟讀了《春秋左傳》，所以朕許他重回翊坤宮，只是貴妃，從今往後妳必得好生教導弘晟，萬不能再有前次的事發生。」

受了這麼大的一次教訓，年氏哪敢不聽，連忙垂首答應。抬眼之時，恰好看到胤禛看著自己，眸中有一抹明亮之色。

年氏環顧自己一眼，並未發現有什麼不妥，遂道：「皇上在看什麼？」

胤禛笑一笑道：「沒什麼，只是想起這兩日的事，倒是讓貴妃擔心了。」他躺在床上的那幾日，年氏雖然沒有如凌若那樣日夜陪在養心殿，可那份傷心卻是真切不作假的，尤其是最後喝斥凌若的那幾句，若非當真心傷難過，絕對不會說這些。

可是這份感動僅持續了一會兒便淡下來，年氏若只是性子驕縱任性，那麼衝著這份宮中少見的真心，他會由著她；可年氏不該心狠手辣，在宮外時對凌若百般迫害。

這一事，雖然因為年羹堯出征平叛而被壓了下來，他卻不可能當成什麼事都沒發生過。所以，他與年氏註定回不到從前。

年氏並不曉得這一瞬間胤禛心思已經轉過許多，更不曉得她已經被徹底剔除在胤禛內心之外，依然淺淺笑道：「皇上還說呢，那幾日臣妾聽著齊太醫的話，當真是嚇壞了，幸好只是虛驚一場。」她很聰明地沒有問胤禛為什麼要這麼做，許多事不知道遠比知道更好。

年氏的笑容猶如盛開的牡丹，嬌豔動人，即便如今已經三十有餘，依然貌美如十七、八歲少女，看不出歲月的痕跡，更看不出曾生養過兩個孩子。

只是，宮中會缺少美貌嗎？始終帝心才是最要緊的。這一點，年氏無疑已經輸了，如今她所倚仗的不過是年氏一族的權勢與年羹堯的戰功罷了。

可悲的是，年氏對這一切一無所知，又或者她不願去相信自己身上所繫的恩寵是因家族之故。

也許要到無可挽回的那一刻，她才會幡然明白。

在揣測帝心這一點上，那拉氏顯然比年氏做得更好，她從不仗勢，從不驕縱，對於娘家的勢力也一直小心控制在胤禛所允許的範圍內，不曾越了半分過去。在胤禛眼中，她永遠是那個端莊溫和、處處與人為善的皇后。

但這並不代表那拉氏與世無爭，恰恰相反，她才是野心最大的那個人；不過她很清楚，自己論恩寵不及熹妃，論家世不及年氏，論帝心更是遠遠不及已經嫁作他人婦的納蘭湄兒，她唯一擁有的，不過是一個皇后的名分。正因為是唯一，所以她才更小心謹慎，將之牢牢抓在手中，任何敢威脅到她的人，都毫不留情地除掉，包括她未出世的孫子！

夜，風雨不止，撲打著琉璃瓦，簷頭的鐵馬在疾風中「叮叮」作響，在雨夜中清晰可聞。

那拉氏坐在紫檀圓桌前慢慢用著晚膳，偌大的桌子、滿桌的珍饈美味，卻只有她一個人坐在那裡，顯得格外冷清。而這一切，那拉氏早已習慣，以往弘時還沒有開牙建府時，也不過兩個人而已。

那拉氏在喝完粉彩圓碗裡的烏雞湯後，道：「翡翠，上次本宮讓製衣局給三阿哥做的那幾套衣裳做好了沒？」

翡翠掰著指頭算了一下道：「主子是年前吩咐下去的，應該已經做好了，明日奴婢去看看。」

那拉氏點點頭道：「做好了就送到翊坤宮去，好歹也是本宮的一點兒心意。」

聽著她的話，翡翠卻是有點猶豫。「主子，奴婢怕就算送去了，翊坤宮那邊也不會收。」

那拉氏笑一笑，接過宮人遞來的帕子拭一拭嘴角的湯漬，道：「她收不收是她的事，本宮卻不能不送，怎麼說三阿哥也在本宮這裡住了一段時間，又叫本宮一聲皇額娘。如今他回去，本宮卻一些表示也沒有，可是不像話。另外妳去的時候，記得叫三阿哥繼續採露水泡茶喝。」最後這句話，她說得意味深長。

在翡翠答應後，那拉氏順手將帕子遞給一直躬身候在旁邊的宮人，眼角餘光在瞥過微微抬頭的宮人臉龐時，意外覺著有些眼熟，再一想卻是記了起來。她記性向來好，見過一面的人都能夠記住，當下道：「你是小寧子？」

第六百二十章　血腥

小寧子見那拉氏認出自己，忙跪下叩首。「小寧子給主子請安，主子吉祥。」

那拉氏也不叫起，只道：「本宮怎麼不記得什麼時候將你改到內殿來伺候了？」

小寧子微微直起身，低頭道：「回主子的話，奴才並未改到內殿伺候，是內殿伺候的小貴子突然腹痛難耐，所以奴才才代他來殿中伺候一會兒，若有驚擾主子之處，還請主子恕罪。」

那拉氏瞥了瞥他，似笑非笑地問了一句：「如何，那三十杖好了，不疼了嗎？」

小寧子身子一顫，激動地磕了個頭道：「多謝主子垂憐還記著，奴才早已沒事了。」

「不怪本宮責你？」被自己打過一頓，還能這樣不疾不緩地對答，那拉氏對這個本不放在眼中的小太監倒是起了幾分興趣。

「主子肯教訓奴才是奴才的福分，何況當日奴才確實做錯了事，又怎敢心存怨對。」小寧子慌忙說道，語氣真摯。

「抬起頭來。」

隨著那拉氏的話，小寧子慢慢抬起頭來，那張清秀白皙的臉上除了些許驚意外，並沒有說謊的痕跡。

就在小寧子滿心以為那拉氏會讓自己以後都留在內殿伺候時，卻只聽得一句「下去吧」。

小寧子失望，但這一回他沒有像以前那樣自作聰明。上次那一頓杖責讓他揣測到了那拉氏的些許心意，這位主子並不喜歡多話的奴才，更不喜歡奴才去質疑揣測她的話。

那拉氏微微一笑。看來上次那頓板子沒有白挨，真是長進不少，不過想進內殿，暫時還不夠資格。

「主子有意抬舉小寧子？」在小寧子走後，三福目光一閃，小心地問著。

那拉氏揮手示意宮人將桌上的菜撤下去。「怎麼，你不樂意？」

三福惶恐地道：「奴才不敢，奴才只是覺得小寧子這人心機不小，且又趨於勢利，怕主子會受他蒙蔽。」

「蒙蔽本宮？」那拉氏嗤然一笑，扶著三福的手起身道：「他還不夠資格。對了，本宮交代你的事情辦妥了嗎？」

「主子放心，奴才已經透過他人收買了二阿哥府裡的人，他會在煎藥的時候下大量的紅花，到時候，不只孩子保不住，佳福晉也會因為過量紅花引發的大出血身亡。」三福胸有成竹地說著。

那拉氏略有些意外地瞥了他一眼。「哦？倒是長進了，沒有去收買太醫，反倒是從不起眼的下人著手。」

三福低頭一笑道：「主子謬讚了，奴才只是覺得太醫不好收買，而且將來斬草除根也麻煩，遠不及一個沒有任何背景、沒有官職的人消失來得方便。」

「嗯，記著，只有死人才是不會開口的，本宮交代你去辦的事絕對不可以留下任何馬腳，否則後果如何，你是清楚的。」

「奴才知道。」三福敬畏地答著，頭也垂得越發低了。

在服侍那拉氏歇下後，他與翡翠一道退出大殿。在陣陣帶著無盡涼意的冷風中，三福沉沉嘆了口氣。

「好端端的嘆什麼氣？」翡翠回頭看著他，執在手裡的一盞氣死風燈照亮了彼此。

三福張開手，他雖是奴才，卻甚少做粗活，是以一雙手與女子一般白皙細膩。「我只是突然想起，沾染在咱們手上的血腥，不知道是否有洗清的那一日。」

翡翠默然不語，良久方捋一捋耳邊散落的髮絲，道：「洗清如何，洗不清又如何，咱們只是聽命行事的奴才而已，根本由不得自己。」

三福苦笑一聲，心中是說不出的悲苦。曾幾何時，他連一隻螞蟻都沒有踩死過，可是後來卻奉命殺了一個又一個的人，無辜的、冤枉的；而他只是機械地、麻木地用各式各樣的手段去除掉主子認為該死的那些人。

翡翠看著自己被濺上來的雨水打溼的裙角。「有些事還是不要想得太明白，否則只會讓自己痛苦不堪。」

「話雖如此，但還是會忍不住想起。」又是一陣嘆氣後，三福回過頭來澀聲道：「聽到剛才主子的話了嗎？一旦咱們做下的事被查出什麼端倪來，主子是絕對不會保咱們的；相反的，她還會將咱們當成棄子推出去。主子變得實在是太多了，有時候，我甚至都懷疑是不是同一個人。」

「我知道。」翡翠靜靜地說著。「可她依舊是咱們的主子，咱們也沒有第二個選擇。」

三福閉一閉目，帶著無限嚮往，感嘆道：「有時候想想，真希望可以脫離目前的境況。」

「這種事想想即可，千萬不要當真，否則咱們會比二元死得更慘。」翡翠轉過頭，眸子在風燈的光芒下幽微無奈。

三福明白她的意思，他們掌握了主子太多的祕密，一旦想要脫離，以主子的性子與為人是絕對不會放過他們的，即便只是露出一點點心思也一樣。所以縱使前方是鮮血重重，也只能繼續走下去，不為其他，只為保命。

「我明白。」三福澀然一笑，捏緊了雙手道：「只盼死後閻羅王開恩，不要罰我下十八層地獄。」

翡翠看著他，忽的浮起一抹溫婉的笑容。「不管去哪裡，至少還有我與你做伴，倒也不會寂寞。」

「還是不要了。」三福的回答令人意外，在翡翠訝然的神色中，他看了一眼沒有星月、只有無盡冷雨的天空，道：「我一人受苦就夠了，何必再多添妳一個。記著，下輩子投胎投個好人家，千萬不要再做下人了。」

翡翠感動地看著他。幸好，幸好這深宮中還有一個人默默關心著自己，不至於一些溫暖也無。在雨聲中，她道：「死後的事情誰知道呢？也許根本沒有地獄，沒有下輩子。」

第六百二十一章　相逼

相較於前朝的動盪，後宮要寧靜許多，不過凌若在一早去慈寧宮請安的時候，卻意外得知烏雅氏身子不適，無法接受眾嬪妃的問安。

在離開慈寧宮的路上，瓜爾佳氏邊走邊道：「太后的身子越來越差了，十日裡總有四、五日是起不了身的。」

「依我說，太后這是心病。」溫如言摘了一朵梅花輕嗅，於充斥在鼻尖的清冽香氣間道：「聽說太后在昨天夜裡去了養心殿，只是皇上沒有見她。」

「十四阿哥始終是橫在太后與皇上之間的一個心結。」凌若憂心忡忡地說著。所有人都知道病症所在，可所有人都無能為力。

「皇上只是重新囚禁了十四阿哥，太后還有什麼求的。」溫如言搖頭說著，語氣間頗有幾分不以為意。

「終歸是自己的兒子，太后不想十四阿哥受苦也是情理之中的事，不過卻是妄想了。」瓜爾佳氏緩緩說著。她也許不是最得帝心的那一個，但對帝心的揣測卻絕不落於人後，尤其是聽凌若說了整件事的前因後果。在這場局中，十四阿哥與八阿哥一夥人狼狽為奸，胤禛不殺他已經是格外開恩了。

「其實軟禁不見得就不好，至少尚有一條命保全，放他出來，或許連這一條命都難保。」凌若順口接了一句，旋即又道：「不管咱們再說什麼都是沒用的，只盼太后能夠早日想明白。」

「此事怕是難了。」瓜爾佳氏搖搖頭。一個人一旦鑽了牛角尖，想再繞出來，可是比登天還難。

而事情也正如瓜爾佳氏所料那樣，烏雅氏的身子一日比一日差，太醫來看了數次，藥開了無數，可任憑宮人怎麼勸，她一口都不肯喝。

二月初的一日，胤禛在新年後第一次踏足慈寧宮，彼時已經入夜，黑暗中聽不見一絲聲音。

「太后歇下了嗎？」胤禛到了之後並沒有馬上入內，而是問剛剛走出來的宮人。不等宮人回話，裡面已經傳來烏雅氏虛弱的聲音。

「是皇上來了嗎？」

胤禛揮手示意宮人退下，自己則抬腳走進去，只見伺候烏雅氏的宮人跪了一地，當前那一個手裡還捧著一碗黃褐色的藥。

胤禛見狀什麼也沒說，只是接過宮人手裡的藥碗，親手舀了一勺遞到烏雅氏嘴邊。「皇額娘喝藥。」

烏雅氏定定望著胤禛，既不張口也不說話，直至那一勺藥再也冒不出熱氣時，方才對滿地的宮人道：「你們都退下，哀家有話要與皇上說。」

宮人如蒙大赦地退下，在殿中僅剩下他們兩人時，烏雅氏方輕咳一聲道：「皇上終於肯來見哀家了嗎？」

胤禛面色平靜地看著烏雅氏發黃的臉色，道：「皇額娘有什麼話等喝過藥再說。」

「哀家怕一喝完藥就見不到皇上人影。」烏雅氏面色慍怒地說著。這些日子她沒少去養心殿，哪怕支著病體也勉強過去，可胤禛一直藉口政事繁忙，避而不見，無奈之下，她只有用不喝藥這一招來迫使胤禛見她。

胤禛與她對視半晌，收回了發瘦的手臂，看著那一勺藥重新融進藥碗之中無分彼此。「那皇額娘想要怎樣？」

「哀家想要你放了老十四。」烏雅氏逐字逐字說出她的目的。她受夠了，受夠了與親生兒子分離的痛苦，今日既然胤禛來了，那她就一定要讓胤禛放了允禵。

「不可能！」胤禛想也不想便拒絕了烏雅氏的要求。

烏雅氏料到他會拒絕，卻沒想到竟拒絕得這樣乾脆俐落，連一點兒猶豫也沒有。「為什麼？老四，他是你親弟弟啊，你就不能念在這份兄弟情誼上給允禵一條活路嗎？他真的不能再這樣被囚禁下去了，你可知道，允禵才三十多歲，頭上已經有了白頭髮！」每每說到允禵，烏雅氏心中都是說不出的痛，她只想要母子可以相見罷了，為何這麼艱難。

胤禛將藥碗放到床頭的小几上，捋過身後的辮子，把用明黃色髮帶束起的髮梢遞到烏雅氏面前。「皇額娘只知十四弟頭上有華髮，可曾注意過兒臣？兒臣早已華髮叢生。」

烏雅氏看著那隱藏在黑髮間的絲絲霜白，一時不知說什麼好。

胤禛繼續道：「三十多年了，三十多年來，皇額娘從不曾關心過兒臣，哪怕兒臣處處為皇額娘著想，所得到的也僅僅是皇額娘偶爾的一瞥。」

烏雅氏也曉得自己忽略這個兒子，只能無奈地道：「此事權當是皇額娘對不起你，可是與老十四無關啊，你放了他好不好？就當哀家求你。」說到最後，她已是用力握著胤禛的手臂，流露出哀求之意。

胤禛搖頭道：「允禵犯了什麼錯，皇額娘應該比朕更清楚，不殺他已是格外開恩。」

「可……可允禵也是受了老八他們引誘才會一時糊塗，並非存心。」烏雅氏有些心慌，但還是一意替允禵開脫。

胤禛淡淡一笑，仰首道：「若允禵沒這個心，任憑老八他們舌粲蓮花也是沒有用的。允禵一直認為是朕奪了本該屬於他的皇位，所以才不惜與老八聯手行謀反逆舉；而皇額娘也支持他們，所以才下懿旨將允禵放出來，對嗎？」

「哀家……」被胤禛當面問起，縱是烏雅氏也不禁有些心慌，隔了半晌方才咬牙道：「不管是誰奪了誰的，既然你已經繼位，哀家就絕不會說什麼。當初之所以放允禵出來，也是怕皇上龍歸大海之後，弘時能力不足，治不了這個大清天下。哀家自問，並無一絲私心在裡面。」

胤禛深深地看了烏雅氏一眼，起身道：「事情已經過去，朕不會再追究，但同樣的，允禵朕也絕不會放，希望皇額娘不要再讓朕為難。」

「你……咳！咳咳！」烏雅氏一激動，咳嗽得越發厲害。

待她氣順之後，胤禛再度拿起藥道：「皇額娘不要再動氣了，喝藥吧。」

「咳，你不放允禵，哀家……哀家就不吃藥。」烏雅氏曉得，錯過這次機會，以後就真的一絲機會也無了，她必然要為她的兒子求一條活路。

第六百二十二章　棋子損

月光從敞了小半扇的窗子中照進來，落在胤禛身上，帶著一種令人心寒的慘白。無端的，烏雅氏竟有一種恐懼感，恐懼她這個懷胎十月生出來的兒子。

許久，終於有聲音在這華美卻也空曠的宮殿中響起——

「身子是皇額娘的，若連皇額娘自己都不珍惜，那兒臣也無法。兒臣尚有許多政事要處理，改日再來給皇額娘請安。」

在胤禛轉身的那一瞬間，身後傳來烏雅氏絕望的喊聲——

「老四，你當真如此狠心不念親情嗎？」

胤禛側頭看著烏雅氏，那一刻，他眼眸中充斥了無盡的悲哀。「如果兒臣狠心，就不會來看皇額娘。兒臣唯一能答應皇額娘的，就是永不殺允禵。」

眼角餘光看到烏雅氏在那裡垂淚，他聲音忽的一悲道：「皇額娘，若之前的事不是一場戲，而是兒臣真的死了，皇額娘可會為兒臣流一滴眼淚？」

不等烏雅氏回答，他已愴然搖頭。「想來是不會的。皇額娘，兒臣真的很希望您從未生過兒臣，如此您與兒臣都不會痛苦。」說罷，他再沒有停留，大步離開慈寧宮。

他沒有告訴烏雅氏，之前並非避而不見，而是他真的很忙。因為允禟、允禩驟然卸下的那兩堆擔子，他這些日子忙得連用膳、睡覺的時間也沒有，今天來這裡一趟，晚上他至少要再少睡半個時辰。

他同樣也沒有告訴烏雅氏，原本他打算上元節燈會後讓允禵進宮相見，甚至想過如果允禵性子收斂的話，就放其出來。

現在，已經沒有了再提的必要……

雍正二年的春天，繼烏雅氏終日臥病不起後，弘時府中亦傳來噩耗。側福晉索綽羅佳陌誤食大量紅花，引發小產，並導致其出了大紅，僅僅半天就撒手人寰。

弘時對索綽羅佳陌一往情深，驟然生死相別，幾乎痛不欲生，難以自持，幾番勸慰後方才勉強止住，堅持以嫡福晉禮下葬，並親扶其靈柩至墓地。

這一切令那拉蘭陵極度不滿，也令她與弘時本就不甚和睦的夫妻關係更加差勁。而這，弘時根本沒心思理會，只沉浸於失去摯愛的悲傷之中無法自拔。

至於下藥之人，在出事之前就跑了，不知所蹤。弘時發誓定要取其狗命，以慰佳陌與未出世孩兒的在天之靈。

當這個消息傳到凌若耳中時，她正將一對玉墜子戴在耳垂上。玉是上好的碧玉，又經工匠仔細雕琢成樹葉狀，若是不經意一瞧，還真像是春日裡剛抽出來的嫩葉呢。

水月一邊替凌若理著頭髮一邊嘆息道：「這位佳福晉可真是福薄，主子好不容易才替她求來了這份恩典，卻只做了幾個月側福晉就被人下藥，帶著孩子一併離世。也不知這個下人與佳福晉有什麼仇怨，要下此毒手。」

凌若睨了鏡中的她一眼道：「妳當真以為僅僅是府裡主僕間的仇怨？」

「難道不是嗎？」水月感到奇怪地問道。

凌若轉身看著若有所思的水秀，道：「水秀，妳可有什麼話想說？」

「奴婢覺著，此事應該沒那麼簡單。區區一個下人而已，哪會有這麼大的膽子下藥害主子；而且奴婢聽說佳福晉性子極好，從不苛責下人，按理來說，不應會結下仇怨。倒是那位嫡福晉性子驕縱無禮，對下人動輒打罵，若換了是她，奴婢還相信幾分。」

「是啊，一個下人。」凌若微微一笑，撐著梳妝檯起身，插在髻上的步搖在耳邊輕輕作響。「若無人在背後主使，一個下人如何有這等膽子，又如何在事發之後逃得無影無蹤？下人不過是一枚棋子罷了，執棋者另有其人。」

「莫不是二阿哥的嫡福晉吧？」水月神色驚疑地問道。

「雖不中亦不遠矣。」凌若頓一頓道：「水秀，妳晚些去二阿哥府上一趟，就說本宮有事要與他說，讓他務必進宮一趟。」

她早已料到會有這麼一日，卻沒想到來得這麼快。索綽羅佳陌從一開始就是她與那拉氏爭鋒的一枚棋子，而今，棋子被毀，她也該有所動作了。

凌若左右瞧了一遍，沒發現莫兒，遂問其去了哪裡，卻見水月抿著嘴笑道：「回主子的話，這個時候啊，莫兒該是在喜公公那裡呢。」

「她去四喜那裡做什麼？」紫禁城宮人數千，不過喜公公卻只有一個。

在水月一陣解釋後，凌若總算明白是怎麼一回事，好笑地搖頭。這丫頭，竟然跑去替四喜畫眉，也真虧她想得出來。

凌若看了一眼外頭明媚正好的春色，揚聲道：「南秋，扶本宮出去走走。南秋？南秋？」

「啊？主子您叫我？」直至凌若喚了三遍，南秋方如夢初醒地抬起頭。

凌若蹙眉問：「在想什麼，本宮瞧妳這幾日都一副心不在焉的樣子。」

「沒什麼，奴婢扶您出去。」南秋低下頭，藉以掩飾有些慌亂的眼神。

凌若瞥了瞥她，沒有說什麼。每個人都會有不想說的祕密，南秋不提，她自不會去強迫。

卻說莫兒替四喜畫完眉出來，途經御花園時，突然被人拉到樹後，這一下變故可是把莫兒嚇得不輕，待要呼救，耳邊已經傳來熟悉的聲音——

「莫兒別怕，是我。」

「芷蘭姊姊。」莫兒撫著胸口嗔道：「妳這是想嚇死我啊！」

「對不起啊，我也是怕被人瞧見。」芷蘭道了聲歉，正色道：「莫兒，主子要見妳。」

莫兒心中一沉，該來的終於來了。她默默點頭，隨芷蘭挑著沒人走的小徑來到翊坤宮。相較於冬時的冷寂，如今的翊坤宮又散發著勃勃生機，院中擺滿了各式各樣正值時令的花卉草木，姹紫嫣紅甚是好看。

進去後，只見年氏正徐徐剝著荔枝，寸長的指甲輕而易舉摳進荔枝凹凸不平的外皮。

莫兒不敢多看，趕緊跪下去。「奴婢給主子請安，主子吉祥！」

「嗯。」年氏應了一聲，在命莫兒起來後，起身將剛剛剝開、潔白如玉的荔枝肉遞到莫兒嘴邊，溫言道：「來，嘗嘗，這是剛送來的元紅荔枝，肉厚核小，甜中帶酸，最是好吃。」

「謝主子。」莫兒受寵若驚地接過，本不欲吃，但年氏一直盯著自己，只得塞到嘴裡，緊張之下連著核也一併吞下。

看到她這個樣子，年氏嫣然一笑，取去溼巾拭了拭黏膩的雙手，道：「妳回熹妃身邊也有些日子了，她可有懷疑妳？」

第六百二十三章　丹蔻

「沒有，熹妃娘娘只在頭幾天有些提防，如今已經全然相信了奴婢。」莫兒握著身側的衣裳回答。

年氏撫著莫兒的臉頰道：「很好，不枉本宮費心將妳從辛者庫救出來。且說來聽聽，熹妃那邊最近有什麼動向？」

游移在臉上的冰涼護甲令莫兒緊張得很，暗吸了一口氣道：「回主子的話，熹妃這幾日除了去坤寧宮請安之外，一直待在承乾宮中，並無任何異舉。」

年氏不置可否地點頭，也不說什麼，然而手卻一直沒有收回。她能夠感覺到手掌下那層嬌嫩的皮膚正逐漸變得僵硬，呵，真是一個膽小的奴才。

「熹妃那邊一有什麼動靜，奴婢就會立刻來回稟主子。」莫兒戰戰兢兢地補充著，總覺得那幾根銳利的護甲會隨時戳進自己臉頰。

「本宮知道妳忠心。」年氏終於收回手，看到莫兒暗自鬆了一口氣，她又道：

「好好替本宮做事，本宮絕不會虧待妳。甚至……」溫熱的氣息湊過來，吹在莫兒耳畔，帶著癢癢的酥麻與無可抗拒的誘惑。「本宮可以讓妳成為人上人！」

莫兒很清楚年氏話中的意思，只要自己助她扳倒熹妃，她就抬舉自己成為皇帝的女人。這話說出去，可是要讓無數宮女眼紅嫉妒了。哪個宮女不是盼著有朝一日可以飛上枝頭變鳳凰，哪怕是最低等的答應，那好歹也是主子，不必再日日勞作。

「奴婢出身卑微，不敢有此非分之想。」莫兒慌忙說著。

「論起出身，難道這後宮諸人個個都是大家閨秀名門之後嗎？有些人出身比妳好不到哪裡去。人吶，最重要的是別看輕了自己。」年氏如是說了一句，旋即又拉起莫兒的手細細打量，讚道：「瞧瞧這雙手，又白又嫩，握著可是舒服得緊，不過就是太素了些。芷蘭，去將本宮最喜歡的那瓶丹蔻拿來。」

「是。」芷蘭低垂的眼眸掠過一絲不易見的冷光，當她再次進來時，手上已是拿了一個小小的琺瑯描花瓷瓶與一枝細毛小筆。隨著瓶蓋的打開，有濃郁的花香飄浮在空氣中。

年氏用細毛小筆沾一沾瓶子裡粉紅色的丹蔻，對莫兒道：「把手伸出來。」

莫兒慌忙搖頭，將雙手背在身後道：「奴婢不敢，而且熹妃娘娘不喜歡奴婢們塗脂抹粉。」

「無妨，這丹蔻顏色塗在指甲上並不明顯，輕易瞧不出。」

在年氏的堅持下，莫兒只得將雙手伸出，受寵若驚地由年氏在她十指尖塗上一層淺淺的粉紅。待塗完之後，莫兒發現果如年氏所言，顏色並不明顯，卻是提亮了膚色，顯得雙手更加白嫩細膩。

「好了。」年氏塗完莫兒最後一根手指，滿意地道：「再瞧瞧，這雙手可是比剛才好看了許多。」

莫兒羞澀地縮回手。「奴婢何德何能，竟讓主子替奴婢塗丹蔻。」在說這話的時候，她忍不住偷偷打量著雙手，臉上有著難掩的歡喜。

年氏將這一幕收入眼底，臉上的笑意更深了，示意芷蘭將小瓷瓶遞給她道：「拿著吧，什麼時候用完了，再問本宮來拿。」

「多謝主子賞賜。」莫兒本不欲收她東西，但這瓶丹蔻實在是喜歡，尤其是抹完之後，一雙手都浮動著濃郁的花香。

「去吧，否則出來太久，該讓人起疑了。」年氏和顏悅色地說著。在莫兒遠離了視線後，她方才轉臉問身後的綠意：「確定二阿哥今日會去承乾宮嗎？」

「那邊是這樣回稟的，熹妃已經派人去傳二阿哥。」綠意答著。

「很好！」年氏豔麗的臉龐罩上一層陰森寒意。「去告訴她該怎麼做，還有，讓她不要耍花樣，她全家老小的命可都捏在本宮手中，本宮要他們生就生，要他們死就死！」

「主子放心，她不敢的。」綠意恭謹地答應一句。

在她離去後，芷蘭端了一盆清水進來，銅盆旁邊的小凹槽中放著一塊玫瑰胰子。「請主子淨手。」

年氏低頭看了一眼，只見自己左手指縫中有著一絲粉紅，是剛才為莫兒塗丹蔻時不慎沾到的，因為顏色淺所以不易察覺，也虧得芷蘭細心看到。

丹蔻一旦沾染在手上就極不好洗，年氏用玫瑰胰子抹了好幾遍，又讓芷蘭換了盆水才徹底將之洗淨，但看著乾淨無瑕的雙手，年氏依然蹙眉。

芷蘭見狀，小聲道：「主子放心吧，您只沾到一點兒，又及時洗淨，不會有事的。」

「額娘！」弘晟走了進來。過年之後他已十四歲，再加上前次那件事，令他比以前少了一分稚氣衝動，多了一分深沉內斂，且開始勤於功課。朱師傅已經誇過他數次，說是與以前閒散怠倦的樣子判若兩人。

「今日下課倒是早。」看到弘晟，年氏心中一喜，待要去拉他，忽的想起什麼，趕緊將已經伸出的手收了回來。

弘晟看到她這個舉動，感到奇怪地問：「額娘怎麼了？可是哪裡不舒服？」

「額娘沒事，只是手上有些髒，怕弄汙了你的衣裳。」年氏隨口搪塞一句，轉而問起他課堂上的事，得知弘晟今日對對聯勝過弘曆一籌時，欣喜不已。「額娘就知道，你才是最出色的那一個。」

「額娘放心，兒臣絕對不會輸給任何人，更不會讓弘曆有機會爬到兒臣頭上。」

弘晟挺直了尚不算高大的身子，眼中閃爍著倔強冷傲的光芒。

他受夠了弘曆騎在自己頭上的日子，也受夠了皇阿瑪對弘曆的關注疼愛。在坤寧宮的那段日子裡，他不斷告訴自己，一定要超越弘曆，讓皇阿瑪明白，誰才是最值得他驕傲的兒子。

「額娘相信你可以做到！」年氏欣慰地看著弘晟。經過上次那件事，弘晟一下子長大許多，也懂事許多，不再如以前那樣貪玩厭學，也算是因禍得福吧。

第六百二十四章 誘導

「額娘若沒什麼吩咐的話，兒臣先下去做功課了。朱師傅說每人要做一篇八股文，明日一早就要交，兒臣對八股研習不深，想多琢磨一會兒。」

年氏頷首道：「去吧，也別太累了，待會兒額娘讓人送些點心過去。」

在弘晟下去後，年氏看著自己掌紋交錯的雙手，緩緩露出一絲笑來，口中卻道：「芷蘭，再去打一盆水來給本宮淨手。」

弘晟，放心吧，沒有人可以越過你去，弘曆很快就不能對你造成任何威脅。

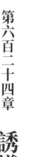

午後，凌若睡醒起身，有宮人進來通稟說二阿哥來了，凌若忙整一整衣衫步出內殿，只見弘時已經站在殿中。雖心中早有準備，但真看到時，凌若還是被嚇了一跳，若非熟悉，她簡直要認不出眼前之人就是弘時。

一身錦藍色的衣衫穿在他瘦了一圈的身上顯得空空蕩蕩，彷彿一陣風來就可以將之颳倒一樣。他面容枯槁，雙目無神，頷下更是生著亂七八糟的青黑色鬍碴。看到凌若出來，他麻木地低一低頭，啞聲道：「見過熹妃娘娘。」

「趕緊坐吧。」凌若憂心地看了他一眼，對水秀道：「去給二阿哥沏杯茶來。」

水秀剛要答應，南秋已搶先道：「還是奴婢去沏吧。」

「也好。」凌若有些意外南秋的主動，卻也沒多想。

南秋在經過守在門口的莫兒時，喚她隨自己一道去。到了茶室，南秋命莫兒將茶葉放好，自己則提著銅壺將茶水注入，端起茶盞輕輕晃了一下後，蓋上盞蓋。

「端上去吧。」

「姑姑不去嗎？」莫兒感到奇怪地看著南秋。其實她很不明白為何南秋要拉著她一起來沏茶，這種活兒一個人便夠了。

南秋有些勉強地笑道：「我突然想起還有些事沒做完。」

「哦。」莫兒答應一聲，在離去時又回頭看了南秋一眼，她總是覺得南秋哪裡怪怪的，可具體又說不出來。

莫兒端著茶進去的時候，恰好聽到凌若在勸弘時。

「二阿哥，本宮知道佳陌的死令你很難過，但是人死不能復生，即便是為了佳陌也要好好保重身子啊，否則你讓佳陌在天之靈如何安息。」

「佳陌不會安息！」原本一直安靜坐在那裡的弘時突然激動地大叫起來，手一揮，險些打翻莫兒放到他手邊的茶。

「一日不將那惡人抓回來千刀萬剮，佳陌與孩子就一日不會安息！」弘時恨恨地說著，尚站在他旁邊的莫兒甚至能聽到他咬牙的聲音。

「其實本宮今日叫你來，也是為了這事。」凌若沉沉嘆了口氣，撫袖道：「也許二阿哥會覺得本宮多事，但本宮實在不想她與腹中孩子遭人害死，凶手卻還逍遙法外。」

「不會！我一定會將那惡僕抓回來！」弘時緊緊握著紫檀扶手，這幾日他不眠不休，逼著所有人去找那惡僕來給佳陌與孩子償命。

凌若目光一閃，緩緩道：「惡僕不過是表象罷了，真正的凶手怕是另有其人。」

弘時身子一震，連忙抬起頭道：「熹妃娘娘這麼說，可是知道什麼隱情？」

「本宮身在宮中，看事聽事都只限於宮中這一隅之地，如何能曉得二阿哥府中的事？」正當弘時失望之時，卻又聽得她說：「本宮與佳陌雖只一面之緣，卻甚是投緣，佳陌性子溫和、心地善良，是絕對不會苛責下人的，所以當本宮聽說那下人是因為佳陌苛待他才起意報復時，心中便存了一絲懷疑。」

其實這件事弘時原本也是存有疑慮的，可是一來佳陌的死令他心神大亂，二來又有下人證實這件事，便聽信了。如今聽得凌若說起，疑慮再次籠罩心頭。

看到弘時若有所思，凌若便知他已經順著自己的思路想下去了，勾一勾脣角，續道：「所以，這幾日本宮一直在想，會不會是有人指使那惡僕下藥。」

弘時緊緊盯著凌若。「熹妃娘娘的意思是……」

凌若嘆氣道：「弘時，你是皇子，當知許多事並不像表面看到的那麼簡單，也當知道女子之間的爾虞我詐、勾心鬥角。」

「您是說蘭陵？」弘時年前才大婚出宮，府中只得兩女，除了佳陌之外，另一人便是嫡福晉那拉蘭陵，是以凌若剛一說起，他便想到蘭陵。

凌若既不說是，也不說不是，反問他：「你認為蘭陵是個什麼樣的女子？」

「好喜奢華，貪慕享受，心胸狹小。」說起這位強塞給他的嫡福晉，弘時全無一絲好感。若非看在她是皇額娘姪女的分上，他連看一眼都嫌多餘。

「所以你也從不與她親近對嗎？」不等弘時答話，她已是幽幽道：「嫉妒會讓一個女人發狂，也會讓她不顧一切。弘時，你大意了。」

「她竟然敢這麼做！」弘時雙目赤紅，憤怒地低吼著。

「這只是本宮的猜測，是真是假尚需要你自己去查證，本宮相信只要她做過就一定會有蛛絲馬跡留下。」她起身走到弘時身邊，語重心長地道：「本宮希望你可以還佳陌一個真正的公道，讓她與孩子不要枉死。」

弘時深吸一口氣，強壓下心中的恨怒，起身拱手道：「多謝娘娘今日這番話，弘時銘記在心。」說罷，他大步離開承乾宮。

凌若知道，他必是去找那拉蘭陵對質了，不過這樣的對質註定沒有結果。

「主子不是懷疑這一切是皇后下的手嗎？為什麼又將話題帶到二阿哥嫡福晉身上去？」水秀在一旁不解地問著。

凌若彈一彈指甲道：「皇后是二阿哥的額娘，撫育了他十多年，且又一直善於偽裝，貿然說出來，二阿哥未必會信，反而會讓二阿哥以為本宮是在有意離間他們母子。可是那拉蘭陵不同，她有動機也有機會，再加上二阿哥對她成見已深，只需本宮稍稍一提，便會深信不疑。且瞧著吧，二阿哥這一回去，府裡可是要熱鬧了，而且妳以為那拉蘭陵受了委屈會向誰告狀？」

水秀雙眉一挑，緩緩說出兩個字：「皇后。」

「是啊，皇后，本宮等著看坤寧宮的好戲。」走到殿外，凌若將燦爛繁盛的春光盡收眼底。

第六百二十五章　告狀

莫兒端了弘時那盞茶退回茶室，發現南秋站在那裡。

南秋一見她進來便急急問：「如何，二阿哥喝茶了嗎？」

「沒有，二阿哥心情不好，一口都沒喝就走了。」莫兒覺得奇怪地瞥了她一眼道：「姑姑，妳問這個做什麼？」

「沒事，我就是隨口問問。」南秋一邊說著一邊接過莫兒手裡的茶盞，將之潑到窗外。那裡有一隻不知從哪裡來的貓，被潑了個正著，驚得「喵」一聲，隨即跑得不見蹤影。

夜幕將至之時，一場好戲悄然開場。

蘭陵是在那拉氏準備用晚膳的時候來的，剛一進來也不說話，只是捂著臉哭個不停，直把那拉氏哭得心煩不已，將不曾動過的筷箸往桌上重重一放，不悅地道：

「有什麼話就說，哭哭啼啼的成什麼樣子？」

蘭陵一聽，哭得更凶了，好一會兒才抽噎著放下捂臉的手，只見她臉頰上有一個通紅的五指印，從眼邊一直延伸到嘴角，半邊臉都腫了起來。

那拉氏眼皮一跳，驚問：「這是誰打的？」

「除了二阿哥還有誰？皇額娘，這一次您可定要替兒臣做主，二阿哥他想打死兒臣，嗚……您沒看到二阿哥剛才的樣子，像要吃人一樣，若非底下人拚死攔著，他還不肯罷手呢！」蘭陵越說越傷心，這眼淚怎麼也止不住。

「到底是怎麼一回事，妳給本宮說清楚。」那拉氏很清楚弘時的為人，懦弱老實，他雖然不喜蘭陵，但絕不至於動手打人。

「還不是為了那個已經死去的索綽羅佳陌！」一說起這個名字，蘭陵就滿心的怨恨。「在世時奪了她的寵愛也就罷了，死後竟然還要作怪。「今兒個二阿哥進了一趟宮，回來後就跟發瘋一樣衝到兒臣屋裡，質問是不是兒臣指使下人害死了索綽羅佳陌。兒臣雖說恨不得她死，可那紅花的確不是兒臣的主意，更沒主使過哪個人下手加害。可不論兒臣怎麼解釋，二阿哥都不願信，之後還動手打了兒臣，兒臣無奈之下，唯有入宮求皇額娘。」一說起剛才的情景，蘭陵就害怕不已，她從未見過弘時那麼可怕的樣子。

「弘時進過宮？」那拉氏稍稍一想，喚過孫墨道：「去查查二阿哥今日入宮都見了誰。」弘時突然疑心蘭陵，且態度如此激烈，其中必有緣由。

「至於妳……」看著滿面淚痕的蘭陵，那拉氏嘆了口氣道：「起來吧，今兒個妳也別回去了，先在本宮這裡待一夜，等明日本宮傳弘時入宮後再與他說。」

蘭陵剛要答應，外頭忽的響起一陣喧譁。

片刻後，只見一臉陰沉的弘時快步走進來，三福追在他身後，試圖阻止他。

「皇額娘救我！」蘭陵驚叫一聲，害怕地躲到那拉氏身後。她沒想到弘時竟然跟著進了宮，又害怕又緊張，不知他究竟想怎樣。

「給皇額娘請安。」弘時勉強捺了怒氣，向那拉氏躬身問安。

「免禮，這麼晚了，來見本宮有何事？」

「兒臣來帶她回去。」弘時手指著蘭陵，而後者則是一副驚慌不安的樣子，死死握著那拉氏的衣裳不肯放。

那拉氏頗為頭疼地看了弘時一眼，道：「你先坐下，本宮有話與你說。」

「是。」弘時猶豫了一下，依言坐下來，但兩道目光始終不離蘭陵，令蘭陵心中越發害怕。

那拉氏斟酌了一下道：「蘭陵已經與本宮說了，你認為是她指使人害死了佳陌及腹中的孩子對嗎？」

「不是兒臣以為，是事實如此。」在回答這句話時，弘時渾身都冒著涼氣。「她嫉妒兒臣寵愛佳陌，所以就起了歹毒心腸，買通下人在佳陌服用的安胎藥裡下紅花，令她一屍兩命。」

「我沒有！」蘭陵激動地想要站出來，卻被弘時眼中的冷意逼了回去，她從未像現在這樣害怕過弘時。

那拉氏心頭微跳，面色卻是如常。「是誰告訴你這些的？」

「不需要人告訴，皇額娘，府中就她與佳陌兩人，除了她還會是誰？」弘時強抑著胸口那一口惡氣道：「皇額娘，殺人償命，她害死了佳陌與孩子，兒臣今日必要她償命！」

「胡鬧！」那拉氏怒喝一聲道：「蘭陵是你的嫡福晉……」

「兒臣沒有這樣惡毒的嫡福晉！」弘時怒吼一聲：「皇額娘，到了現在您還要護著她嗎？」

那拉氏肅然道：「本宮沒有護任何人，只是你說她害佳陌，那證據呢？只要你把證據拿出來，本宮立刻就不管你們的事。」

正僵持時，孫墨走了進來，附在那拉氏耳邊輕聲說一句，那拉氏目光驟然一厲，盯著弘時道：「今日你去過承乾宮了？剛才那些話是不是熹妃與你說的？」

「皇額娘您派人查兒臣？」弘時不是傻瓜，憤然道：「現在佳陌死了，您不去治那個害她的凶手，卻去查兒臣？不錯，熹妃娘娘確實與兒臣說了許多，但那都是實情，就是這個毒婦害死了佳陌！」

「佳陌、佳陌，你心裡就只有一個索綽羅佳陌嗎？」那拉氏氣急，指了他斥道：「為了這個女人，如此大聲與皇額娘說話？從小到大，你的書都讀到哪裡去了，你的孝道又學到哪裡去了？都白學了嗎！」

弘時這個時候也是紅了眼，頂撞道：「是，兒臣是白學了。那皇額娘呢？就因為她是您的姪女，所以處處護著她？連她殘害人命都可以視若無睹！」

「本宮沒有，同時本宮也可以跟你保證，蘭陵絕對沒有殺人！」沒有人比那拉氏更清楚索綽羅佳陌是死在誰的手裡，蘭陵對此根本毫不知情。

弘時並不知道這些，嗤笑道：「不是她還能是誰，難道是佳陌殺了自己嗎？皇額娘，兒臣不想與您爭，但是這個女人兒臣一定要帶走。兒臣會將她交給順天府，讓她在公堂上供出所有做下的惡事！」

那拉氏氣得一陣哆嗦，若讓弘時這麼做，那皇家的臉與那拉家的臉就都丟盡了，從此淪為天下人的笑談。「你敢！」

第六百二十六章　好戲

弘時什麼也沒說，只是伸手去拉蘭陵，此時的他已經什麼都不在乎了，只想還佳陌與孩子一個真正的公道。

「你！」那拉氏沒想到弘時敢當著自己的面動手，氣得說不出話來。沒有了她的阻止，蘭陵哪裡躲得過，一把被他拉住，尖叫不止；而弘時根本不理會她，只是拖著人往外走，殿中那些宮人因沒有那拉氏的命令，不敢阻攔。

「反了、反了！」那拉氏怒容滿面地看著這亂糟糟的一幕，她心裡清楚，今夜是絕對不能讓弘時把蘭陵帶走的，否則後果不堪設想。她當機立斷地喝道：「來人，給我把二阿哥攔住！」

「是！」三福答應一聲，領著幾個太監上前。

他還沒來得及說話，弘時已經一拳打過來，嘴裡怒喝：「滾開！」

「二阿哥，得罪了。」三福低頭避開，隨後一把抓住他未及收回的手，另幾個太監也趁機一湧而上，將弘時牢牢按住。雖說太監力氣要比尋常男子小一些，但一來人多，二來弘時這幾日不眠不休，早已透支了體力，很快便被制住。

「皇額娘！」弘時憤怒地掙扎著，表情猙獰可怖，蘭陵只看了一眼就急急瞥過頭。

那拉氏輕嘆一聲，走到弘時面前，輕輕撫著他的臉龐道：「皇額娘清楚蘭陵的性子，她雖有些任性妄為，但絕不敢做出這種事，你別受了熹妃挑撥而不自知，始終本宮才是你的額娘，本宮才是一切為你好的人。」

她正要命三福將弘時帶下去，耳邊突然傳來一陣銀鈴般的聲音——

「皇后娘娘所謂的好，也包括殺人嗎？」

這個聲音那拉氏再熟悉不過，正是她一直想要除之而後快的熹妃，也是造成眼前這一幕的罪魁禍首。

在她陰冷的目光中，一襲月白色繡寶相紋的凌若扶著水秀的手緩步走來，絕美無瑕的容顏襯著身後無盡的黑暗，令她猶如踏夜而來的狐仙，透著一股令人心悸的妖嬈唯美。

在無聲的笑容中，凌若朝那拉氏欠身道：「皇后娘娘吉祥，臣妾本是想讓人通傳的，無奈外頭不見人影，所以臣妾只能自己進來了，還請皇后恕罪。」

那拉氏沒想到凌若會挑這個時候前來，事情變得越來越棘手，掐一掐掌心，冷然問：「熹妃剛才那句話是什麼意思？」

凌若無聲無息地笑著，移步走到被太監箝制住的弘時面前道：「二阿哥，皇后沒有包庇那拉蘭陵，佳陌與孩子確實不是她害的。」

弘時詫異地看著她，怔道：「可是之前熹妃娘娘明明說她是最有可能的，怎的……」

凌若故作為難地道：「不錯，本宮當時是覺得她最可疑，可回過頭仔細想想，又覺得不太像。蘭陵還年輕，未必能想得出這麼狠辣的招數來一屍兩命。」

「那、那不是蘭陵又會是誰？」弘時已經亂了分寸，根本無法專心思考，只不斷詢問著凌若，希望從她嘴裡得到一個確切的答案。

目光掃過那拉氏微微發白的臉龐，凌若帶著不易察覺的笑意緩緩道：「二阿哥，你想想，哪個人最不願讓你娶佳陌，又是哪個人因為佳陌而與你常起爭執？」

「當然是……」弘時正要說「當然是蘭陵」，卻又驟然沒了聲音。他突然想起，其實他與那拉蘭陵接觸的時間很少，甚至於根本不屑理會她，既是不理，又何來的爭執？相反的，皇額娘與自己常因為佳陌的事不高興，前次皇阿瑪「傷重」之時，還為此大吵一場，連三福也被自己踹了一腳。

難道真的是皇額娘？不，不會的，皇額娘那麼疼自己，當初自己要娶佳陌的時候，皇額娘還為此去求了皇祖母，是皇祖母不同意，也是皇祖母指定了蘭陵，並非皇額娘之故。

可是，事實真的是這樣嗎？弘時不知道，因為他根本不曾親耳聽聞、親眼所見，一切只是聽皇額娘說……聽皇額娘說……

「皇額娘……」弘時艱難地看著那拉氏，想問又不敢。他不會忘記自己生病時，皇額娘是怎樣不眠不休守在床邊，更不會忘記皇額娘為了替自己縫衣而熬夜到三更，這樣一個溫慈善良的人，怎麼可能會下手毒害兩條人命？

「你想說什麼就儘管說，皇額娘聽著。」那拉氏面不改色地說，容顏在驟然搖曳起來的燭光下晦暗難辨。

弘時猶豫許久，終是不忍相問，他心中很清楚，一旦這話問出口，不論是與不是，他與那拉氏的母子情分都會出現裂痕。

那拉氏暗鬆一口氣，幸好弘時是重情義的，否則當真要讓鈕祜祿氏挑撥了去，饒是如此，她也驚出一身冷汗來。她轉向凌若道：「熹妃若僅是為說這些而來，那麼現在話說完了，妳也可以走了。」

「是。」凌若答應，態度出乎意料的順從，移步走到弘時身邊，定定地望進他混合著沉重與悲傷的眸子，輕聲道：「二阿哥，你心裡是明白的，對嗎？」

她沒有等弘時回答就轉身離去，與來時一樣，沒入重重黑暗之中，然她的話卻在弘時耳邊不住迴響，揮之不去。

「弘時——」

在凌若走後，那拉氏正要說話，弘時卻打斷她的話，道：「皇額娘，兒臣現在心很亂，想一個人靜靜。」

那拉氏剩餘的話被噎在喉嚨裡，甚是難受，但她曉得這種情況下是絕對不宜刺激弘時的，遂道：「也好，你的房間本宮一直有讓人收拾著，只管去住就是。」

「不了，兒臣想回府，至於蘭陵……」他望了一眼瑟縮在那拉氏後面的蘭陵，道：「她就先在皇額娘這裡待著吧，等她什麼時候想回去了，兒臣再來接她。」

「好。」在答應一聲後，那拉氏示意三福等人鬆開束縛，隨後親手將弘時有些亂的衣裳整理好。「記住一句話，皇額娘才是你最親的人，千萬不要受人挑撥，宮裡沒有一個人是簡單的，也沒有一個人是可以輕易相信的。」

弘時心情複雜地看了那拉氏一眼，低低道：「兒臣知道。」

第六百二十七章 何人所害

弘時離去，留下心情沉重的那拉氏，她已經說到這個分上了，希望弘時是真的不疑。

蘭陵從她身後走出來，一臉茫然地問：「皇額娘，熹妃剛才在說什麼，為什麼二阿哥就這麼走了？」

那拉氏此刻哪有好臉色給她看，再說要不是她，也不會惹出這麼多事來，當下瞪了蘭陵一眼道：「不該問的別多問，翡翠，帶嫡福晉下去歇息。」

翡翠答應一聲，走到蘭陵面前伸手道：「嫡福晉請。」

蘭陵委屈地撇撇嘴，不敢多言，跟著翡翠去了弘時原先住的那間屋子。看著引在前面的那盞宮燈，她忽的想起，弘時出去的時候，並沒人引路也沒有拿宮燈，這麼黑的天，也不曉得能否看得清路？

這個念頭只是轉了一會兒，便被她壓下去了。弘時心裡根本沒她，甚至為了一個女人都要殺自己了，自己何必再念著他？至今臉上還疼得厲害呢！

她這樣想著，弘時的身影卻不時從腦海中蹦出來；躺在床上時，更是一閉眼就會想起，怎麼趕都趕不走，既恨又愛，無奈之下，只得由著他去霸占。

弘時並不曉得還有一個自己從來不屑的女子在惦念自己，從坤寧宮出來，他漫無目的地走著，待得回過神來時，朱紅宮門已經近在咫尺。彼時已經是關閉宮門的時刻，守門的太監正緩緩將宮門掩起。

其中一個眼尖的太監看到人影，拿了燈籠過來一照，見是弘時，連忙跪下請安，討好地道：「二阿哥可是要出宮？若是的話，奴才讓他們關慢些。」

弘時沒有理會他，只是怔怔地看著宮門，看著那厚重的宮門在「吱呀」聲中緩緩合起，將宮裡與宮外隔成兩個世界。

「二阿哥？二阿哥？」小太監輕聲喚著發愣的弘時，略有些急促地道：「宮門一閉，二阿哥您可就出不去了。」

弘時閉一閉眼，在瞬間下定決心。「讓他們關吧，我不出去了。」

「是。」小太監撓了撓頭，有些不明白。若不想出宮，來這裡做什麼？總不成是看他們關宮門吧。

心裡奇怪歸奇怪，但主子的事可輪不到他一個奴才來發問，當下磕了個頭道聲告退，又跑回原處。

在小太監離去的同一刻，弘時也轉身往承乾宮的方向走去。他想了這麼久，終於還是決定去問個明白，不論真相多麼殘酷，那都是真相，他不想一輩子做一個糊塗人。

當弘時來到承乾宮時，楊海正守在外頭，不等他說話，楊海已經打了個千兒道：「主子有命，二阿哥來時無須通報，直接去東暖閣即可。」

弘時看了他一眼，什麼也沒說。但當弘時從身邊走過時，楊海能感覺到這位阿哥心裡憋了一肚子的火，又或者是對於自己被人擺布的憤怒。只是，在這個宮裡，憤怒會有用嗎？始終心計與權勢才是決定一切的武器。

東暖閣中，凌若正對著一件小衣發呆，眼中隱約有些許晶瑩閃爍。瞧見弘時進來，忙將小衣往身後一藏，同時舉了舉袖子，當她將手放下時，眼眸中已經瞧不見任何異常。她招呼著弘時坐下，又命人沏茶。

與日間一樣，南秋搶著去沏茶，又將莫兒拉去，這一回莫兒終於忍不住在無人時問：「姑姑，妳總拉我一道沏茶做什麼？這事又不需要兩個人做。」

「省得妳站在這裡太空。」南秋回過頭來在她額上輕輕一點，嘴角微微扯起。

「哪有，人家明明很忙。」莫兒揉著額頭嘀咕一句，說話間已到了茶室。

南秋道：「好了，別抱怨了，趕緊將茶葉擺好，就用前幾日剛貢上來的雨前龍井好了。」

「哦。」莫兒答應一聲，從罐子中撥出茶葉到白瓷如玉的茶盞中，因為沖茶時講究茶水均勻落於每一片茶葉上，所以必須將茶葉細細撥勻，不可重疊一片去。

不曾想，她還沒收回手，滾燙的水驟然從銅壺嘴中傾瀉而下，正好落在她手指上，燙得她當場就大叫起來，趕緊收回手，但食指與中指已經被燙紅了，連指甲上的丹蔻都花了。

「啊！」南秋趕緊放下銅壺去看莫兒的手，口中不住地道歉：「對不起，我以為妳手已經收上來了，也沒仔細瞧，疼得厲害嗎？不如我去給妳拿藥膏？」

「還好，尚能忍受。」莫兒也知南秋不是故意的，搖搖頭道：「還是先把茶端上去吧。」

南秋憂心地看了她通紅的手指一眼，道：「也好，等端了茶我就去拿藥膏給妳擦，當真是對不起。」

許是因為出了事，南秋心裡慌張，也忘了將這盞茶倒掉重新沏一杯，逕自將茶盞一蓋便端出去，莫兒跟在後面說也不是，不說也不是。

在她們去端茶的時候，弘時已冷顏問：「熹妃娘娘怎麼猜到我今夜會來？還是說，整件事都是熹妃娘娘設下的計謀？」

「因為本宮知道你是一個重情重義之人，以你對佳陌的一往情深，必定想要弄明白究竟誰才是殺了佳陌的凶手。所以本宮吩咐楊海在外頭等著，若是你沒來，權當本宮錯看了你。至於計謀……」凌若微微一嘆道：「本宮會用，卻不想用在你身上，更不想拿佳陌與孩子的死來作文章。弘時，在本宮心中，你與弘曆都是一樣的，否則本宮也不會設法求皇上將佳陌指與你為側福晉，然現在想來，也許本宮做錯了。」

「為什麼錯了？」弘時不解地問著。

凌若望著他，眸中黯然神傷。「若佳陌不曾嫁予你，那麼她就不會死，這場罪孽，本宮有著脫不了的關係。只盼佳陌在天有靈，不要怨恨本宮。」

「究竟佳陌是誰害死的，告訴我！」弘時死死盯著凌若，赤紅的顏色在眸中蔓延。

第六百二十八章 戳心

「二阿哥，你心裡是明白的，對嗎？」凌若緩緩說出與之前在坤寧宮時相同的話。

這一次，弘時的反應激烈許多，用力揮手道：「我不明白，您告訴我，究竟是誰？」

他嚇到了水秀與水月，不約而同地擋在凌若面前，唯恐情緒激動的弘時會失控做出什麼事來。

凌若撥開擋在面前的兩人，緩步走到弘時面前。「本宮說過，本宮身在宮中，看事、聽事都只限於宮中這一隅之地；也正因為如此，對宮中的事情，本宮比二阿哥你看得更清楚。從一開始，皇后就不喜歡佳陌，只是因為你喜歡，所以她才不好說什麼，乾脆將事情推到太后身上。」

「可是皇祖母連佳陌的面都沒見過，怎麼會不喜歡？」弘時試圖從她話中找到漏洞，因為他實在不願去相信那拉氏就是幕後主使者。

「不需要多說，只需一提佳陌的年紀，太后就不會喜歡。本宮見太后的機會雖不多，卻知道她並不喜歡年紀較長的女子做你嫡福晉。」經凌若這麼一提，弘時也想起來，那拉氏當初與自己說的時候，也是說太后認為佳陌與自己同歲且家世不出色。

「且本宮記得，你與本宮說過皇后不讓你去求皇上對嗎？」待弘時點頭，她又道：「那你再想想，當日你聽了本宮的話去求皇上，皇后知道後有何反應？」

弘時陷入了長久的沉默，自然不是因為記不起來，恰恰相反，當日情景歷歷在目，猶如昨日一般清晰。

那拉氏很生氣，甚至第一次用嘲諷的語氣與自己說話，直至他認錯並且答應會娶蘭陵為妻後，方才原諒自己。

「皇后心中認定的嫡福晉，從來只有那拉蘭陵一人，不為其他，只為她是那拉家的人，可以將利益最大化。」凌若緩緩說出最為殘酷的答案。

弘時心裡「咯登」一聲，旋即用力地搖頭道：「不會的，皇額娘不是這種人。」

「是與不是，你心中早有數，又何必自欺欺人。」凌若輕嘆一聲道：「本宮早已想到這些，只是不願讓二阿哥你誤以為本宮有意離間你們母子，這才一直隱忍不說；可是本宮萬萬沒想到，皇后心狠至此，竟連自己的孫子與兒媳都不放過。」

「您這麼說有何證據？」弘時面容扭曲地問著。他在害怕，害怕凌若告訴他有證據，待到那個時候，他就算是再否認也沒有用了。心中緊張之下，他一把抓起旁邊的茶盞，咕咚咕咚將茶喝了個精光。

這一幕，落在南秋眼中，面容微現痛苦之色，指甲亦無聲地陷入掌心中。

「本宮沒有。」凌若乾脆地說著。「本宮與你說的一切皆是揣測，但除了皇后，本宮再也想不到第二個人。」

是啊，莫說凌若，就是弘時自己也想不出第二個。可是為什麼，為什麼皇額娘要害佳陌與孩子？就算她再不喜，也不必下此狠手啊。

良久，他深吸一口氣，起身道：「既然熹妃娘娘無法證實，那麼一切就都是無稽之談。話，到此為止，希望熹妃娘娘以後也不要再提起，我不想聽到任何敗壞皇額娘名聲的話。」

對於他的回答，凌若並不意外。在弘時懦弱的外表下是重情重義，那拉氏十幾年的養育之恩令他無法割捨，所以他寧願去忽視一些已經昭然若揭的東西，寧願不捅開眼前這層窗戶紙。可是，紙包不住火，終有一日，一切都會真相大白，到時候痛苦只會更深。

「如今宮門已閉，二阿哥準備去哪裡？」見弘時轉身意欲離去，凌若在後面問道。

弘時腳步微微一頓，未曾回頭，只有清冷的聲音隨夜風傳入凌若耳中。

「不勞熹妃娘娘費心，宮中這麼大，總有容得下我的地方。總之，我是絕對不會幫您對付皇額娘的。」

弘時也許不及弘曆、弘晟聰明，但也絕不是一個蠢人，能夠感覺得到凌若與那拉氏之間的古怪，也許不明顯，但絕對有一絲針鋒相對的意味。

「本宮從不想對付任何人，只想生者可以微笑，逝者可以安息。」說到這裡，她不無失望地道：「只是本宮沒想到，二阿哥為了一己愚孝，枉顧慘死的孩子與佳陌。也許本宮真的錯了，錯在不該求皇上將她賜給你，錯在不該以為你是真心愛她。事實證明，你根本不在意她的生死，根本不配得到她的愛。」

一字一句皆如戳心之劍狠狠刺入弘時的心裡，讓他痛不欲生！

他下意識地想要逃離這裡，可雙腳卻如灌了鉛一樣，移不動半步，只能死死地咬著牙，忍著心口傳來的陣陣劇痛。

「你整日想著皇后對你的養育之恩，可曾想過佳陌？她何其無辜，不曾與任何人為惡，不曾傷過一個人，卻被人生生害死，腹中甚至還孕育著你的骨肉。」凌若抬步走到弘時面前，目光爍爍地盯著他。

「不要再說了！不要再說了！」弘時用力捂住耳朵蹲下身去，猶如一隻受傷的野獸，嗚咽地舔著傷口，拒絕再聽到任何傷人之語。

凌若居高臨下地看著弘時，心有不忍，但這個時機稍縱即逝，她必須牢牢握住，不可錯失。「本宮可以不說，但並不代表這件事情沒有發生過！你也可以活在自己的世界裡，但同樣不代表世界就如你所想！」

「那您究竟想要我怎樣！」弘時猛然抬起頭，有一種瀕臨崩潰的痛苦。「還有，您所說的一切都是猜測，憑什麼要我相信您！」

「你可以不相信本宮，但你必須相信自己。」凌若蹲下身，纖長的手指在弘時臉上緩緩撫過，帶著夜間獨有的冰涼冷意，最後停留在弘時的胸口。「弘時，要不要看清一切，只在於你一念之間。記著，再殘酷的真相也是真相，永遠不是虛偽的假象所能替代的。你是男子漢，是你皇阿瑪的兒子，所以你一定擁有承擔一切的勇氣。」

第六百二十九章　闖入

弘時怔怔地聽著，忽的，有淚從眼角滾下，流淌的淚在滴到凌若手背時已經化為了冰涼。十八年來，他從未有一刻像現在這樣痛苦迷茫過，不知道該相信誰的話，也不知道接下來該怎麼辦。就像是一艘迷失在茫茫大海中的小船，看不到希望，看不到明燈，在孤寂與黑暗中絕望地漂著……

足足過了一盞茶的工夫，弘時終於從地上搖搖晃晃地站起來，也不與凌若說什麼，只是一味地往前走。

「主子，二阿哥這是要去哪裡？」弘時反常的模樣讓莫兒很擔心，生怕他會出事。

「本宮也不知道。」凌若深深地嘆了口氣。她已經做盡一切，後面會怎樣就要看弘時自己了。弘時說得沒錯，她是在利用佳陌的死對付那拉氏，可是她有得選擇嗎？那拉氏不死，死的就是她。在這種不死不休的局面下，彼此都沒有選擇，只能用盡辦法去對付對方。

可是至少，她沒有在當中動過什麼手腳，惡果是那拉氏一手造成的，自己不過是將之誘發出來罷了。

「本宮乏了，扶本宮進去吧。」在嘆息落下後，凌若戴著護甲的手指與以往一樣落在莫兒手背上時，她感覺到莫兒的手微微縮了一下，同時耳邊傳來吸涼氣的聲音。

凌若正要問她怎麼了，目光一低，卻看到莫兒食指與中指的皮膚通紅異常，像是被熱水燙到。「手怎麼了？」

「回主子的話，沖茶時不小心被燙了一下，睡一覺就好了。」莫兒小心地屈著手指，以免被碰到。她沒有說是南秋的過錯，畢竟南秋也不是故意的，萬一說出來使得主子責怪南秋就不好。

凌若搖搖頭，輕責道：「妳這丫頭做事總是這樣毛手毛腳，真不知何時才能長進。趕緊下去塗藥，否則明兒個起來，本宮怕妳手指上都是水泡。若是房中沒藥的話，儘管問水月要。」她一邊說著一邊換過水秀扶了自己。

莫兒歡喜地謝過。處得越久就越覺得主子是一個好人，虧得當日聽了喜公公的話，把真相告訴主子，否則還不知道會怎樣呢。眼下唯一令自己不安的，就是年貴妃那邊了，也不知她想做些什麼。

「莫兒過來，我帶妳去擦藥。」在凌若進去後，南秋喚莫兒隨她下去。

到了南秋所住的屋裡後，她從櫃中取出一瓶藥膏，用竹片挑出一些綠色近透明的膏藥擦在莫兒手傷處，剛一擦上去就感覺到一股涼意，令得莫兒手上的灼痛削減許多。

「謝謝姑姑。」莫兒甜甜地說著，卻意外在南秋臉上看到一絲不忍之色。「姑姑，妳是不是有什麼事？有的話不妨說出來，興許我能幫上忙也說不定。」

「我能有什麼事。」南秋的目光有些刻意地迴避著。

「可是我瞧妳今日一直心事重重。」莫兒儘管心思不細，但大體還是能看出來的，若非有心事，南秋也不至於將她的手燙傷了。

「當真沒事，可能是今日頭有點疼吧，別胡思亂想。」南秋將藥抹完後，道：「藥拿回去，每日早中晚各一次。記著，這兩日不要動手，有什麼事讓安兒她們幫妳做一下。」

「哎。」莫兒答應一聲站起來。「若沒什麼事，那我先回去了，晚上還得跟安兒一道守著主子呢。」

「去吧。」南秋的聲音有些發沉。

莫兒走了幾步，不放心地回頭。「姑姑，妳若真難受得緊，就去找太醫看看吧，別強忍著。」

「行了，我知道了，妳這丫頭真是囉嗦。快走快走。」南秋不住地催促著莫兒離開，怕會讓莫兒發現自己眼角的淚光。

當弘時再次出現在坤寧宮時，三福與孫墨都是好一陣發愣；尤其是三福，上次被弘時踹了一腳，到現在都還隱隱作痛。

他陪著笑，打了個千兒道：「給二阿哥請安，不知二阿哥有何吩咐？」

弘時看也沒看他，表情麻木地道：「我要見皇額娘。」

「這個……」三福有些猶豫地道：「皇后娘娘已經睡下了，要不二阿哥明日再求見？」

弘時低頭，目光在三福身上刮過，只是一會兒工夫，三福就覺得渾身涼了許多，脖子不由自主地縮了一下，耳邊傳來弘時越發冰涼的聲音——

「沒聽清楚嗎？我要見皇額娘！」

見其語氣不善，三福不敢爭辯，低了頭思索話語。倒是旁邊的孫墨插了一句道：「二阿哥恕罪，奴才們實在不敢驚擾皇后娘娘安歇。」

「是嗎？」在一陣似暖還涼的夜風中，弘時突然輕笑起來。「不敢驚擾皇額娘，所以就將本阿哥擋在宮門外了是嗎？孫墨，你一個奴才，膽子倒是不小。」

沒等孫墨回過神來，一隻石青色繡鉤藤綴米珠的靴子狠狠踹在他胸口，驟然的劇痛令孫墨摔倒在地。

弘時並未就此罷手，抬腳踩在他的胸口上，一字一句道：「聽清楚，你口中的皇后娘娘是本阿哥的額娘，本阿哥雖然開牙建府了，但這坤寧宮還是本阿哥的家，什麼時候想來，什麼時候想見皇額娘，何時輪到你一個奴才過問？下次再敢放肆，看我不扒了你的皮！聽清楚了嗎？」

換了以往，弘時就算心裡不快，也絕不會表露得這麼明顯，但今日，不，應該說從佳陌死後，他心裡已積了太多太多的怨氣與恨意，而孫墨很不湊巧地在這個時候撞上來。

「奴才聽清楚了。」孫墨被他踩著不敢掙扎，只能唯唯諾諾地答應，眼中透著驚恐慌張，從不知道一直溫良的二阿哥竟有如此狠厲的一面。

三福則是暗自捏了把汗，虧得沒說話，否則倒楣的就該是自己了。

弘時冷哼一聲，也不再讓他們通報，逕自往裡走去。

第六百三十章　真相

內殿，翡翠正在服侍那拉氏歇下，看到弘時進來時嚇了一跳。

那拉氏下意識地想要喝斥，想到之前的事又生生忍下，改而道：「弘時，你不是說回府嗎？怎的還在這裡？」

弘時定定地看著她，面容在不曾熄滅的燭光下漸漸扭曲，似有一種支離破碎的感覺。在一股無端的心慌中，那拉氏聽到了弘時的聲音。

「兒臣知道了，兒臣什麼都知道了。」

那拉氏面容驟然一白，勉強笑道：「你說什麼呢？怎的皇額娘越聽越糊塗，什麼明白了、知道了？」

「事到如今，皇額娘還要裝糊塗嗎？兒臣沒有回府，是因為兒臣去找了熹妃娘娘，她對皇額娘所做的事一清二楚，已經一五一十告訴了兒臣。」早已在腦海中思索好的話順著嘴巴迸了出來，他這是在試探那拉氏，只有在她以為自己已經知道一切的情況下，才會因為震驚而說出真相；但他依然希望，這個真相不是自己以為的那般，否則……

「你去找熹妃！」那拉氏的聲音像是被人掐住脖子，尖銳又刺耳，在這靜夜裡聽來有些瘆人。見弘時不說話，她再也坐不住，扶著翡翠的手臂起身喝道：「還記得本宮與你說過什麼？為何如此不聽話？」

弘時冷然看著那拉氏略有些慌亂的神色，心底不住地發沉。「皇額娘如果心裡無鬼，為什麼怕兒臣去見熹妃？」

「誰說本宮心裡有鬼？本宮只是不想你被熹妃利用了尚不知。那個女人最是會搬弄是非，挑撥離間。」那拉氏反駁著弘時的同時，感覺到手指有些不受控制地顫抖，連忙用力收緊。

翡翠能夠感覺到擱在自己臂上的那隻手正不斷收緊，指甲隔著袖子狠狠地掐著，有些痛，但她不敢出聲，連半絲異樣也不敢表露，只默默地站在一旁。

「兒臣已經不是三歲幼童，分得清真假是非。皇額娘說得不錯，確實不關蘭陵的事，因為皇額娘才是那個幕後主使者。下人是您收買的，紅花是您讓人放的，佳陌與孩子也是您讓人害死的。」儘管是試探，可是弘時聲音中依然出現了哽咽之意，他害怕，真的很害怕。

聽著弘時的話，那拉氏面色一下子變得慘白，甚至可以看到肌膚下微微蠕動的青筋。她盯著弘時，良久才哆嗦著擠出一句來：「不許聽熹妃胡說，本宮——」

「皇額娘怎樣？」弘時一臉諷刺地打斷她的話，用力攥過那拉氏搭在翡翠臂上的那隻手，看到她指節泛起異樣的灰白色，他臉上的諷意更深了。「若皇額娘當真心裡無鬼，為何要這麼緊張？」

那拉氏被他問得說不出話來，用力收回手背在身後。這麼多年來，她尚是頭一次這般緊張害怕。弘時的神情不像作假，難道熹妃真的知道了什麼？怎麼會這樣，明明知曉此事的人極少，三福又向來辦事小心，究竟是如何被她抓住把柄？又或者說，這宮中有她的眼線？

一時間猜測紛紜，可這都不是主要的，最主要的是弘時，此刻他就像是一顆不定時的炸彈，隨時會炸開。萬一此事捅到胤禛那裡，那她……

想到這裡，那拉氏再也無法抑制心中的恐懼，雙手像是秋風中的落葉，顫抖不止，不管她如何用力都遏制不了。

看到這裡，弘時哪還有不明白的理，無盡的悲意猶如鋪天蓋地的巨浪將他淹沒。在今日之前，他作夢也沒想到，自己心心念念要抓的凶手居然會是撫育自己長大的額娘。許是過於震驚悲痛，他身體裡傳來一陣陣撕裂般的痛楚，尤其是腹中，像有什麼東西在絞一樣。

「為什麼？您為什麼要這麼做？」他大聲地吼著，表情猙獰得像要吃人。

「因為她該死！」在弘時的逼問下，那拉氏終於抬起頭，用同樣猙獰的表情回看他，所有表象皆在這一刻撕破，不留餘地。「你是本宮的兒子，本宮養了你十八年，這十八年來你一直都很聽話，可是索綽羅佳陌一出現就變了，先是不願娶蘭陵，後來又處處與本宮作對，到最後更是連你皇阿瑪的生死都不管不顧，這個女人太過可怕，所以本宮一定要除了她！」

當親耳聽到那拉氏承認時，弘時頭頂像有無數個驚雷炸響，將他轟得體無完膚，就這樣怔怔地站著。忽的，伴隨著悲涼的淚水，他大聲地笑了起來，驚起夜間棲息在樹上的鳥雀，驚惶地撲搧著翅膀飛遠。

那拉氏麻木地看著他在面前放肆大笑，那恐怖的笑容令弘時看起來如鬼似魅。燭火在窗外吹進來的夜風中不斷地搖曳著，忽明忽暗，有一種隨時會熄滅的感覺。終於有一根蠟燭被吹熄了燭火，翡翠趕緊去關窗，然後將蠟燭重新點亮。

就在燭芯重新燃起的那一刻，弘時斂了笑聲，手背揩過眼角，將殘留的淚水拭去。「皇額娘，您終於肯說實話了嗎？終於肯承認佳陌與孩子是您殺的了？」

「你……」那拉氏震驚地看著他，語不成調地說著：「你剛才……剛才……」

在她的目光中，弘時慢慢搖頭。「兒臣確實是去見了熹妃，但她也只是猜測，並沒有證據，剛才那些話不過是兒臣用來試探皇額娘的，沒想到還真的有用。」話音一頓，再響起時已經帶著無盡的尖銳利意：「為什麼，為什麼您如此狠心？那是您的親孫子與媳婦啊！僅僅是因為您覺得他們礙了您的事，僅僅是因為您覺得兒臣不聽您的話了，所以就狠心殺了他們？您的心究竟是什麼做的啊！」他腹中的痛意越加明顯，額頭冒出一層細密的冷汗。

第六百三十一章 中毒

那拉氏心中後悔不已，她沒想到弘時竟是在試探自己，而自己竟露出了馬腳，什麼時候自己已經變得這樣沉不住氣？該死！

再後悔已經沒用了，如何安撫弘時才是最關鍵的。她在弘時身上費了十八年的心血，絕不能就此失去。她當下心思急轉，眼帶淚水，啞聲道：「你以為本宮願意做這個惡人嗎？可是為了你，本宮不得不狠下這個心腸，本宮所做的一切都是為了你好！」

「所以您就殺了他們母子？」弘時搖頭，神色愴然地後退。「這樣的好，兒臣寧願不要；這樣的額娘，兒臣也寧願不要！」

「為了一個女人，你連額娘都不要了嗎？」弘時的態度令那拉氏害怕，上前想要拉住他卻反而令他離自己更遠，失落地收回僵在半空中的雙手。「你是皇額娘唯一的兒子，也是你皇阿瑪的嫡長子，皇額娘怎麼捨得讓你傷心，可是索綽羅佳陌會毀了你一輩子。」

「不是毀了我，只是會讓我脫出皇額娘的控制，對嗎？」弘時的聲音中有一絲強行忍耐的顫抖。

那拉氏盯著他，緩緩說出壓在心底十幾年的話：「是，本宮是在控制你，但一切的一切皆是為了讓你成為你皇阿瑪心中的儲君，讓你可以登上大位！」

「大位？」弘時的表情像在哭又像在笑。「大位真的那麼重要嗎？」

「也許在你看來，尚不及索綽羅佳陌重要，但是世間千千萬萬的人都願意付出一切去登上這個位置，包括性命！」這些話那拉氏從未與人說過，弘時是第一個。

見弘時搖頭不語，那拉氏仰頭嘆了口氣，續道：「你現在還年輕，這些話未必聽得進耳，等以後你就會明白皇額娘這番苦心。而且你看看你那幾個弟弟，哪一個是省油的燈，如果有朝一日，他們登上了大位，你覺得還會有咱們母子的安身之地嗎？」

「不管誰登基為帝，皇額娘都是順理成章的太后，無人可以奪去您的尊榮。」弘時冷冷說著，額間的冷汗越來越多。

那拉氏不曾留意到弘時異樣，只是繼續說道：「只是如此說罷了，年貴妃也好，熹妃也罷，乃至裕嬪都不是易與之輩，皇額娘不信她們，更不想將你我母子的命運交在別人手上。皇額娘相信的人只有你一個，十八年來一直如是。」

「原本兒臣也是如此認為，可是皇額娘親手毀了這一切，令兒臣再不敢相信。」

弘時搖搖晃晃地說著，想往外走，卻在轉身時一個踉蹌。

「弘時，你怎麼了？」那拉氏看出不對了，上前想要攙扶住他，卻被他一把推開。

弘時粗暴地吼道：「不用您管！」

他忍著流動在四肢百骸的痛楚，跌跌撞撞地往外走，眼前一陣陣發黑，那拉氏與翡翠緊張地跟在後面。

在走到門口時，弘時再也堅持不住，眼前黑得看不到任何東西，同時一陣腥甜湧上喉嚨。

「噗！」在那拉氏驚恐的目光中，弘時張口吐出一口猩紅的鮮血，同時整個人軟軟倒在門檻處一動不動。

「弘時！弘時！」那拉氏慌張奔上去，連腳上趿著的鞋子掉了也顧不及，用力將弘時扶起，鮮血布滿他整個下巴，而地上更是一滴滴怵目驚心的暗紅。她用力拍打著弘時的臉頰，大聲喚道：「弘時，你怎麼了，別嚇皇額娘啊，快醒醒！」

任憑她怎麼呼喚，弘時都沒有任何反應，這種死一般的靜寂令那拉氏充滿了恐懼。難道連弘時也要死了嗎？不要！不可以！

「叫太醫！快叫太醫！」那拉氏厲聲叫著。

翡翠渾身一激靈，從震驚中反應過來，趕緊奔出去命人傳太醫。

因為弘時的突然吐血暈倒，坤寧宮中大亂，所有宮人都被叫起來，三福與孫墨更是合力將弘時抬到床榻上。蘭陵得到消息後奔了出來，看到弘時面如金紙、血跡斑斑的樣子險些嚇昏過去，回過神來後就哭個不停。

小寧子在殿外探頭探腦，他不是內殿伺候的人，沒主子傳喚是不能進去的，可是又好奇裡面的情況，趁著孫墨出來，抓了他問：「孫公公，裡面怎麼樣了？二阿哥情況如何？」

孫墨心事重重地道：「很不好，一直沒醒過，主子讓我去看看太醫來了沒。」他話音剛落，就看到一個宮人帶著幾位太醫來了，連忙擺脫小寧子的糾纏，將太醫迎進去。

小寧子眼珠子轉了幾圈，趁著無人注意，大著膽子從門邊走進去，只要自己小心一些，料想也不會有人發現。

「主子，太醫到了！」

聽到孫墨的聲音，那拉氏精神一振，抬頭看去，卻是鄧太醫，趕緊道：「鄧太醫，你快看看，二阿哥原本好好的在與本宮說話，不知怎的，突然一下子就吐血暈倒了。」

「皇后娘娘請讓開些，以便微臣替二阿哥診治。」

聽得鄧太醫的話，那拉氏趕緊讓開，讓他坐下替弘時診治。

蘭陵抽泣著道：「鄧太醫，你可一定要救救二阿哥，他萬不能死啊！」

「微臣自當盡力而為。」鄧太醫說了一句後，便將手指搭在弘時的腕上，細細診了起來。殿內一下子變得寂靜無比，所有人都屏息等著他的診斷。

時間過得越久，鄧太醫臉上的神色就越凝重，之後又仔細查看了弘時的眼皮、手指及唇色。「請問皇后娘娘，二阿哥除了吐血之外還有何症狀？」

症狀……那拉氏仔細回想了一下道：「剛才弘時似乎出現過一陣呼吸困難，不過在鄧太醫來之前就緩過來了。」見鄧太醫聽了只點頭不說話，忙催促道：「鄧太醫，究竟弘時是怎麼一回事，你倒是快說。」

鄧太醫將一粒緩解毒性發作的藥丸塞在弘時舌下，同時命人端來文房四寶，一邊寫下藥方一邊道：「若微臣所診不差的話，二阿哥應該是中了烏頭毒。」

「中毒？」那拉氏愕然不已，怎麼也想不到會是這個答案。「鄧太醫，你沒診錯嗎？」想了想又補充道：「本宮也在醫書上見過烏頭這種毒，並不會使人吐血。」

第六百三十二章　太醫

鄧太醫目光微微一閃，道：「吐血一事，微臣暫時還沒想明白，但是二阿哥心律、脈象皆紊亂，又有呼吸困難之症，當是烏頭無疑，且中毒應該已經有一段時間了。」

蘭陵聽到中毒二字，一下子就慌了，六神無主地問：「太醫，那……那二阿哥還有得救嗎？」

「這個……」正在寫方子的鄧太醫手腕一頓，一點兒墨跡在紙上擴散。「微臣也不敢肯定，只能盡力而為！」

蘭陵聽到這個答案頓時傻了眼，抓著同樣驚亂的那拉氏的手問：「皇額娘，怎麼辦？弘時……弘時他是不是要死了？」

「不會說話就閉嘴，沒人把妳當啞巴！」那拉氏被她這麼一說越加心煩，甩開她的手，努力讓自己鎮定下來，手一遍遍地撫著袖子，金銀絲線繡成的鳳尾圖案掠過指尖有些微刺手。待得鄧太醫將方子開好，交由宮人去御藥房拿藥時，她方才道：「鄧太醫，烏頭不是無救之毒，你的醫術又極高，怎會沒有救治的把握？」

「皇后娘娘所言不差，但僅限於剛中毒的人，二阿哥中毒已經有一段時間，烏頭的毒已經深入五臟六腑，想去除著實不易啊。其實微臣也不明白，為何二阿哥在中毒這麼久之後才顯露出來？」

鄧太醫百思不得其解，那拉氏卻是明白的，弘時怕是早已感覺到身子不舒服，但因與自己爭執，沒有說出來，等到暈倒時已經毒性擴散，無法控制。

可是，她對鄧太醫的話也未曾盡信，鄧太醫與年氏一直有所牽扯，而一個太醫想要動什麼手腳，簡直太簡單了。

那拉氏不會忘記年氏的第一個孩子福宜是怎麼死的，就是陳太醫受她的指使，故作不知福宜病症，只開一些無關痛癢的藥，一步步害死了福宜，實際上害福宜喪命的根本就是一根小小的紫心草。

想到這裡，她移步到外頭，找宮人一問，得知太醫院中還有一名柳太醫在，遂命其再走一趟，將柳太醫也叫來，一起為弘時診治。

打發了宮人離去後，那拉氏又命三福去將此事告知胤禛。阿哥中毒，事關重大，而且弘時今日一直在宮中，要說中毒，必然是在宮中某處沾染的。胤禛最恨身邊人使陰毒手段，尤其是下毒殘害皇嗣，一旦查出，必不輕饒。

要說下毒……那拉氏猛然想起弘時剛才說過，他去了熹妃那裡，難道是熹妃？

想到這裡，那拉氏面色微微扭曲，卻隱忍不言，只等柳太醫他們過來。

鄧太醫並不知道這些，直至柳太醫出現，方才嘴角微微一擂，不過倒也沒說什麼。同時傳召幾個太醫診治是再正常不過的事，何況還是阿哥中毒這麼大的事，不過他目光一直落在為弘時診治的柳太醫身上。

在了解弘時的症狀後，柳太醫同樣眉頭緊蹙，隨後又道：「副院正，能否讓卑職看一眼您替二阿哥開的方子。」

鄧太醫眼皮一跳，故作鎮定地道：「方子已經被拿走了，想是已經在按方抓藥，你想看就得去御藥房了。」

那拉氏忽地開口：「不必了，本宮背給柳太醫聽就是。」在兩人詫異的目光中，她將一味味藥背誦出來：「乾薑、甘草、金銀花、綠豆、黃芪……」

剛才鄧太醫開藥的時候，她就站在旁邊，他所寫的每一味藥都看在眼中，如今背來，一字不差。

待得藥名全部背完，乃至於幾碗水煎多少也分毫不差地說出來後，那拉氏方才道：「鄧太醫，本宮背的可有偏差？」

鄧太醫聞言，趕緊道：「娘娘好記性，一字未差。」

那拉氏微微點頭，將目光轉向了若有所思的柳太醫。「如何，鄧太醫開的這方子可對？」

柳太醫躊躇了一會兒方道：「僅以烏頭之毒來說，副院正的方子開得極對，但是微臣診二阿哥脈象，覺著他並不僅僅是中烏頭毒，似乎還有一種毒性藏在裡面，若僅以此方，怕是治不好二阿哥。」

「不可能！」鄧太醫叫了起來。「我仔細替二阿哥診過脈，很明顯就是烏頭之毒，並無其他。」

那拉氏一直在留意鄧太醫的神情，發現他在說這些時，目光微微躲閃，只憑這一點，那拉氏便覺得鄧太醫有問題，更不要說鄧太醫是年氏的人，在兩者之間，她更願相信柳太醫。

那拉氏眸光一轉道：「既如此，那請柳太醫趕緊替弘時開方去毒，定要將弘時的性命救回來。」

「是，微臣定會盡力而為。」柳太醫也沒說有多少成把握，直接從醫箱中取出銀針，在弘時十指指尖上各刺了一針，立時有烏黑的血從指尖流出來。一個低頭站在旁邊的小太監手腳俐落地端上一個漱盂，讓血滴在裡面。

放了一會兒毒血，柳太醫又走到桌邊開了方子，讓人照方去抓藥、煎藥，動作一定要快。

鄧太醫被那拉氏冷落在一邊，老臉有些掛不住，站在那裡走也不是，不走也不是。

這個時候，之前負責煎藥的宮人端了藥上來，那拉氏只看了一眼便讓其放在那裡。

看到這裡，鄧太醫哪還會不明白，那拉氏分明是對自己起了疑。唉，人果然是做不得虧心事。

等第二帖藥煎上來的時候，胤禛已領了四喜與蘇培盛趕到了，一進來便問：「弘時呢，怎麼樣了？」

那拉氏饒是再堅強，心計再深，聽到他這話也忍不住落下淚來。「還昏迷著，柳太醫已經讓人去煎藥了，也不曉得有沒有用。皇上，弘時若出事，臣妾……臣妾也不想再苟活於世了。」

「不許說這樣不吉利的話，弘時會沒事的。」胤禛捏了捏她的手腕，許是因為漏夜前來的緣故，他的手很涼。「朕去瞧瞧。」

胤禛也許不是特別疼愛弘時，但畢竟是他的子嗣，一聽說弘時有事，連忙就放下手頭上的事過來了。

就在胤禛剛走到床邊的時候，原本安靜躺在床上的弘時突然睜開眼坐了起來，沒等眾人高興，就聽得他在那邊大喊大叫，一會兒叫著索綽羅佳陌的名字，一會兒哭笑胡言。

第六百三十三章 不祥

那拉氏在一旁聽得心驚肉跳，唯恐他當著胤禛的面說出是自己派人害了索綽羅佳陌，幸好沒發生這種事；但是弘時在胡言一陣子後開始抽搐不止，且又噴出一口鮮血。

不等胤禛說話，柳太醫已經快步上前，命人壓制住弘時，自己則神色凝重地把手搭在弘時腕上，片刻後又用銀針刺入他周身與腦袋上的幾處大穴。隨著銀針的刺入，弘時的抽搐慢慢止住，不過人也暈了過去。

「柳太醫，究竟怎麼樣了？」待柳太醫停下手後，胤禛焦急地問著。

柳太醫抹了把額頭冷汗，道：「剛才二阿哥毒氣攻入大腦，微臣已經暫時壓制住了，不過時間恐怕不會太久，還得看湯藥能否奏效。」

胤禛轉過頭，看到鄧太醫神色局促地站在一旁，想起他身為副院正，剛才弘時毒性發作時，卻沒有上前施救，心下不由得有些不悅，不過此時也顧不得說什麼，改而對暗自抹淚的那拉氏道：「弘時是怎麼中的毒？」

那拉氏搖頭道：「臣妾也不知道，弘時來的時候還好端端的，正與臣妾說話，忽的一下子就吐血昏倒了。晚上在臣妾這裡，他並沒有吃過什麼東西，這毒從何而來，臣妾也奇怪著呢。」

「主子。」翡翠忽的有些吞吐地道：「奴婢記起一件事，不知當說不當說。」

那拉氏正要說話，忽的神色一變，厲喝道：「閉嘴，不許胡說。」

她這種欲蓋彌彰的做法令得胤禛懷疑，盯了被那拉喝得縮著身子的翡翠，道：「說，妳知道什麼？」

「奴婢……」翡翠小心地看了胤禛一眼，趕緊又低頭道：「奴婢記得二阿哥說過，他是從承乾宮過來。」

胤禛沒料到會聽到這個答案，表情頓時凝固。那拉氏則是咬脣道：「皇上您莫聽她胡言，想是這丫頭聽岔了，熹妃妹妹怎麼可能會……怎麼可能會……」她連說了兩遍，始終沒能將後面的話說出口。

「蘇培盛。」胤禛動了動眼珠子，神情陰沉地道：「去請熹妃過來。」

蘇培盛無聲地退下，他能夠感覺到一場暴風雨正在襲來，將某些人捲入驚濤駭浪之中。至於是熹妃又或者是其他人，就與他無關了。

不同於蘇培盛的冷漠，四喜卻暗暗著急。按著這話，豈非說是熹妃下毒害了二阿哥？這……這可如何是好啊！

他雖是皇上的奴才，但與熹妃也相識頗久，其為人如何，不說全然了解，卻也有幾分明白，斷然不信熹妃會下毒害二阿哥。可他僅僅是一個奴才，這種場合下又哪裡有說話的分，只能在心裡發急。

等了一盞茶的工夫後，宮人端了煎好的藥進來，許是過於緊張，在邁過門檻時不小心被絆到了，在他摔倒的同時，藥碗也脫手飛去。

沒有人去關注那個宮人，哪怕他摔死也無關緊要，一個個都死死盯著那個藥碗。那可是二阿哥活命的希望啊，若是摔了重新再去煎，哪個也不敢保證二阿哥還可以堅持到那個時候。

「啊！」蘭陵第一個驚叫起來，奔過去想要接住藥碗，可是她離得那樣遠，又怎麼可能接住，只能眼睜睜地看著藥碗在空中傾倒。

就在眾人絕望之時，一隻手準確地接住藥碗，雖然依然有湯藥濺出來，但好歹沒有摔碎，裡面的湯藥也還剩下一大半。

那拉氏撫著胸口，原本狂跳不止的心臟正在慢慢緩下來。藥還在，還在那裡。

小寧子忍著燙手的感覺，將藥碗端到那拉氏面前，穩穩道：「主子，藥煎好了。」

那拉氏沒想到會是這個奴才，神色略有些複雜，卻是沒說什麼，只是抬一抬下巴道：「服侍二阿哥喝藥吧。」

「是。」小寧子眸中閃過一絲喜色，小心地走到弘時床邊。三福已將弘時扶起，正冷冷打量著一步步走近的小寧子。

小寧子假裝沒看到他眼中的冷意，自顧自將藥一勺勺吹涼後餵到弘時嘴裡，幸好弘時還能吞得下去，沒有吐出來。做完這些後，小寧子知趣地退到一邊，而那拉氏也沒有趕他出去的意思。

藥不可能一下子起作用，按柳太醫的說法，一個時辰後差不多能看出藥效來。若起作用尚好，不起作用的話，他就無能為力了。

這個時候，凌若到了。蘇培盛只說是奉胤禛之命召她到坤寧宮，並沒有具體說什麼，她一直以為是弘時抖出了那拉氏命人害索綽羅佳陌母子一事，卻沒想到一進來就看到弘時躺在床上，忍著心下疑慮，屈膝見禮。「臣妾見過皇上，見過皇后娘娘。不知皇上深夜召見臣妾，有何要事？」

「有些事想問問妳。」胤禛沉沉說了一句，又道：「熹妃，今夜妳可曾見過弘時？」

凌若心頭微沉，有種不祥的預感，口中道：「回皇上的話，二阿哥曾去過臣妾的承乾宮。」

「所為何事？」胤禛追問道。

凌若瞥了那拉氏一眼，斟酌道：「二阿哥有些事不明，所以來問臣妾，不過他也只是待了一會兒就離開了。」

「那在妳宮中，弘時可曾吃過什麼東西？」胤禛的聲音辨不出喜怒。

吃東西？凌若有些愕然，不知他這話是什麼意思。「回皇上的話，二阿哥只在臣妾處飲過一杯茶，旁的就沒了。」

胤禛雙眼微瞇，一絲寒光在眸中閃過。凌若瞧著越發不對，遂問：「皇上，二阿哥究竟出了什麼事？」

「弘時在皇后宮中吐血昏倒，經太醫診斷，是中了烏頭與另一種劇毒。柳太醫已經開藥給他服下，但效果如何，尚不知道。」胤禛徐徐說來，盯著凌若的眸光若有所思。

「怎會如此？」凌若驚訝地捂住脣，不敢相信聽到的一切，旋即一層更深的恐怖從心底深處冒出。弘時中毒，胤禛又專門將自己傳來，難道懷疑是自己下的毒？

第六百三十四章　甦醒

凌若算計了弘時，算計了那拉氏，卻未曾算計到這個。她思索半晌，忽的冒出一個想法：難不成這是那拉氏的算計，成心下毒給弘時，栽贓嫁禍於她？若真如此，事情可是大為不妙了。

想到此處，她目光一轉，看向那拉氏，只見其垂淚不止，神色哀慟，並不似作假。然她也曉得那拉氏最善作戲，是真是假哪有這麼好看穿的。

在這樣的思索中，凌若道：「究竟是何人如此狠毒，竟然下毒害二阿哥？」

「妹妹也不知道嗎？」那拉氏抹了抹淚，悲然道：「弘時與本宮說過，今日他只去過妹妹那裡，至於本宮此處，他來之後，一口東西也未吃過。」

「娘娘可是懷疑臣妾？」凌若肅然道：「不錯，二阿哥是在臣妾處飲過一杯茶，但臣妾素來待二阿哥猶如親生，怎會下毒害他。」

「妹妹莫要誤會，本宮不是這個意思，只是……只是……」那拉氏勉強止了半晌的淚又落了下來，滑過已經卸了妝的臉頰，順著嘴角細細的皺紋滴落在地。好一會兒，她才續道：「只是弘時一倒下，本宮……本宮就什麼主意都沒了，只想知道弘時為何會中毒。本宮很怕，很怕弘時就這麼去了。」說到此處，她全身都在不住顫抖，猶如深秋掛在枝頭的最後一片樹葉，露出少見的軟弱。

「弘時不會有事的。」胤禛心有不忍，扶了她肩膀安慰。那拉氏這個樣子令他想起了弘暉走的時候。

那拉氏淚眼婆娑地道：「皇上，臣妾已經失去了弘暉，絕不能再失去弘時，您一定要救他，一定要救他！」

「朕知道，別太擔心了。」聽她說起弘暉，胤禛心裡越發沉重。弘暉的早逝，一直是他心中難以釋懷的事，這個嫡長子曾經寄託了他許多希望。

待那拉氏情緒稍稍平穩一些後，他又道：「不過朕相信熹妃不會毒害弘時，當中定然有什麼誤會。」

正在拭淚的那拉氏動作一僵，然只是眨眼工夫已經恢復如常，含淚點頭道：「臣妾也知道，妹妹素來對弘時視若己出，又怎會狠心加害。只是臣妾剛才急昏了頭，才會懷疑到妹妹身上，還望妹妹莫要見怪。」

「臣妾明白娘娘憂急二阿哥安危的心情，怎會見怪。」凌若如是說道，眼眸看向胤禛，有脈脈的溫情在其中。那拉氏疑她，她並不覺得奇怪，卻是沒想到這一次胤禛會如此相信她。

一世不疑，也許真的可以吧……

在這句話過後，殿中陷入了令人難耐的沉默中，所有目光皆集中在弘時身上，等著藥效。

正在這個時候，有人走了進來，卻是年氏。不待年氏行禮，胤禛已然道：「素言妳怎麼過來了？」

年氏欠一欠身，眉眼在燭光下精緻如畫。「回皇上的話，臣妾無意中聽聞皇后急傳二位太醫來坤寧宮，怕皇后娘娘這邊出什麼事，所以過來瞧瞧。」

「難為貴妃有心了。」那拉氏目光一爍，低聲道：「倒不是本宮有事，是弘時……」

年氏陡然一驚，瞧見弘時躺在床上，忙問：「弘時怎麼了？」

「他身中劇毒，性命垂危。」

聽得那拉氏的話，年氏連連搖頭，不敢置信地道：「怎麼會這樣，娘娘可知這毒從何來？」

「尚且不知，一切得等弘時醒來後再問他。」在說這句話的時候，那拉氏的目光一直落在弘時身上，她真的很害怕。

不是因為感情，而是因為失去了弘時，她的皇后之位就會岌岌可危，更不要說今後的太后寶座，所以弘時絕對不能死！

年氏斜長入鬢的蛾眉微不可見地挑了一下，轉向鄧太醫道：「二阿哥什麼時候能醒？」

鄧太醫聞言頗有些尷尬，不知該怎麼回答。那拉氏答：「妹妹誤會了，藥是柳太醫開的，鄧太醫並不清楚。」

年氏眸光一厲，旋即撫著袖子道：「是嗎？臣妾以為鄧太醫身為副院正，這醫術應該比柳太醫高一些才是，怎的皇后不讓鄧太醫瞧瞧？」

這一次，不等那拉氏回答，鄧太醫已然紅著一張老臉，拱手道：「微臣醫術淺薄，當不起貴妃此話。這一回二阿哥中毒，微臣竟然沒有診出除了烏頭之外還有另一種劇毒，幸而柳太醫細心，否則誤了二阿哥的病情，微臣縱是有十條性命也不夠償的。」

「竟有這等事？」年氏一臉驚訝，頗有些不敢相信，不過她也未多說什麼。

彼時，有宮人進來，對柳太醫施一施禮道：「啟稟柳太醫，一個時辰已到。」這個宮人是柳太醫吩咐守在自鳴鐘前的，命其時辰一到，立刻前來通報。

柳太醫微一點頭，上前替弘時把脈，隨著他這個動作，所有人的心都被勾了起來，一眨不眨地盯著他。

柳太醫沒有診治太久，只一會兒工夫就收回手，那拉氏剛要問話，就見他再次抽出銀針，在弘時身上扎了幾針。隨著銀針的施下，胤禛等人可以明顯看到弘時臉上的黑氣在慢慢淡化，不用說便知必然是藥起了作用。

果然，柳太醫在施完針後，回身拱手道：「微臣幸不辱命，二阿哥已經沒有性命之憂。」

「柳太醫你確定嗎?」那拉氏急急問著,眼中是無盡喜色。

「微臣敢以性命擔保,皇后娘娘儘管放心。」柳太醫胸有成竹地說著。

鄧太醫卻是一臉灰敗,不曉得他是自慚醫術還是另有原因。

「那二阿哥什麼時候能醒?」胤禛也是長出了一口氣,弘時能夠沒事真是皆大歡喜。他膝下子嗣本就不多,若弘時再出事,就更加單薄了。

柳太醫剛要回答,就聽得床榻間傳出微弱的聲音,循聲望去,竟見到弘時張開了眼。

蘭陵最先反應過來,撲到床邊喜極而泣地道:「二阿哥你醒了?」

「我這是在哪裡?」弘時茫然地睜著眼,他只知道剛才自己身體傳來一陣陣劇痛,緊接著有一股腥甜從喉間噴出來,再然後就什麼都不知道了。

第六百三十五章　驗毒

弘時的醒轉令那拉氏既高興又緊張，唯恐弘時說出什麼不該說的話，忙抹著淚走到床邊。「你在皇額娘宮中。弘時，你剛才那樣可是將皇額娘嚇壞了，若是你有個三長兩短，皇額娘也不想活了。」

望著那張熟悉至極的臉，昏迷前的記憶瞬間回到腦海中，下一刻，弘時別過頭不願再看那拉氏。

見他這個樣子，那拉氏更加擔心，當著胤禛的面又不好明說，只能設法轉移弘時的注意力。「你身上的毒，柳太醫已經幫你解了，只要好生休養幾日，按時服藥就不會有大礙。」

弘時原是打定主意不理會那拉氏，然聽得她這話，卻是不由自主地轉過頭來，用輕不可聞的聲音問：「中毒？我好端端的怎麼會中毒？」

胤禛此刻也走過來道：「弘時，朕問你，你之前吃過什麼東西？」

弘時仔細回想一下，吃力地道：「兒臣今日沒吃過什麼東西，只在府裡草草吃過一頓飯，當時並不覺有何異常。後來入了宮，就只在熹妃娘娘處飲過一杯茶，旁的再無其他了。」

胤禛一聽頓時就皺起眉。「真的只有一杯茶嗎？你再仔細想清楚。」

「是，只有一杯茶。」關於這一點，弘時記得很清楚，因為熹妃與他說佳陌一事，他根本就沒心思用飯，連那杯茶都是在心情緊張之下才喝的。

胤禛擰眉不語，因為按弘時這話來說，最可疑的就是凌若了，可他相信凌若絕不會做如此惡毒之事。

殿中瀰漫著駭人的安靜，無數雙目光皆集中在凌若身上，除卻胤禛之外，都閃爍著質疑之色。

凌若一言不發地站在原地，她心中同樣有無數疑問。茶是自己命人沏的，不應會有問題，難道是弘時故意冤枉自己？這個念頭剛一冒出來便被否決了，她相信弘時不會這麼做，那問題究竟出在哪裡？

「熹妃娘娘，二阿哥與您無冤無仇，您為何要下毒害他？」蘭陵第一個忍不住，帶著滿腔的憤怒質問起凌若。儘管弘時待她不好，甚至還冤枉她害索綽羅佳陌，但她心中始終是有弘時的。之前看到弘時身中劇毒，奄奄一息的樣子，她恨不能中毒的那人是自己。

「住嘴！」那拉氏怒容滿面地喝斥：「越來越沒規矩了，哪個許妳這麼對熹妃說話的，還不趕緊跟熹妃認錯。」

蘭陵瞪大眼睛，不敢置信地道：「皇額娘，兒臣又沒錯，憑甚要向她道歉？您應該治熹妃的罪才是，明明就是她下毒害二阿哥！」

那拉氏冷然道：「不用妳來教本宮做事。還有，本宮相信熹妃，她對弘時視若己出，絕不會存心加害。」

蘭陵氣急敗壞地道：「皇額娘，不是她還能有誰？二阿哥可是只在她宮中喝過一杯茶。」

那拉氏聞言也是有些猶豫，想了想方道：「行了，妳好生照顧弘時，此事本宮與皇上自會查清，不須妳費心。」

那拉氏自然不是真的相信凌若，只是一來她覺得事情沒那麼簡單，二來她已聽出胤禛有意向著凌若，不認為凌若會下毒，所以才順著他的意思講。

躺在床上的弘時將他們的話一一聽在耳中，卻是什麼也沒說。經過佳陌一事，他已經不再相信任何人了。連最親近的皇額娘都可以面不改色地殺了佳陌與孩子，還有何人是可以相信的？

而且弘時記得很清楚，自己從承乾宮出來後，身子就感覺到不對，腹中更不時傳來陣陣痛楚，按著時辰算起來，最可疑的確實是那杯茶。只是他不明白熹妃為何要對自己下毒，難道真是像皇額娘說的那樣，為了那個獨一無二的儲君之位嗎？為了替弘曆掃清障礙？

蘭陵雖被迫閉上嘴，然充滿恨意的目光卻一直緊緊盯在凌若身上，顯然心裡已經認定了她就是下毒者。

胤禛抿脣不語。弘時中毒是大事，必須查個水落石出，可眼下所有不利都集中在凌若身上，令他很是為難。只他一人相信是不夠的，必須要有可以證明凌若清白的證據才行；且如果不是凌若，毒又是何人所下？弘時已經清清楚楚說了只飲過那麼一杯茶。

察覺到胤禛為難的目光，凌若下跪，肅聲道：「皇上，臣妾可以對天起誓，絕對沒有沾染過任何毒物，更不曾起過加害二阿哥之心。」

胤禛尚未說話，年氏已是嬌聲道：「就算不起誓，皇上、皇后還有本宮都是相信妹妹的。其實想證明妹妹清白，只要將二阿哥喝過的那杯茶拿過來一驗就知。」

凌若瞥了她一眼道：「茶碗早已洗淨，如何再驗？」

年氏揚一揚精緻的眉眼，轉頭道：「鄧太醫，有法子可驗嗎？」

鄧太醫上前一步，拱手道：「回娘娘的話，若只洗過一遍，應該還是有可能驗出的。」

年氏微微點頭，又轉向柳太醫。「柳太醫以為呢？」

柳太醫想一想道：「鄧太醫所言不差，凡毒性劇烈的東西，其盛具縱然洗過也會有殘留，此法可以一試。」

年氏頷首道：「皇上，既然二位太醫都認可，不妨以此法一試，也好證明妹妹的清白。」最後兩個字被她咬得尤為重。

胤禛也覺得此法可行，當即命隨凌若來的莫兒去承乾宮取弘時用過的茶具。很快的，莫兒就拿了弘時喝過的那個茶盞過來，鄧太醫命人在裡面盛水，然後用手指沾了一些放到嘴裡，閉目細嘗，另一邊的柳太醫也是相同動作。

因為茶盞已經洗過，所以想嘗出有毒無毒並不容易，連著嘗了好幾遍，兩位太醫才緩緩睜開眼睛。

「如何？」那拉氏急切地問著。

兩人相互看了一眼後，由柳太醫道：「啟稟皇上、皇后，裝在此杯中的水嘗起來有微微的澀意，與烏頭味道相近。」

儘管柳太醫沒有直說，但意思卻是再明白不過，分明是說這個杯子盛過毒藥，弘時正是因為喝了這個才會中毒。

凌若萬萬沒想到竟會聽到這個答案，跪在地上的身子一晃，有些難以自持。

第六百三十六章　異香

不等凌若說話，莫兒已是激動地道：「不可能！茶葉是奴婢親手放的，茶水也是奴婢看著沏的，絕對不可能有毒！二位太醫是否驗錯了？」

見一個小宮女質疑自己的話，柳太醫有些不高興了，也不理她，逕自對胤禛道：「皇上若有懷疑，可以再傳其他太醫來試，相信結果都是一樣的。」

得意自年氏眼底隱晦地掠過，面上卻是一副失望的樣子，盯著凌若連連搖頭，痛心疾首地道：「妹妹，妳……妳好生糊塗啊！」

在她說話的時候，那拉氏已淚流滿面，渾身顫抖地走到凌若跟前，哽咽道：「妹妹，妳為何要這麼做？是本宮哪裡對不起妳，還是弘時哪裡惹妳不高興，妳要這樣置他於死地？虧得本宮之前還那麼相信妳，妳……妳太過分了！」

「臣妾沒有下毒！」凌若回過神來，下意識地否認這項強加到自己頭上的罪名。

「毒從妳宮裡的茶盞中驗出來的，又有兩位太醫共同作證，妳再抵賴也無用。」

年氏痛聲道：「熹妃，妳亦是做額娘的人，當知孩子於父母來說就是心頭肉，怎能忍心做出這等傷天害理的事，就不怕有朝一日會遭報應嗎？」

凌若仰頭盯著她，一字一句道：「臣妾若做過一定會承認，可是這件事確實不是臣妾所為，臣妾又如何承認。」

「皇上！」那拉氏忽的推開扶著自己的翡翠，屈膝跪在胤禛面前哽咽道：「求皇上還弘時一個公道！」

「皇后，妳身子不好先起來。」胤禛彎身去扶，那拉氏卻執意不起，跪在地上垂淚不止。

胤禛明白她這是要自己治凌若的罪，按說茶盞上的毒足以證明凌若下毒，可是他始終覺得凌若不會做這種事，一時間頗為為難。

水秀與莫兒護主心切，跪下不住替凌若辯白，然她們的話卻引來年氏嗤笑：「妳們是熹妃的奴才，自是處處替熹妃說話，就算她殺了人，妳們也會幫著隱瞞。」

「主子沒有！」莫兒激動地道：「主子從來沒有在二阿哥的茶裡下過毒，承乾宮中也沒有一星半點的毒藥，若貴妃不信，盡可派人去搜宮。」

「搜宮？」年氏嗤笑道：「承乾宮多大，一包毒藥又有多大，妳們有心隱藏又怎麼可能會搜得到？莫兒，本宮知道妳忠心，但是幫著妳家主子害人，死後可是要下十八層地獄受刀山火海、油鍋拔舌之苦的。」

莫兒到底還年輕，被她這麼一嚇，身子忍不住害怕地縮了縮，然她這樣子看在別人眼中卻成了心虛的表現。
這個時候蘭陵也走到胤禛面前跪下，痛聲道：「兒臣求皇阿瑪為弘時做主，嚴懲奸人！」她口中所謂的奸人，自然是指凌若。
胤禛無聲地嘆了口氣，他清楚，這件事已經壓不下去了，今夜必須有一個交代；可是很奇怪，即便到了這個地步，他依然不相信凌若會是下毒之人。這種奇妙的感覺連胤禛自己都覺著不可思議，他竟然會對一個人有這樣深的信任，實在與他的性子全然相悖。
胤禛的猶豫被年氏看在眼中，嘴角微揚，同一時間眸光在鄧太醫臉上輕輕劃過；後者感覺到她的目光，皺紋叢生的臉頰微微一搐，旋即若無其事地垂下眼，同時鼻子用力地嗅著什麼。
他這個舉動引起旁邊柳太醫的注意，小聲問：「鄧太醫，你在聞什麼？」
鄧太醫撫著頷下的長鬚道：「柳太醫，你有沒有覺得這殿中多了一股花香？」
「花香？」柳太醫聞言用力嗅了幾口，莫說，還真讓他聞到一股明顯的花香。剛才因為一心撲在中毒的二阿哥身上，所以才沒聞出來。真是奇了怪了，這殿中並未放有任何花束，何來的花香，難道是從外頭傳進來的？
想到這裡，柳太醫往窗子的方向移了幾步，很奇怪，靠近窗子後，這股花香反而淡了許多，可見並不是從外頭傳進來的。最重要的是，他彷彿還從這花香中聞到一絲蛇類的腥臭，實在是令人費解。

「二位太醫，怎麼了？」見他們在那裡竊竊私語，年氏好奇地問著。

柳太醫沉吟了一下道：「回貴妃的話，微臣與鄧太醫聞這殿中似有花香，斗膽問一句各位主子娘娘，不知哪位身上擦了香粉？」

「香粉？」年氏愕然，好一會兒才反應過來。「柳太醫，你無端問這個做什麼，難道與二阿哥身上中的毒有關？」

「微臣只是覺得奇怪，是否有關聯一時尚不敢斷言。」宮中行事、說話講究謹言慎行，沒有十足把握的事，柳太醫是絕不會說的，誰曉得隨意一句話會不會為自己惹來殺身之禍。

「本宮素來不擦香粉。」那拉氏第一個說話。

年氏、凌若還有蘭陵身上倒是擦了不同的香粉，只是二位太醫遠遠站著聞過後一概搖頭，並非瀰漫在殿中的那種香氣。

這下子可是奇怪了，在場的主子就那麼幾位，而宮女按例是不允許擦香粉的，究竟這香味是從何處而來？越是尋不著蹤跡就越可疑。

「仔細查清楚，香味應該就在這殿中。」胤禛本就不欲隨便處置凌若，此刻見事情尚有疑點，更是樂得查個清楚，而他也可以趁機將事情從頭到尾理一遍。

得了胤禛吩咐，二位太醫在殿中仔細聞辨著香氣。

蘭陵雖然不認為香氣與弘時中毒的事有關，但胤禛已然發了話，她一個阿哥福晉又能說什麼。

兩位太醫在尋了一陣子後，竟然同時慢慢向四喜靠近，把四喜弄得莫名其妙，驚異地道：「二位太醫，你們盯著奴才做什麼，奴才又沒擦香粉。」

柳太醫原以為香味是從四喜身上散發出來的，但仔細一辨認又覺得不是，正當他感到奇怪之時，鄧太醫往邊上走了一步，站在了跪在地上的莫兒身前，臉色有些古怪。

第六百三十七章　如實相告

難道香味是從這宮女身上散發出來的？帶著這個想法，柳太醫站到鄧太醫身邊，這一站立時就感覺一直若有似無的香氣明顯濃郁許多，且越靠近莫兒，香氣就越盛。

在沉寂半晌後，鄧太醫先一步開口問：「妳身上可是擦了什麼香粉？」

「香粉？」莫兒莫名其妙地搖頭道：「奴婢只是一介宮女，怎會擦這種東西，鄧太醫莫不是聞錯了？」

鄧太醫斬釘截鐵地道：「不可能，我明明聞到香氣是從妳身上散發出來的。」

「可是奴婢真的沒有擦香粉，不信您再仔細聞聞，」為了證明自己的話，莫兒起身主動將手臂伸出來，泛著淡淡粉紅的晶亮指甲在空中劃過一道極為好看的痕跡，也將鄧太醫的目光牢牢攫住。

柳太醫就站在鄧太醫身邊，所以莫兒伸手過去的時候恰好經過他面前。在花香撲面而來的瞬間，他神色驟變，一把握住莫兒的手，將鼻子湊到她手指間。濃郁的花香下，果然還有一絲隱晦的蛇腥氣。這讓他想起二阿哥中的毒，除卻烏頭之外還有另一種劇毒，是否就是蛇毒？

「柳太醫，你這是做什麼？」倏然被人抓住手，莫兒顯得有些驚慌，用力將手抽回來。

柳太醫沒有理會她，而是對胤禛道：「皇上，花香正是從這宮女手指上傳出來的，且微臣還從中聞到一絲蛇腥氣，微臣懷疑……」他欲言又止。

「懷疑什麼，說！」胤禛冷冷盯了他問道。

「懷疑……」柳太醫咬著牙道：「這丹蔻中有毒。」

這一言說出，不啻於驚雷炸響，莫說是莫兒傻了眼，就是凌若亦滿臉不敢置信，而她也是到這個時候才知道，原來莫兒指上塗了丹蔻。

「奴婢……奴婢沒有！」莫兒回過神來後，緊張地搖頭辯解，想要證實自己的清白。

年氏不屑地勾一勾嫣紅飽滿的脣道：「有毒無毒一查就知，且正好與二阿哥身上的毒比對一番，說不定這指甲藏的就是險些害二阿哥喪命的劇毒。」

「不是！不是奴婢，奴婢與二阿哥無冤無仇的，怎麼會去害他！」莫兒不敢置信地盯著自己粉亮好看的指甲。怎麼會，這丹蔻無端怎麼會有毒？定是那太醫弄錯了胡言。再說就算真有毒，又與二阿哥何干，她又不曾將指甲放到他杯中……

想到這裡，莫兒忽的記起一件事來。之前泡茶的時候，南秋不小心將水沖到她手上，她手指到現在還疼得很，難道就是在那個時候，毒不小心進了茶水中？

想到這裡，莫兒渾身發涼，可是她依然不明白，自己的指甲為什麼會有毒，明明……

明明什麼已經不重要了，因為莫兒記起，指甲上的丹蔻……是年貴妃替自己塗的。難道是她在丹蔻中下毒？為的就是借自己的手害二阿哥？

想明白的這一刻，莫兒如墜冰窖，難以遏制的顫抖在體內蔓延。這個時候，柳太醫已經從莫兒指上刮了些許丹蔻下來，用水沖泡後嘗試，味道與剛才那茶盞泡出來的一模一樣，只是更濃烈些，以至於柳太醫剛一入口就吐了出來，並且立刻用清水漱口。鄧太醫的動作也是如出一轍。

兩人在小聲地交流一下後，由柳太醫道：「啟稟皇上、皇后，微臣與鄧太醫一致認為這宮女指甲上的毒正是二阿哥身上所中之毒，除卻烏頭之外，還有另一種蛇毒。」其實他就算不說，剛才那番動作也足以說明一切。

「奴婢沒有，真的沒有！」莫兒極力否認，哭喪著臉道：「奴婢更不知道這丹蔻有毒，是真的，奴婢真的什麼都不知道！」

見沒有人理會，莫兒更加害怕，爬到凌若腳下，扯著她的衣裳道：「主子，您相信奴婢，奴婢沒有下毒，沒有害二阿哥，您相信奴婢！」

「告訴本宮，妳指上的丹蔻從何而來？」事情發展到這一步，是凌若始料未及的，一旦莫兒下毒的罪名坐實，那麼所有人都會認為是她主使莫兒的，到時候即便胤禛再相信她也沒用。要從這件事中抽身而出，首要的就是將莫兒的嫌疑洗清，而丹蔻無疑是最重要的線索。

莫兒咬唇不語，眼睛卻是悄悄瞥向年氏，凌若見狀，心中明白了幾分，又道：「無須害怕，一切事實但說無妨，本宮自會為妳做主。」

她這話引來年氏的冷笑，塗著大紅丹蔻的手指撫過繡有牡丹花式的領襟。「莫兒下毒謀害二阿哥的事情已經是明擺著的，不知熹妃還要怎麼為莫兒做主？」

凌若充耳不聞，不論她說什麼，只要胤禛沒開口，事情便沒真正定論。

莫兒明白了凌若話中的意思，不再顧忌，指了年氏忿然道：「是年貴妃親手替奴婢塗的丹蔻。」

此言一出，頓時引來一片譁然，反倒是年氏鎮定如常，並未因莫兒的指控而露出慌張之色，只見她盯著莫兒道：「好一個忠心的奴才，事情敗露怕連累自家主子，便將髒水往本宮身上潑。妳說丹蔻是本宮親手給妳塗的，簡直就是笑話，本宮乃是皇上親封的正二品貴妃，妳不過是一介不入流的宮女，有何資格讓本宮替妳塗丹蔻，簡直就是胡言亂語。還有，就算不說這個荒謬的事，妳倒是說說，本宮為何要替妳塗？」

「因為妳要我替妳監視熹妃娘娘！」莫兒再出驚人之語，即便是胤禛也不禁面染驚色，眸色在燭光下變幻不止。

年氏拍拍手道：「看來妳是打定了主意要將髒水潑到本宮身上。也罷，那妳就仔細說給皇上與皇后娘娘聽聽，究竟本宮還讓妳做了些什麼，而妳又為何要背叛熹妃聽命於本宮行事。」

年氏有恃無恐的態度令莫兒不安，但還是當著胤禛等人的面將事情原原本本述來：「啟稟皇上、皇后，奴婢之前因做錯了事而被主子趕出承乾宮，內務府將奴婢安排到辛者庫做苦役，在那裡奴婢認識了同做苦役的芷蘭，而她認識翊坤宮的徐公公，託徐公公在年貴妃跟前求了個恩典，將芷蘭與奴婢一同調出辛者庫。」

「後來芷蘭留在翊坤宮，而奴婢就被年貴妃要求設法回到承乾宮，成為她盯著熹妃娘娘的眼線。今晨，年貴妃讓芷蘭偷偷來傳奴婢到翊坤宮，在問了奴婢幾句熹妃的情況後，便拿了一瓶丹蔻親手給奴婢塗，還說只要奴婢好好替她辦事，將來就會抬舉奴婢。奴婢說的句句皆是實話，斷無半點虛假，求皇上與皇后娘娘明鑑。」

第六百三十八章　意料之外

「說完了？」年氏如此說了一句後，便轉向胤禛道：「皇上，芷蘭就在臣妾宮中，只要傳她來與莫兒當面對質，就知莫兒所言是否屬實。」

「准！」隨著胤禛的話，立時有宮人去翊坤宮傳喚芷蘭。此時已是深夜時分，然坤寧宮中的所有人卻是半點睡意也無，靜靜等著芷蘭的到來。

不多時，宮人折回，身後跟著一道身影，正是芷蘭。她神色中帶著幾分緊張，磕頭行過禮後，年氏指著莫兒道：「芷蘭，妳可認識她？」

芷蘭仔細看了一眼，躬身道：「回主子的話，這是熹妃娘娘身邊的莫兒，奴婢認得。且昔日她曾與奴婢一道在辛者庫勞作，得虧主子恩典，救奴婢與莫兒脫離苦海。」

「那妳今日可曾奉本宮之命去傳過莫兒？」年氏繼續問著。

芷蘭搖頭道：「並不曾。」

她這話一出口，一直等著芷蘭來證明自己清白的莫兒便驚詫地睜大眼睛。明明就是芷蘭奉命來傳自己，怎的事到臨頭她又不承認，難道是忘了？

「芷蘭姊姊，妳想清楚，真的是妳讓我去見年貴妃的，我們當時還說了話。」莫兒急切地說著，希望可以喚起芷蘭的記憶，可是不論她怎麼說，芷蘭都是搖頭。

「今日奴婢一直在宮中伺候主子，實不曾出去過，更不曾見過莫兒。」

「那從辛者庫出來後，貴妃是怎麼安置妳與莫兒的？」胤禛忽的問道。

「回皇上的話，主子原是想讓莫兒與奴婢一道留在翊坤宮伺候的，可是莫兒說她是熹妃娘娘帶進宮的，放不下熹妃娘娘，所以想回承乾宮，主子就由著她去了。」

「胡說！」莫兒神色激動地打斷她的話。「明明是年貴妃逼我回去監視熹妃娘娘的，芷蘭姊姊，妳為何要在這裡顛倒是非！」

不等芷蘭說話，那拉氏已經怒喝道：「大膽奴才，這裡是何地方，豈容妳大喊大叫，再不住嘴，休怪本宮不客氣。」

莫兒無奈地住口，望向芷蘭的目光充滿了疑惑與憤意，她不明白為何芷蘭要睜著眼睛說瞎話，故意冤枉她。

莫兒不明白，凌若卻明白了，芷蘭根本就是年氏故意布下的一枚棋子，至於莫兒被分到辛者庫，只怕也不是什麼誤會。從辛者庫到芷蘭，再到徐公公，這一切應該都是年氏設的局，為的就是引莫兒這條魚兒上鉤，而今則是到了收網之時。

只是她有一點始終不明，年氏在丹蔻中下毒，可是顯然沒將此事告訴莫兒，既如此，她又如何控制莫兒在茶中下毒？

在芷蘭退下後，年氏委屈地說道：「皇上，事情已經真相大白，根本是莫兒為了維護熹妃而故意栽贓陷害臣妾。」

不等胤禛說話，莫兒再次忍不住說道：「奴婢沒有，皇上，奴婢沒有陷害任何人，丹蔻真的是貴妃塗在奴婢手上的，奴婢還記得貴妃說那是她最喜歡的丹蔻。」

「本宮最喜歡？」年氏冷笑著抓起莫兒的手。「本宮素來只用紅色的丹蔻，內務府送來的也只有那麼一種，妳手上這個顏色如此淺淡，豈是本宮喜歡的，簡直就是胡說八道！」

年氏這個喜好，胤禛是清楚的。自年氏嫁予他之後，凡塗丹蔻皆為豔紅之色，從未著過別的顏色。

「奴婢真的沒有撒謊。」莫兒急得不斷落淚，眼淚滴落在燙傷的手指上帶來痛楚，然正是這樣的痛令莫兒眼睛一亮，尋到最後一線生機，趕緊道：「皇上，有人可以證明奴婢沒有下毒。」

「什麼人？」胤禛就著四喜端來的椅子坐下，撫額問著，臉上有濃濃的倦意。連日來的政務、國事已經耗盡他的精力，偏後宮又生出事端來。

「是承乾宮的管事姑姑南秋，她可以證明奴婢不是存心下毒。因為，當時是她不小心在奴婢放茶葉的時候將茶水沖到奴婢手上，奴婢的手還因此被燙傷了。」她一邊說著一邊舉高了燙傷的手指給胤禛看。

胤禛也不多問，揮手對蘇培盛道：「去傳南秋過來。」

「嗻！」蘇培盛答應一聲，心裡卻有些不以為然。事情已經明擺著是熹妃指使莫兒所為，又何必傳了一個又一個；而且南秋是承乾宮的人，來了以後定然會幫著莫兒說話，除非……皇上根本就是有意包庇熹妃。

蘇培盛越想越覺得就是這麼一回事，不過他始終是猜錯了，胤禛不是有意包庇，而是根本不相信凌若會這麼做。

即便天下人都指責凌若，可是他依然想相信，因為……這個人是鈕祜祿凌若，他唯一願意用盡所有去相信的女子。

一世不疑，一世不相問。

他不保證定然可以做到，但他會努力去做，因為這是在帶凌若回宮時就答應的了，曾經犯過的錯他不想再一次重複。

南秋被帶來時，臉色如紙一般的蒼白，當問起沖茶時的細節，她吐出來的話令莫兒驚惶欲死。

只見南秋垂低了頭，帶著些許顫音道：「奴婢並未將茶水沖到莫兒手上，倒是她在端茶出去的時候，奴婢曾看到她偷偷揭開了茶蓋，至於她做了些什麼，奴婢就不得而知了。」

「姑姑，妳可知自己在說什麼啊？」莫兒又氣又急，忍不住大叫起來。芷蘭說謊也罷了，可是竟然連南秋也撒謊，這到底是怎麼一回事，她……她快要瘋了！

年氏眼角一飛，朝凌若道：「瞧瞧，連同一宮的奴才都不願幫著妳為惡，熹妃，看來妳已是失盡了人心。」

凌若瞥了她一眼沒有說話。芷蘭、南秋，在與這兩人的對質中，莫兒的話都出現了問題，難道真的是莫兒說謊？

這個念頭剛出現就被凌若否決了，莫兒的樣子並不似作偽，倒是南秋，從進來到現在，一直沒看過自己，彷彿刻意在躲避一般。「南秋，事情果如妳所言嗎？」

南秋身子一顫，越發垂低了頭。「回主子的話，奴婢不敢有所欺瞞。」

第六百三十九章　暫定

不等凌若繼續問下去，那拉氏已跪下，悲憤地道：「皇上，事到如今，臣妾以為一切皆已明瞭，還請皇上替弘時主持公道，莫讓害他的人逍遙法外。」

那拉氏這話分明是坐實了凌若指使莫兒下毒一事，要求胤禛嚴懲凌若一干人等，蘭陵亦跟著她一道下跪。

年氏在旁邊搖頭，嘆息地道：「一直以為妹妹菩薩心腸，不曾想竟也有如此狠心絕情的時候。皇后娘娘只得二阿哥一個孩子，妹妹妳如何狠得下啊。」

「皇上當知臣妾不是這種人。」凌若定定地望著神色複雜的胤禛，她知道現在的情形對自己極為不利，可一時半會兒實在思索不出脫身之法，所以此時此刻，她唯一可以倚仗的也就是胤禛對自己的那一點兒信任。

胤禛默然不語，足足過了半炷香的工夫，方才撐了一把紫檀扶手起身道：「此事涉及后妃，關係重大，且尚有諸多不明之處，需要仔細查證後再定。在事情水落石出之前，熹妃暫禁於承乾宮，不得踏出一步。」

年氏本以為事情發展到這一步，凌若無論如何都該被治罪了，萬萬沒有想到，胤禛竟說還要再追查，不由得好一陣愕然。

那拉氏在怔忡片刻後，有些尖銳地道：「臣妾以為一切都已明白無誤，不知皇上認為還有何疑點？」

她與蘇培盛一樣，認為胤禛有意包庇凌若，這個認知讓她恨到發狂。

胤禛曉得自己說出這話後必然會引來重重質疑，可是要保住凌若的命，就只能如此。他略一思忖，便有了定計。「朕以為熹妃身在內廷，難與外人接觸，而混在丹蔻上的毒又非一般的砒霜等物，烏頭與蛇毒相混又輔以花香掩蓋，非深諳醫理的人是絕對配不出來的，試問熹妃從何得來？」

這一點倒是那拉氏沒想到的，一下子不知該如何回答，年氏臉上更是掠過一絲不自在。

「所以，一切還是等查清之後再定罪吧。」胤禛扶起那拉氏，沉沉道：「放心，弘時是朕的兒子，朕絕不會放過任何一個害他之人。這一點，朕可以向妳保證。」

「是，臣妾遵旨。」那拉氏終歸選擇了妥協，沒有與胤禛再爭執下去，即便她心裡早已認定了凌若是凶手。

連那拉氏都妥協了，年氏這個局外人自然就沒有了繼續咬下去的理由。何況一味咬著不放只會令胤禛起疑，若是這樣可就得不償失了。

「蘇培盛，送熹妃回去，即日起對承乾宮嚴加看管。至於莫兒……」在說到這裡時，胤禛聲音驟然一冷。不管凌若是否被冤枉，毒從莫兒指間丹蔻而來，這是不容置疑的，只憑這一點，莫兒就已經沒有了活下去的理由。除此之外，胤禛還有另一重擔心，後面一旦動刑逼供，莫兒若熬受不住，胡亂指認是凌若指使她害弘時，那凌若的罪名就真的洗不清了。

在這樣的雙重考慮下，胤禛緩緩說出了對莫兒的處置：「即刻杖殺！」聽得這四個字，莫兒嚇得魂飛天外，趴在地上大聲求饒。她沒有害人，更不想死。只是，她的求饒註定不會有任何作用，兩名身強力壯的太監從外頭走進來，一左一右架起莫兒往外拖，不論莫兒怎麼掙扎都擺脫不了臂上的束縛以及漸漸逼近的死亡陰影。

「主子救命！主子救命！」莫兒聲嘶力竭地喚著凌若，滿臉皆是害怕的淚水。南秋一直低頭跪著，此刻若有人注意她，就會發現她的身子顫抖不止。

凌若不忍莫兒慘死，跪下陳情道：「求皇上開恩，暫且饒莫兒一命。」

「熹妃！」胤禛俯下身，雙眸緊緊盯著凌若憂急的雙眸，一語雙關地道：「莫兒雖是妳的宮人，但她犯了錯就該受罰，妳不應再袒護她。」

看著那雙隱含關切的眼睛，凌若猜到了胤禛處死莫兒的用意，感動之餘卻是道：「臣妾並非袒護莫兒，而是如今事態未明，若草草杖殺了莫兒，豈非少了一條可用的追查線索。再者，要杖殺莫兒不過是皇上一句話的事，何須如此著急，待得查明真相後再處置也不遲。」

同樣不忍莫兒喪命的四喜亦趁機道：「是啊，皇上，留著莫兒，說不定能查出更多的事來。」

胤禛再度俯低了身，近得幾乎與凌若面對面，用輕得只有彼此聽見的聲音道：「妳當真要留著莫兒嗎？不怕她受不住刑反咬妳一口？」

「臣妾相信莫兒不會。」凌若堅持著自己的意見，不曾動搖。

胤禛盯了她一會兒，直起身來道：「先將莫兒押到慎刑司關起來，等事情查清之後再做定奪。」

事情以凌若被禁足、莫兒被關押而暫時平靜下來，然所有人心裡都清楚，平靜僅限於這一夜而已，明日太陽升起時，更大的波瀾將在宮中掀起。

在眾人離開後，坤寧宮中只剩下那拉氏與蘭陵，那拉氏瞧了雙目緊閉的弘時一眼，對蘭陵道：「妳先下去吧，這裡有本宮陪著就行了。」

在打發蘭陵下去後，那拉氏低嘆一聲道：「本宮知道你醒著，你還在怪本宮是不是？」

弘時緩緩睜開眼，卻不曾看那拉氏，只是直勾勾地盯著垂有鏤金圓球的床幔，一言不發。

「弘時，你究竟要如何才肯原諒本宮？」她問，帶著一絲流露在外的悲傷。等了許久，始終沒有等到弘時的回答，他就像是一個活死人，睜著眼一動不動。

那拉氏痛心疾首地道：「弘時，為何你就不能站在皇額娘的角度想想，皇額娘所做的任何一件事都是為了你好。你可知剛才太醫說你性命垂危之時，皇額娘有多害怕，怕你就這麼離皇額娘而去。」

弘時眼珠子動了一下，厭惡地轉過頭盯著那拉氏道：「您不是怕我死，而是怕您的皇后之位不穩。」

此時此刻，弘時連「皇額娘」三個字都不願喚，只覺得那會髒了自己的嘴。

「你……你竟然這樣想皇額娘？」那拉氏眼圈一紅，緊緊握緊了帕子，神色間有難掩的傷心。

「不這樣想，請問我該怎麼想？皇、額、娘！」弘時近乎咬牙切齒地說出這三個字。

第六百四十章　恩情斷

「皇額娘看重后位是為了什麼，還不是為了你！希望嫡長子的身分可以讓你繼承大位，希望你可以成為大清的儲君，這一切有錯嗎？可是皇額娘沒想到，在你心中，皇額娘竟成了自私自利之人……」說到後面，那拉氏已是泣淚難言。

翡翠見狀，忙取了帕子替那拉氏拭去臉上的淚，輕聲勸道：「主子您保重身子，莫要太過傷心了，二阿哥不過是說氣話罷了，往後自會理解。」

「理解？」不等那拉氏說話，弘時已是半側了身子，咬牙切齒地對那拉氏道：「我這一輩子都不會理解，更不會原諒！」

這切恨到骨子裡的話令那拉氏大受打擊，心下漫出一絲無盡的惶恐。若弘時真與她生分了，那她往後該依靠哪個去？胤禛對她從來就是淡淡的，一旦沒了弘時，自己的地位隨時會被年氏或是鈕祜祿氏取代。

不，她絕不允許這種事發生！弘時是她的，后位也是她的，誰都不許搶走。索綽羅佳陌生前奪不走弘時，死後更休想奪走！

翡翠在旁邊道：「二阿哥，您怎能與主子如此說話，這十幾年來主子沒有一時虧待過您，事事皆替您考慮周全。您哪一次生病，主子不是日夜照料在榻前，您現在說這樣的話，豈不是往主子心裡戳針！」

「在意我就可以隨意殺人？在意我就可以殺了佳陌與孩子？在意我就可以視人命如草芥？」弘時激動地抬起頭，冰涼的目光掃過那拉氏與翡翠的臉龐，道：「若是這樣的話，那麼對不起，這樣的在意我不要也要不起。以後，還請皇額娘當沒有養過我這個不孝子！」

「你！」那拉氏萬沒料到他竟說出這樣大逆不道的話來，胸口激烈地起伏著，鼻翼下甚至有急促的氣流湧動。

翡翠嚇得連忙扶住那拉氏，勸她不要太激動，然不管怎麼勸，那拉氏都無法平靜下來，她撐著翡翠的手努力想要站起來，卻怎麼也使不上勁。

「主子……」翡翠擔心地看著那拉氏，剛說了兩個字就被那拉氏抬手打斷。

「本宮沒事。」

在竭盡全力平息了一下胸口的怒意後，那拉氏望著弘時，緩緩道：「本宮養了你十八年，臨到頭，竟然換來這樣一句話。好，很好，弘時，你要為了一個女人與本宮恩斷義絕是嗎？行，本宮成全你！」

她的話令弘時有些詫異，似是沒料到她會說出這樣的話來，同時心頭湧起一種說不明、道不清的心思。終歸是十幾年母子了，縱非親生也勝過親生。
翡翠大驚失色，急急道：「主子三思啊！」
「本宮思得夠清楚了，無奈有些人睜眼如盲，將本宮視作仇人，恩將仇報。」那拉氏捂著胸口，艱難地將這句話說完，隨後道：「弘時，你想與本宮劃清界限，那就將這十八年來，本宮對你的撫育之恩一一還來，若不能還清，那麼本宮就還是你的皇額娘，不論你願或不願，這都是不能改變的事實。」
見她提起這十八年來的撫育之恩，弘時心頭亦是百感交集。若沒有那拉氏，就不會有今日的弘時，說不感激那是騙人的，可她千不該、萬不該殺了佳陌與孩子，這個結終歸是解不開。想到此處，弘時扭過頭道：「放心，我會還您。」
「本宮等著。」那拉氏冷冷拋下一句話，努力站起來。
在她準備離開時，弘時忽地又道：「我要回自己府邸。」
那拉氏腳步一頓，側了頭道：「怎麼，坤寧宮讓你如此厭惡嗎？連一刻也不願多待？」不等弘時回答，她又道：「如今你身子虛弱，不宜奔波，等你身子好些後再回去。若你不願見本宮的話，那本宮以後都不來就是。」
說罷，她頭也不回地離去，留下弘時在那裡獨自品著苦澀的滋味。
在走到門口時，那拉氏眸光一沉，對翡翠道：「等會兒讓孫墨好好去查查鄧太醫的底。」

且說凌若，在看著她回到承乾宮後，蘇培盛就退出去；不過在此之後，承乾宮外就隱隱多了幾道人影，顯然是派來監視她的。

「水秀，咱們現在可怎麼辦才好？」水月已經從水秀口中知道事情始末，一時間急得跟熱鍋上的螞蟻一樣。

凌若沒有理會她，而是盯著隨她一道回來的南秋，眼中充滿了疑慮。莫兒不會撒謊，而且她若要用指甲上的丹蔻下毒，完全沒必要燙傷自己手指，這太過不合理。

「主子若沒別的吩咐，奴婢先下去了。」南秋感覺到凌若盯在自己身上的目光，那目光就像是有無數隻螞蟻在爬一樣，盯得她渾身不自在，只想趕緊離開。

「慢著，本宮有話想問妳。」她越是這樣，凌若就越覺得可疑。難道真是南秋在撒謊？可她又為什麼要幫年氏？要說南秋不忠、是年氏安在她宮中的棋子又不像。她入宮一年多，南秋做事勤勉又有條理，是個不可多得的好幫手。

雖然早已知道自己這麼做會惹來凌若懷疑，但真到這一刻，南秋還是有些雙腳發軟，低了頭道：「不知主子有何吩咐？」

「本宮想問妳，莫兒手上的傷真是她自己弄出來的嗎？」凌若一邊問話一邊緊緊盯著南秋，發現她垂在身側的雙手驟然握了起來，露在袖外的指節都泛起白色。

南秋勉強鎮定著神色，道：「奴婢剛才在坤寧宮已經說過了，確實是——」

「是莫兒故意將手指浸到茶中的嗎？」凌若突然接過她的話問道。

南秋本就緊張得很，思緒亂作一團，聽得她這話，不及細想，忙點頭道：「是，是莫兒把手指浸下去，以便將指甲上的毒下在二阿哥喝的茶中。」

「不可能，莫兒不可能會做這種事。」說這話的正是水月，只見她搖頭道：「莫兒以前是有些不遵規矩、貪小愛財，但本性卻是不壞。主子可還記得上次的翡翠珠子？」

凌若有些意外地一抬眉道：「自是記得，怎麼了？」

第六百四十一章　南秋

水月伸手，在她掌中有兩顆滴溜溜打轉的翡翠珠子。「奴婢今兒個在收拾寢殿的時候，無意中發現梳妝檯下的地毯有兩顆珠子，撿起來一看，正是主子當時弄斷的那條翡翠鍊子上的珠子，想是當時掉在地毯上沒注意。奴婢又想起莫兒那起子事，覺著她當時應該沒說謊，確實是在地上撿的，而非偷竊。」

凌若心中早已信了莫兒的話，如今聽得水月說來並不感到意外，只點頭示意知曉，再看向南秋時，目光比剛才更冷了幾分。「剛才在坤寧宮時，妳說只見到莫兒揭了一下茶蓋，根本不知道她做了什麼，而今又說看著莫兒將手指浸下去，南秋，本宮很好奇，究竟哪一句話是真，哪一句話是假？」

南秋大驚失色，連忙跪下來。「奴婢……奴婢……」慌亂之下，她不知道該說什麼，只是不斷地重複著「奴婢」兩個字。

凌若起身圍著南秋徐徐轉了個圈，凝聲道：「南秋，妳是這宮裡的管事姑姑，本宮也向來信任妳，讓妳管著宮裡大大小小的事情。水秀她們幾個雖是本宮自潛邸裡帶來的，可也一直對妳尊敬有加，究竟妳還有何不滿意？」

南秋慌忙道：「奴婢沒有，奴婢素來忠心於娘娘，從不敢……」

「從不敢什麼？南秋，事到如今妳還要瞞騙本宮，真當本宮是傻子不成？還有，本宮很清楚記得，二阿哥今日來承乾宮兩次，每一次妳都主動去沏茶，還刻意將莫兒叫上，分明是早有盤算。」凌若聲音倏然一厲，狠聲道：「說，究竟為什麼要幫著年貴妃害本宮！」

在這樣的疾言厲色下，南秋癱軟在地，嘴無力地蠕動著，卻沒有聲音發出。良久，她艱難地跪直身子，朝凌若磕了個頭，神色悲苦地道：「奴婢有罪，辜負了主子的信任，奴婢對不起主子，要殺要剮悉聽主子吩咐，奴婢絕無半句怨言。」

水秀是在場眾人中唯一跟隨凌若去坤寧宮的，她對莫兒下毒一事也是滿心疑慮，如今聽得南秋這麼說，頓時明白這件事是南秋有意嫁禍，只覺難以置信，脫口道：「姑姑，妳為什麼要這麼做？妳可知這樣會害死主子、害死莫兒的！」

「她怎麼不知道？」凌若冷冷說了一句，道：「南秋，本宮不要妳的命，只要知道妳為何要背叛本宮，究竟本宮有何對不起妳的地方。」

「沒有，主子待奴婢很好，是奴婢背主忘義，幫著他人加害主子，一切皆是奴婢的錯。」南秋無聲地落著淚。

「到了這個地步，妳還不肯說是嗎？」南秋雖口口聲聲承認是自己冤枉莫兒，但對於何人主使，又為什麼要這麼做，卻隻字不提，顯然她不願供出背後主使者。

南秋咬著慘白的下脣，一言不發。她不能說，什麼都不能說，否則會害死人的。

「姑姑，妳說啊，到底是為什麼？」水秀急切地催促著，今夜發生的一切實在讓她難以接受。

見南秋始終不說話，楊海忽的蹲下身道：「年貴妃是不是抓住了妳什麼把柄，讓妳不得不按她的吩咐辦事？」

南秋抬頭看著他，頭微不可見地點了一下。她與楊海是一道來承乾宮的，不過在此之前，他們就在一起當差了，對彼此遠比旁人更了解。楊海知道南秋不是那種背信棄義、賣主求榮的人，所以才會第一時間想到南秋是否被要脅。

「是什麼？為了銀子，還是——」

「我求你不要再問了。」南秋打斷了楊海的話，含淚道：「我也不會說，總之是我對不起主子，願一死以償罪過。」

「好一句一死以償罪過。」凌若冷笑著一指外頭道：「本宮被禁在承乾宮中，隨時會被廢、被殺；莫兒被關在慎刑司中，隨時會沒命；還有二阿哥，險些被妳害得沒命。這麼多，妳倒是告訴本宮要怎麼償還？僅妳一條命嗎？妳太高估自己了。」頓一頓，她又道：「南秋，本宮給妳最後一個機會，將事情原原本本告訴本宮。」

「奴婢不能說，說了……」南秋想起年氏的威脅，話語戛然而止。她一條賤命死不足惜，可她的家人何其無辜，身在宮外，卻被迫捲入這不見硝煙的後宮爭鬥之中。

凌若略一思忖，忽的明白了什麼。「年氏是不是以妳的家人為要脅？」以她對南秋的了解，南秋並沒有什麼把柄可以讓年氏利用到這個程度，那麼唯一的可能就是她在宮外的家人。

不論貴如嬪妃還是賤如宮人，家人與親情都是不可磨滅的牽絆，所以她第一個想到的就只有這一點。

在短暫的沉寂過後，尖銳的哭泣聲響徹在靜夜下的承乾宮中。南秋大聲地哭著，眼淚流滿了臉頰，令她看起來無比悲傷可憐。

在這樣的哭泣中，她爬到凌若腳下，用力地磕頭。「主子，所有一切皆是奴婢的錯，您要罰就罰奴婢一人，奴婢的家人是無辜的，求您放過他們！奴婢在這裡給您磕頭了，下一世，奴婢做牛做馬償還今世所欠！」

年貴妃可以用家人威脅她，熹妃同樣可以。在那些主子眼中，她南秋不過是一枚棋子，想怎麼用就怎麼用。雖然熹妃一直以來待自己不錯，但南秋還是忍不住害怕，唯恐她用家人來逼自己指證年貴妃。到時候，不論哪一方失勢，她與家人都會成為陪葬品。

「果然如此嗎？」凌若嘆了口氣，看向南秋的眸光多了一分同情，同時也明白了她如此害怕的理由。人活在世上，總歸是有那麼多的身不由己。「將原委告訴本宮，本宮答應妳，不會利用妳的家人做什麼。」

「多謝主子恩典。」南秋感激地磕頭謝恩。她曉得主子的性子，既然答應了就一定會做到。在略微理了一下思路後，她將事情從頭到尾仔細說了一遍。

此事發生在上月，每月十五是宮人與家人隔著宮門相見的日子，南秋與往常一樣，帶著平常攢下來的月例銀子準備去見家人，卻在中途被人攔下來，攔她的人正是年貴妃身邊的徐福。

第六百四十二章　雙棋子

徐福告訴南秋不用去宮門處了，因為她家人不會來。南秋驚異之下連連追問，徐福說她家人已經被年貴妃帶到一個安全的地方安頓，好吃好住，比原來的日子不知好過多少倍，讓她不必擔心。

南秋能坐上管事姑姑的位置，自不會是蠢笨之人，當下就明白了徐福話中的意思，她家人是被年貴妃的人抓了。

可是她不明白，自己與年貴妃素無瓜葛，更說不上過節，年貴妃無端抓自己的家人做什麼？不過很快的她就明白了為什麼，因為年貴妃要她背叛主子。南秋起先不肯，但徐福用家人威脅，令她不得不妥協。

在徐福離開後，南秋抱著一絲僥倖去了宮門，希望可以看到家人出現，希望徐福是騙自己的，可是她一直等到黃昏日落也沒有等到家人。南秋明白，徐福說的是真的，她家人已然落在年貴妃手中，成為年貴妃控制自己的籌碼。

如此過了一個月，這一個月間，她不斷被迫將主子的動向告訴年貴妃，不過年貴妃一直沒說要讓她做什麼。直至今日，年貴妃派人將一瓶毒藥交給她，讓她設法下在二阿哥的茶裡，並且讓她一定要帶著莫兒去泡茶，以便將下毒一事嫁禍到莫兒身上。至於為什麼年貴妃獨獨指定莫兒，她不知道，也不敢問。

第一次下藥，因為弘時沒喝那杯茶而失敗，她以為自己可以逃過一劫，在偷偷去了一趟翊坤宮覆命時，卻被告知二阿哥不來則罷，一來就必須再次下藥。

南秋不想再害人，就告訴年貴妃那毒藥已經用光了，可是年貴妃卻告訴她，莫兒指甲上的丹蔻就是毒藥，只要裝作不小心將茶水沖在莫兒指上，就可以使一杯原本無毒的茶變成劇毒。

所以，在第二次沏茶時，南秋是故意將茶水沖在莫兒手上，讓二阿哥中毒，之後又按著年貴妃事先的吩咐，顛倒黑白，將一切事情都推在莫兒身上。

聽到此處，凌若心裡大致有數。莫兒是年氏布下的一枚棋子不假，但這枚棋子更像是用來迷惑自己的，年氏心裡怕是早就在懷疑莫兒的可靠了。

南秋，才是隱藏最深的那一枚棋子，出乎所有人意料。

在布局時，莫兒成了理所當然被犧牲的那一枚棋子，以便年氏順利布下這場栽贓陷害之局。

原本一切該是很順利的，唯一出乎年氏意料的，應該就是胤禛的態度吧。連凌若自己都沒想到，這一次，素來疑心甚重的胤禛會如此相信自己。

深宮之中，這樣的信任最是珍貴不過，也讓凌若確信隨胤禛回宮是她此生最正確的決定。只是，再信任也有一個盡頭，她必須要在胤禛信任耗盡之前，設法證明自己的清白。

可是，年氏這一次的局設得幾乎可說是完美無瑕，要破局談何簡單，何況南秋還……

看著南秋，凌若忍不住嘆了口氣。她很清楚，心繫家人安危的南秋是絕對不會答應自己出面指證年氏的，可是南秋不出聲就真的可以保住家人平安嗎？

年氏或許不及那拉氏心狠手辣，但絕對不是一個善茬。在宮中生存的人，當很清楚一件事，那就是活人永遠不及死人的嘴牢。

之後等待南秋的很可能不是家人平安，而是生離死別。這一點她沒有說，相信南秋心裡也是有數的，然此刻於南秋而言，縱只是一線生機也絕對不肯放過。

人，往往就是這樣，明明已經猜到了結果，卻在被證實之前還要自欺欺人。

不過，凌若心中倒是清楚，即便有南秋的證詞，年氏也大可推脫不認，畢竟話是死的，人是活的，一個宮女的證詞實在算不得什麼。

可是物證……凌若皺眉，輕輕敲著雞翅木桌，思索該從何處入手，忽的想起適才胤禛說過，此毒非同尋常，必是一個深通醫理之人所調配。要說太醫院中最得年氏倚重的太醫，非鄧太醫莫屬，是否那個毒藥就是出自他之手？

而且，剛才鄧太醫也在場，不知是巧合還是年氏有意安排，依著凌若的想法，更傾向於後一種。

「妳知道年貴妃的毒藥從何而來嗎？」如今被困在承乾宮出不去，凌若只能從南秋身上尋線索。

南秋抹了把淚道：「他們除了把藥交給奴婢外，就再沒說什麼了。不過奴婢後來去翊坤宮覆命的時候，倒是恰好看到鄧太醫離去。」

果然與他有關！凌若心中暗道一句，正要說話，忽的看到外頭似有影子在晃動，忙喝道：「誰在外頭？」

楊海快步走出去，然剛邁過門檻便躬著身子退回來，面朝外地喚了一聲「四阿哥」。

「弘曆？」凌若有些意外地看著走進來的弘曆，見他赤著雙腳，忙讓水秀去拿鞋子給他穿上，同時問：「為什麼不睡覺？」

「兒臣睡不著。」弘曆低頭看著自己冰涼的雙腳一眼，道：「剛才兒臣在外面已經全部聽到了，年貴妃指使南秋害額娘是嗎？」

弘曆如今十二歲了，凌若很難再像小時候那樣隨手抱起他，只能招手示意他近前來，道：「這些事額娘自己會處理，弘曆不用擔心，沒事的。」

弘曆就著水秀拿來的鞋子穿上，認真地道：「額娘，弘曆已經長大了，不再是小孩子了，弘曆可以與額娘一起分擔。」

「額娘知道你孝順，可是這些事對你來說還太早，你現在應該好好念書才是。」

凌若不願弘曆太早接觸這些勾心鬥角、權謀爭鬥的東西。

弘曆站在那裡不說話，就在凌若以為他聽了自己吩咐時，弘曆又道：「若這件事額娘處理不好，那額娘會怎樣？廢除封號、位分，還是打入冷宮？」

凌若沒想到他會突然問這個，一時間啞口無言，卻聽弘曆繼續道：「兒臣是額娘的兒子，額娘出事，兒臣必然也會受牽連，到時候，又哪裡還有書讀。還請額娘讓兒臣與您一起分擔，共度難關！」說到最後，他單膝著地跪了下去。

弘曆這番表現實在令凌若意外。從何時開始，他竟懂得了這麼多，更明白宮中榮損之道。許久，她含淚扶起弘曆，帶著欣慰之意道：「好，很好，額娘的弘曆真的長大了。」

始終庇護於父母翼下的幼鷹永遠飛不高，而弘曆註定要成長為一隻翱翔於萬里藍天之上的雄鷹。

第六百四十三章　御藥房

翌日，弘曆與往日一樣，帶著楊海去上課，在走到承乾宮門口時，被守在宮外的侍衛攔住。「四阿哥留步，皇上有命，承乾宮人一律不准外出。」

「混帳！」弘曆眸光一沉，厲聲道：「本阿哥要去上書房聽朱師傅講課，你這樣攔著本阿哥算是怎麼一回事，還不趕緊讓開！」

「奴才只是奉命行事，還請四阿哥見諒，莫要讓奴才們為難。」侍衛擋在弘曆身前低聲說著。

「哼，皇阿瑪禁的是額娘的足又不是本阿哥，讓開，再攔著，休怪本阿哥不客氣。」弘曆態度難得的強橫，全然不像他往日裡的樣子。

侍衛也很為難，既不想得罪弘曆，又不能違了身上的差事。

雙方正僵持不下之際，有人聽到聲音過來，問：「出什麼事了？」

侍衛一見來人，如見救星一般，忙道：「劉頭領，四阿哥執意要出去。」

來人正是劉虎，上次他出宮尋找凌若，後來胤禛論功行賞，晉了他的官，如今已是正四品帶刀侍衛，負責這一次看守承乾宮。

劉虎知悉原委後，也不敢把這位阿哥得罪死了，只能上前陪笑道：「四阿哥見諒，不是奴才們有意為難，實在是聖命難為，還求四阿哥體恤一二。」

弘曆對劉虎並不陌生，凌若回來後曾與他說起宮外的事，曉得是他找到了她，為此腳上還被捕獸夾所傷，是以對劉虎比其他侍衛更有好感。

弘曆低頭想了一會兒，一斂剛才的驕色，客氣地道：「劉頭領，能否借一步說話？」

對於他態度的轉變，劉虎顯得有些詫異，卻知趣地沒有多問什麼，而是隨著弘曆走到無人之地。「不知四阿哥有何事吩咐，但凡是奴才能辦的，一定盡力而為。」他這話也說得圓滑，既不得罪弘曆也不將事情說死。宮裡的人說話素來只說三分，嬪妃如是，宮人如是，連這些侍衛也如是。

「劉頭領放心，我不會讓你為難，剛才那些話也實屬無奈之舉，倒是請劉頭領你們不要見怪。」說到此處，弘曆竟是朝劉虎拱手，倒是將劉虎驚到了，連稱不敢，同時心裡也越發忐忑，唯恐弘曆說出難辦的要求來。

「不瞞劉頭領，我確實是急著要去上書房聽課，過幾天皇阿瑪還要考我的功課，耽誤不得。」

果然是這事！劉虎苦笑道：「四阿哥，禁足令是皇上下的，奴才一個小小帶刀侍衛，實在不敢違抗聖命……」

「我知道。」弘曆並未因他的話而面露怒色，平靜道：「我不會讓劉頭領為難，只想請你去向皇阿瑪請示一番，看能否讓我去上書房聽課；若是不許，我即刻就回去。」

聽得是這麼一回事，劉虎心頭一鬆，忙道：「此事奴才倒可以幫忙，那麼就請四阿哥稍候片刻，奴才這就去請示皇上。」

「有勞了，劉頭領這份恩情，弘曆必當銘記於心。」弘曆再度拱手施禮，神色間充滿了感激。

「四阿哥折殺奴才了。」劉虎連連擺手，在吩咐底下的侍衛一聲後，便疾步往養心殿去。這個時候皇上差不多已經下朝，正在養心殿中批摺子。

看著劉虎遠去的身影，儘管弘曆面上還是一派平靜，但心裡其實緊張得很，深恐皇阿瑪不同意他出去，若真是這樣，額娘那邊就真的是無法可想了。

楊海低頭，看到弘曆握緊了身上的錦藍袍子，曉得他心裡緊張，小聲勸道：「四阿哥別太擔心了，皇上一定會允您出去的。從這裡到養心殿來回要好久，要不奴才先陪您去裡面歇會兒？」

「不用了，我就在這裡等。」弘曆哪有這個心思，只盼著劉虎趕緊回來。

楊海無奈之下，只得陪著一道等在外頭。虧得如今是春季，氣候宜人，陽光照在身上只感覺一陣溫暖；若是趕上夏季，這樣毫無遮掩地晒著，非得中暑不可。

約莫等了半個時辰，見到劉虎身影出現在視線中，弘曆心中一喜，待要迎上去，又覺得不妥，生生忍住邁步的衝動，直到劉虎走到近前，方問：「如何，皇阿瑪同意了嗎？」

他已經極力克制了，但言語間仍然透著一股急切與焦灼，畢竟只是一個十二歲的少年，要做到喜怒不形於色，於他來說還是太難了些。

劉虎奔得滿頭是汗，喘了口氣笑道：「回四阿哥的話，皇上同意了，不過只允許四阿哥您一人出入。」

「我明白了。」對於這個結果，弘曆已經很滿意了，轉頭對楊海道：「你回去吧。」

「四阿哥您一人沒關係嗎？」楊海滿面憂色，頗不放心。

弘曆眸光一閃道：「只是去上書房而已，有何放心不下的，回去吧。待得聽完課後，我自然會回來。」

「嗻！」楊海無奈地答應一聲，看著弘曆獨自一人離去。唉，希望四阿哥能找到線索。直到弘曆走遠，他才想起裝有書冊與文房四寶的錦袋尚在自己手裡。

弘曆走了一段路確定身後無人，腳下一轉便往御藥房而去。昨夜裡額娘與他說了，害二哥的毒藥中含有烏頭與蛇毒成分，這兩味藥都是輕易不會用的，外頭藥鋪很少賣，不過有一個集中了天下藥材的地方一定會有——御藥房！

凌若告訴弘曆，若能出去，就一定要到御藥房查看這兩味藥材近期有沒有人支取過，看能否從中查到線索。

弘曆一路避著宮人，來到御藥房外，裡面的宮人穿梭忙碌，一個鬢髮皆白的老太監有條不紊地指揮著眾人。弘曆認得他，是御藥房的總管太監趙方，從前朝起就一直掌著御藥房的事，其資格與以前伺候皇爺爺的李德全差不多。

站在門口，弘曆犯起了難。裡頭這麼多人，自己一進去必然會被發現，到時皇阿瑪就會知道自己沒去上書房的事，這可怎麼辦才好？

第六百四十四章

賭一回

弘曆想得入神，沒注意到自己身後多了一個人，直至那人喚了聲「四阿哥」方才驚覺。回頭一看，竟是劉虎，一時間心中大駭，難道這一路上他都跟著自己？

正驚疑之際，劉虎將一個錦袋交給他，垂目道：「四阿哥，您忘了帶課上要用的東西，還有，往上書房的路不在這裡，您走錯了。」

御藥房與上書房的方向截然相反，弘曆自幼長在深宮，是絕對不會走錯的，這一點劉虎心裡很清楚，但他依然這麼說，顯然是有意故作不知。

弘曆極為聰慧，僅憑劉虎這一句話便聽出端倪，用力抓住劉虎的袖子道：「劉頭領，請你幫幫我，幫幫我額娘。」

劉虎嘆了口氣道：「四阿哥，奴才只是一個小小的侍衛而已，如何能幫得上您與熹妃娘娘的忙？」

「可以的，劉頭領，一定可以！」弘曆迫切地說著，在這種舉步維艱的時候，他需要有人幫忙，劉虎，應該會是一個不錯的選擇。

「四阿哥……」劉虎為難地看著弘曆，若不是送錦袋，他也不會遇到這個為難的局面。難怪剛才自己主動說要送來錦袋時，楊海欲言又止。

「劉頭領，我額娘為什麼會被禁足，想來你也知道了，但你更應該清楚以我額娘的為人絕不可能下毒謀害二哥。」弘曆眼中有著少見的哀求、渴望。

看著弘曆這個樣子，劉虎心中也不好受，但他只是一個奉命行事的奴才，是什麼想法根本無關緊要，更加影響不了什麼。

「四阿哥，奴才相信熹妃娘娘是沒用的，得皇上相信，且有證據證明熹妃娘娘清白才行。」這般說了一句，他又道：「四阿哥還是趕緊回去吧，若讓人發現您在這裡，可是大大的不妙。」

弘曆倔強地搖頭道：「不，我一定要找到證明額娘清白的證據。」

劉虎見勸不動弘曆，又怕他鬧出事來，便道：「四阿哥若不回上書房，那奴才就只有如實去回稟皇上了。」

「你在威脅我嗎？」弘曆冷下臉，那尚未徹底長開的眉眼在這一刻竟有了幾分威嚴，令劉虎不自覺地低下頭。

「奴才不敢，奴才亦是為了四阿哥好。」

弘曆的目光自劉虎腰間的配刀上滑過，涼聲道：「劉虎，你如今是幾品了？」

劉虎對他突然轉變的問題有些摸不著頭腦，但還是如實道：「回四阿哥的話，蒙皇上看重，奴才如今是正四品帶刀侍衛。」

「正四品？」弘曆負手身後，緩緩道：「我記得額娘回宮後，皇阿瑪曾嘉獎過你們，也就是說，在此之前，你只是個五品侍衛是嗎？」不等劉虎回答，他又自顧著點頭道：「正四品的帶刀侍衛，於你來說差不多已到頭了，雖上面還有正三品，但十中無一，凡能得晉者，或是王公貴胄之子，或是立下大功。劉虎，我可有說錯？」

「四阿哥睿言。」對於自己的仕途，劉虎早已心中有數，唯一令他意外的是，弘曆居然對此知道得這麼清楚。

「那麼，你甘心以正四品侍衛之職終老嗎？劉虎，只要你這一次肯幫我，我愛新覺羅·弘曆發誓，將來，必許你一個正三品帶刀侍衛乃至更高的錦繡前程，絕不實言。」在這樣擲地有聲的背後，是無比忐忑。

弘曆沒有把握可以說服劉虎，畢竟他如今只是一個無權無勢、未成年的阿哥，再美好的許諾也不過是空口白言，無法讓人相信。

劉虎愣愣地看著弘曆，全然沒想到他會說出拉攏自己的話來，這當真只是一個十二歲的少年嗎？

看來宮裡還真沒一個是簡單之輩，連十餘歲的孩子都不能輕視。這樣想著，劉虎忽的笑了起來，露出潔白整齊的牙齒。「四阿哥，您希望奴才怎麼幫您？」

弘曆原以為他這樣笑是看不起自己空口許下的蒼白前程，卻不想會聽到這樣一句話，喜色頓時浮上眉眼。「你肯幫我？」

劉虎在不改的笑意中向弘曆打了個千兒，輕言道：「奴才不想止步於正四品侍衛之職，所以想與您賭這一回。」

「好！」欣喜之餘，弘曆胸口湧起遠超一個十二歲少年的自信與豪氣，一字接一字地道：「這一場賭局，你必不會輸。」

多年後，乾隆十七年，時近六十的劉虎以從二品散秩大臣、一等忠勇侯兼一雲騎尉致仕還鄉，乾隆帝更親賜「忠勇侯」牌匾。

衣錦加身、榮歸故里的劉虎每每回憶起往昔時，都無比慶幸雍正二年自己做出了此生最正確的決定，成為乾隆帝一生最信任的心腹，更因此掙下了一份旁人難以企及的赫赫榮耀。

而那時，他甚至都說不出理由，只是無端的信任當時還僅僅是一個尋常阿哥的弘曆。

在短暫的達成共識後，劉虎問起弘曆為何會來御藥房，待知是想查何人取過烏頭與蛇毒時，他想了一下道：「御藥房這麼多人，想完全避開是不可能的，何況您要看的那本冊子也沒那麼容易拿到手。所以奴才覺得，咱們得設法在趙總管身上著手。」

「趙總管會肯幫咱們嗎？」弘曆有些猶豫地道。趙方不比劉虎，他是真的一點兒交道都沒有打過，對趙方的為人稟性更是一概不知，萬一對方將他出現在這裡的事說出去，那就得不償失了。

劉虎想了一下道：「四阿哥在這裡等一會兒，奴才先去探探趙總管口風。奴才與趙總管有過幾面之緣，應該還好說話。」

「也只能這樣了，你自己小心，別露了馬腳。」弘曆清楚自己此刻不方便出面，也只能讓劉虎去做這事。

劉虎答應一聲，看著弘曆藏進陰影中後，方才轉身進了御藥房。

趙方眼睛極毒，劉虎剛一踏進門檻就注意到了，兩人倒也有幾分相識，他當下笑道：「唷，劉頭領，今兒個怎麼有空到咱家這個御藥房來啊，可是令咱家這裡蓬華生輝啊！」

第六百四十五章　趙總管

「趙總管，您就莫開我的玩笑了，您再這樣，以後我可是真的不敢來了。」劉虎與他打著哈哈。論品級，他比趙方還高一級，可是在宮裡千萬不要以為品級就是一切，趙方掌管御藥房多年，且新君登基，他還能穩坐這個位置，就足以證明他的手腕與能力。所以，在趙方面前，劉虎是萬萬不敢託大的。

趙方眯眼笑道：「好好，不開玩笑了，不過話說回來，劉頭領今兒個不用當值嗎？怎有空到咱家這裡來。」

劉虎陪著笑道：「若不在宮中當值又哪能來公公這裡，我最近不知怎的，總是時不時腹痛拉稀，已經連著好幾天了，雙腳都有些無力。想起公公掌著御藥房，便想來公公這裡討幾味藥吃吃，不知公公肯否行個方便？」

「好你個劉頭領，敢情是來咱家這裡討好處的啊。」趙方這樣說著，臉上卻沒有什麼不悅之意，想來這樣的事也不是頭一遭了，旋即又有些為難地道：「不過咱家不是太醫，不曉得你腹痛的原因，這藥也不好配啊。依咱家說，你還是先找太醫診治，看看究竟是什麼病再來拿藥。」他這話倒是說得在情在理。

「沒事，公公在御藥房多年，熟知藥理，隨意配幾味就是了，就算不對，左右也吃不死人。」劉虎一臉不以為然。

見他不肯聽勸，趙方只得依著自己知道的藥理，讓小太監去一個個高至屋頂的藥櫃中取藥。

拿到手之後，他並未立即給劉虎，而是先從最裡面一個抽屜中取出一本厚厚的冊子來，將這些藥一味味記下。

劉虎心中一動，曉得這本必然就是弘曆心心念念的那本冊子，當下小心地探過頭，想從上面看到關於烏頭與蛇毒的記載。

然沒等他看兩眼，趙方就發現他的舉動，警惕地合上冊子，斂了笑意道：「劉頭領對咱家這本冊子似很感興趣？」

劉虎沒想到趙方警惕性這麼高，訕訕地笑道：「沒有，我就是有些好奇，每取一味藥公公都要記錄嗎？」

「這是自然，御藥房的東西不管進出都記錄在冊。不是咱家自誇，這些年在咱家手裡，御藥房還沒少過什麼東西，先帝在世的時候，還誇過咱家謹慎細心。」說起這個，趙方面露自得之色。

「公公心思細密，非常人所能及，實在令我佩服之至。」劉虎拍著馬屁。

不過趙方顯然因為剛才的事而對他有了幾分警惕，不再像先前那樣好說話，將藥一一記錄好之後，遞給劉虎道：「把這些藥拿回去，三碗水煎一碗，一日兩次，若服用兩日後還未見效，就找大夫瞧瞧。」

「多謝公公。」劉虎面帶感激地說著。

「嗯，若沒什麼事就回吧，萬一讓人看到你悄悄溜出來，可是不好。咱家這裡也還有事要忙，就不多留了。」趙方揮手示意劉虎離去。

「要說我那差事，就算離開一天都不見得有人發現。」劉虎故意這麼說想引起趙方的注意。

果然他話音一落下，本來已經準備離去的趙方停下腳步，好奇地道：「哦？咱家怎麼不知道還有這樣好的差事，沒人點卯嗎？」

劉虎故作神祕地道：「公公不知道嗎？我現在被差去看管承乾宮，那裡現在都沒人過問，只要不讓裡頭的人出來便行了。」

「原來如此。」趙方恍然大悟。

承乾宮那位的事他是知道的，聽說昨兒個在坤寧宮鬧了一夜，太醫輪番著往裡進，今兒個消息傳出來，說是熹妃被禁足，二阿哥中毒，承乾宮的宮女被關入慎刑司。

劉虎存心吊起趙方的胃口，故意壓低了聲音道：「我還聽說，二阿哥中的毒裡頭有烏頭與蛇毒，這兩味可都是劇毒啊。公公，您說這毒藥從何而來啊？」

趙方心中一驚，因為他想起這兩味藥自己這裡都有，而且前段時間曾有太醫來取過，也不曉得是否與這件事有關。「此事與咱們無關，還是不要多問的好。行了，咱家還有事，就不多留劉頭領了。」說著就要命人送客，卻被劉虎一把拉住。

「公公，還有個人要見你。」劉虎曉得只憑自己一個必然說服不了做事為人皆圓滑至極的趙方，只能帶他去見弘曆。

「何人要見咱家？」趙方奇怪地問著，劉虎並未回答，只是拉著他往外走。待站在弘曆跟前時，趙方不禁有些發愣。四阿哥，他……他怎麼在這裡？待得回過神來後，他指著劉虎的鼻子驚聲道：「你……劉虎，你竟然將四阿哥帶出來了？你好大的膽子，不要命了嗎？」

承乾宮闔宮上下皆被禁足，可四阿哥就這麼站在自己面前，除了劉虎還會是誰將他帶出來？

「趙總管誤會了，是皇阿瑪允許我離開承乾宮的，與劉頭領無關。」弘曆看到劉虎帶著趙方出現，便知他一人無法說服趙方，只是有些不明白，他難道不怕趙方去向人告密嗎？皇阿瑪也許不會重罰自己，可宮裡有無數雙眼睛盯著，他們不是皇阿瑪，不會對自己容情，反而恨不能看到自己犯錯，以便落井下石。

「就算是這樣，您來老奴這裡做什麼？老奴什麼都不知道，什麼都不清楚。」

趙方努力撇清關係，想要趕緊將眼前這位小祖宗送走。對於弘曆的來意，聯繫著剛才劉虎的話，趙方已經猜到幾分，正因如此，才不願沾染上身。

豈料，他不說還好，一說弘曆的眼睛頓時亮了起來，盯著趙方，急言道：「趙總管，你是不是知道些什麼？是什麼，求你告訴我。」

「四阿哥，老奴真的什麼都不知道。」趙方苦著臉，只差跪地磕頭求著他走了，見勸不了弘曆，不禁急了，脫口道：「四阿哥您再不走，被人看到了可別怪老奴。」

「趙公公，你這是在威脅四阿哥嗎？」劉虎在旁邊說著。

「老奴不敢，老奴也是為了四阿哥好。」趙方雖然是這個意思，但表面上是絕對不會承認。

第六百四十六章 抓個正著

劉虎輕笑一聲道：「趙公公，您是不想沾事上身吧，只是你覺得自己還能置身事外嗎？從你見到四阿哥那一刻就，就已經身在其中，無法擺脫了。」

「咱家……咱家……」趙方局促不安地說著，卻發現根本不知道該說什麼。只要他們將自己見過四阿哥的事傳揚出去，不管有沒有做過或說過什麼，都會被看成與四阿哥勾結牽連。

想到這裡，趙方用力嘆著氣，無奈地道：「說吧，你們想知道些什麼？」他沒想到自己千小心、萬注意，最終還是被拉上了船，至於這艘船是賊船還是官船就不得而知了。只盼老天爺開恩，別讓自己這麼多年的辛苦經營毀於一旦。

弘曆感激地看了一眼劉虎，剛才那番話令他對劉虎刮目相看。自己一直以為劉虎是一個武夫，沒想到他竟也有這般細密的心思，往日裡還真是小覷了。

「趙總管放心，我定不會讓你為難，只想知道，這段時間有誰來取用過烏頭與蛇毒。」弘曆鄭重地問著。

果然不出所料，四阿哥是要問這件事。趙方在心裡轉了個念頭，無奈地道：「烏頭與蛇毒，老奴這裡有，但是老奴可以告訴四阿哥，烏頭前些日子確實有人來取用過，但蛇毒卻是沒有。」

「當真嗎？」弘曆一下子皺緊了好看的雙眉。額娘明明告訴自己，莫兒丹蔻上的毒混合了烏頭與蛇毒，怎的御藥房裡的蛇毒無人取用，難道是取自宮外？

趙方正色說道：「老奴沒必要騙四阿哥，確實沒有，若是還不信的話，老奴可以去拿登記的冊子給四阿哥瞧瞧。」

弘曆想了想道：「我相信趙總管，不必看冊子，不過我想知道，取烏頭的那個人是誰？」

對於他的信任，趙方倒是有些意外，略一思索道：「是太醫院的馬太醫。」

「馬太醫？」弘曆對這個名字陌生得很，想不起是何人。

劉虎倒是有些印象。「可是新入太醫院的那位？」

「正是，咱家記得當時還問他為什麼要取用烏頭，因這味藥有大毒，平常取用的人不多，所以咱家特別留意。他說是用來入藥，回陽，治風溼。」別看趙方年紀不小，記性卻是不差，將馬太醫當時說的話記得一清二楚。

這樣聽起來，卻是一點兒疑點都沒有；最重要的是，沒有蛇毒，光憑一味烏頭，並不能說明什麼。且弘曆記得，臨出來前，額娘讓自己要特別注意的是鄧太醫，可眼下，並沒有他牽扯在其中的證據。

難道今日要無功而返？弘曆不甘心，好不容易走到這一步，實在不甘心。如此想著，他帶著幾分哀求道：「趙總管，能否麻煩你再去看看裝有蛇毒的藥櫃，裡面是否當真一點兒也不缺。」

趙方搖頭道：「四阿哥，恕老奴說句實話，御藥房任何東西只要經過老奴的手，就一定會記錄在冊，既然冊子上沒有，就一定是沒少。」

「我知道，可是也許會有遺漏也說不定，趙總管，拜託你了。」弘曆說什麼也不肯放棄。

「唉，那好吧，老奴進去看看。」見弘曆如此執著，趙方只得退步，答應他進去再看看。

就在等趙方的時候，劉虎竟然看到了年氏與弘晟。該死的，怎麼怕什麼來什麼，年貴妃與熹妃關係緊張，在宮中也不是什麼祕密了，若讓她看到四阿哥在這裡，定然不會有什麼好事。

劉虎勉強抑住心下的緊張，將弘曆藏在身後，叮囑他千萬不要出聲，剛掩藏好，年氏等人就已經走到近前。

年氏那張嬌豔嫵媚的臉上帶著淺淺的笑意，三千青絲梳成的髮髻上垂下一對繁複華麗的步搖，在春日明媚的陽光下閃爍著耀眼的光芒。

她看到劉虎似有些意外，眼角微微一抬道：「本宮記得你是負責看守承乾宮的侍衛，姓劉，對嗎？怎的在這裡？」

宮裡消息向來是傳遞最快的，只要有心、有能耐，什麼樣的祕密都能打聽得到，更不要說劉虎這些侍衛的事根本連祕密都談不上。

因為身後有弘曆的緣故，劉虎不敢屈膝行禮，只能微微欠身，帶著幾分惶恐道：「奴才劉虎給娘娘請安，娘娘萬福金安。」

年氏頭微微一側，珠玉碰撞在一起時發出清脆好聽的聲音，她似笑非笑地道：「你還沒有回答本宮的問題。」

劉虎垂低了頭，道：「啟稟娘娘，奴才因為這些日子經常腹痛難耐，所以趁著今日當差得空，來這裡向趙總管求幾味藥。」說著，他將手裡的藥包舉了舉，示意自己確是為取藥而來。

「是嗎？劉侍衛可還要緊，需不需要傳太醫瞧瞧？」

劉頭領不過是客氣的稱呼罷了，在後宮那些主子眼中，頭領也好，侍衛也罷，都一樣是奴才。

「多謝貴妃娘娘關心，奴才這不過是小病罷了，無須勞煩太醫。」

劉虎尚未來得及收回那感激涕零的表情，年氏已經沉下臉，冷哼道：「劉虎，你還真當本宮關心你嗎？你身為大內侍衛，深受皇恩又領朝廷俸祿，卻在當差之時跑到御藥房來，你可知罪！」

劉虎臉色一變，忙道：「奴才該死，奴才知錯，求貴妃娘娘恕罪，奴才這就回去當差。」

「當真知錯了嗎？本宮瞧著只怕未必吧？」年氏眉眼一飛，帶著無盡的凌厲喝道：「劉虎，本宮面前為何不下跪？是你心中不敬本宮，還是身後藏了什麼東西？」

劉虎大驚失色，連忙搖頭道：「奴才沒有，奴才只是……只是……」雙腳下意識地想要往後挪，唯恐被年氏發現弘曆在他身後，不過他心裡清楚，年氏怕是剛才過來的時候就發現了，只是一直沒說罷了。

年氏不再與他多說，逕自喚過身後的太監道：「小多子，去給本宮把他身後的東西揪出來。」

「是。」小多子答應一聲，帶著冷笑朝劉虎走去。論武力，十個小多子都不是劉虎的對手，可這是在年氏眼皮子底下，就算劉虎有搬山倒海的能力也不敢動小多子一根手指，只能眼睜睜看著他將弘曆拉出來。

小多子故作驚訝地道：「主子，是四阿哥呢！」

「是嗎？本宮原來還以為是什麼東西呢，卻原來不是東西啊。」年氏笑吟吟地說著，對弘曆的出現一點兒也不意外。她這句話看似尋常，但仔細聽來卻分明是在罵弘曆不是東西。

第六百四十七章　趙方

弘曆自然聽出來了，但如今他有錯在先，只能壓了那份怒氣，欠身行禮。「弘曆給貴妃娘娘請安，娘娘吉祥。」

「本宮自然吉祥，只是四阿哥，你在這裡做什麼？聽聞皇上許你出承乾宮，可那是為了讓你去上書房聽課，怎的你與這個侍衛一起跑到御藥房來了？」

弘曆看著珠玉滿頭的年氏，道：「貴妃娘娘好靈通的消息。」

「該知道的本宮一定會知道，倒是四阿哥還沒告訴本宮，為什麼會來這裡。」年氏笑吟吟地說著。

這個時候，跟在她身邊的弘晟咧嘴一笑道：「該不會是四弟心慌意亂之下，連去上書房的路都忘了吧？」

弘曆皮笑肉不笑地道：「這次還真讓三哥說對了，我確實是一下子想不起去上書房的路，能否請三哥代為指路？」

弘晟沒想到他會順著杆子往上爬，顯得有些意外，但旋即又笑得無比燦爛。「朱師傅已經下課了，四弟去了也無用，倒不如與三哥說說，你與這侍衛在做什麼？總不成你迷路，他也跟著迷路吧？」

「我迷路，劉頭領來這裡拿藥，不過是恰好遇到，怎的從三哥嘴裡說出來，倒像我與劉頭領串通好了一般？」弘曆說什麼也不會承認劉虎幫自己做事，一旦說出來，自己畢竟是個皇子，他們再恨再惱，一時半會兒也動不了自己，但劉虎就不一樣了，他下場一定會很慘。

「哼，若不是串通好，為什麼劉虎一看到我們過來就將你藏在身後，弘曆，真道這世間就你一人聰明嗎？」

「三哥誤會了，我從不敢這麼想。」弘曆神色平靜地說著，他相信只要自己不承認，年貴妃他們就拿自己沒辦法。

年氏深深看了頂上的御藥房三個字一眼，淡然道：「四阿哥，既然是迷了路才會到這裡，那本宮現在派人送你回承乾宮。至於劉虎……你沒有看好四阿哥，讓他迷了路，自己去慎刑司領罰吧。」

始終還是躲不開一場責罰，劉虎在心裡嘆了口氣，磕頭道：「是，奴才謝娘娘恩典。」

弘曆聞言急道：「貴妃娘娘，這件事與劉頭領無關，還請您莫要責罰他。」

「有錯就該罰，否則這些奴才就會忘了自己是什麼身分。」說完這句，年氏不再與他多言，直接讓小多子送弘曆回去。

在他們離去後，弘晟一臉不甘地道：「額娘，您就這麼輕易放過他們？」

「自然不會。」年氏撫了一下弘晟的臉，道：「放心，額娘自有打算。」

弘曆這一路過來雖百般小心，但還是被有心人看到蹤跡，告訴了年氏。年氏在得到消息後，立刻命人一邊盯著弘曆，一邊查他為何可以出承乾宮，曉得是胤禛應允之後，雖不願卻也無奈，畢竟她不好背了胤禛的意思。豈料盯著弘曆的人回來，說弘曆並沒有去上書房，而是去了御藥房。

這可是讓她上了心，急急就要過來，恰好弘晟下了課，嚷著也要一道過來，便將他帶來了。

年氏眸光輕抬，看到趙方在門邊張望，心下一動，示意綠意扶自己過去。花盆底鞋踏過青石鋪就的臺階時有「登登」的輕響，每一下都像是有一把榔頭敲在趙方胸口一樣，令他又慌又怕。

腳步聲在跨過門檻後戛然而止，不等年氏說話，趙方已經陪著一張皺紋叢生的笑臉湊上來打千，諂媚地道：「老奴給貴妃娘娘請安，給三阿哥請安！」一邊說著一邊小心地打量年氏，雖然腳步聲已經停了，但他心裡依然跟打鼓一樣，忐忑不安。

年氏「嗯」了一聲，鳳眼微垂，看著小心翼翼的趙方，漫然道：「起來吧。」

「謝娘娘恩典。」趙方爬起來躬身站在一旁。他雖是宮裡的老人，但在年氏面前卻半點也不敢託大，何況他心中有事，自然越發小心謹慎。

待得御藥房一干宮人皆行過禮後，趙方才小聲問：「娘娘今日過來可是有事吩咐？」

「怎麼，無事就不能過來嗎？」年氏雖然一直笑意盈盈，雙眸顧盼生輝，當中卻毫無笑意。

趙方聞言大是惶恐，趕緊道：「老奴不敢，娘娘息怒。」

年氏笑而不語，倒是弘晟眼珠子一轉，故意誆道：「趙總管，四弟來這裡尋你做什麼？」

趙方聞言大為吃驚，難道自己剛才與四阿哥說話的情景被他們看到了？想到這裡，趙方雙腿一軟，幾乎就要跪地求饒了，可轉念一想又覺得不對勁。年貴妃他們明明是自己進了御藥房好一會兒後才出現的，怎麼可能瞧見之前的事。

他飛快地抬起眼，目光從弘晟臉上掃過，發現他眸光閃爍不定，心中不由得一定。看樣子三阿哥是在誆自己，並不曾真的瞧見什麼；倒是自己，心神不寧之下險些上了他的當。

趙方心裡一陣苦笑。三阿哥與四阿哥都不過是十餘歲的孩子，可論起心計來，卻一點兒也不輸給他這個在宮中幾十年的老人，實在是可怕。

這些念頭在腦海裡轉過不過是一瞬間的事，年氏他們看到的是趙方一臉茫然地道：「四阿哥，他不是被禁足在承乾宮嗎？怎麼會來找老奴？」

弘晟神色微滯，口中卻道：「趙總管再抵賴也無用，我與額娘都看到你和四弟在說話。」

聽到這裡，趙方忙不迭地跪地叫起屈來。「三阿哥冤枉啊，老奴今日真的沒有見過四阿哥，倒是看守承乾宮的劉虎劉頭領確實來過，他說近日腹瀉肚痛，問老奴來討幾味止瀉的藥。」

「你當真沒見過四弟？」弘晟見他不似作假，心裡也不禁犯起了嘀咕。難道真的是他們想多了，四弟沒有進過御藥房？

「老奴若撒謊，就讓老奴……」趙方深恐弘晟不信，狠了狠心道：「就讓老奴斷子絕孫。」

他話音剛落，就聽得年氏「噗哧」一聲笑道：「怎麼，趙總管還盼著可以開枝散葉，延續香火嗎？」

第六百四十八章　疑竇叢生

趙方這才想起來自己是個閹人，當下尷尬地道：「老奴一時激動給忘了，不過老奴說的句句屬實，求貴妃娘娘與三阿哥明鑑。」

年氏一彈塗著豔紅丹蔻的指甲，淡然道：「本宮就暫且信你一回，先起來吧。」

「謝娘娘。」

趙方暗自鬆了口氣，不過他剛一站定，就聽得年氏道：「去將你記錄藥材出入的冊子拿過來給本宮瞧瞧。」

年氏掌著協理六宮之權，凡宮中所用之物皆有權過問，所以趙方不敢多說，只趕緊取來冊子恭謹地遞給年氏。年氏將之翻到有記錄的最後一頁，果然看到記了葛根、炙甘草等幾味止瀉的藥材，想來就是劉虎要去的那些。

年氏瞧過後又往前翻了幾頁，在看到馬遠辰太醫取用烏頭的紀錄時，瞳孔微微一縮，卻沒有說什麼，於微笑間將冊子交還給趙方，讚道：「趙總管這藥材進出的紀錄很是清晰明瞭，若所有人都像趙總管這樣仔細，本宮就可以省很多心了。」

「娘娘謬讚了，老奴受之有愧。」趙方受寵若驚地說著。

「本宮從不謬讚任何人。」年氏撫一撫衣，起身道：「出來頗久，本宮也該回去了，趙總管好好當差吧。」

聽得年氏要走，趙方趕緊垂首施禮，口中道：「老奴恭送娘娘與三阿哥。」

待得他們走遠後，趙方才長出一口氣從地上爬起來，直到這個時候，憋了半天的冷汗頓地爭先恐後地自額間冒出來。他剛才真怕年貴妃看出什麼破綻來。

年貴妃那邊暫時是糊弄過去了，可是四阿哥那頭……趙方剛剛鬆快沒多久的心又變得沉甸甸，快步走到一個標有蛇毒字樣的抽屜前，裡面放著兩個蓋緊的小瓶子，就像是冊中記載的一樣。

可是唯有打開過瓶子的人才會知道，其中一個瓶子裡的蛇毒只剩下一半，而這是冊子中沒有記載的。若不是四阿哥一再請求，讓他看一下存於御藥房的蛇毒，他還不會發現少了這些，而且以後也很難發現。究竟是誰神不知、鬼不覺地取走了蛇毒？

就在趙方糾結於這個問題時，一份關於鄧太醫詳細的紀錄送到了坤寧宮，那拉氏拈著那張薄薄的紙仔細看著。

春末的樹上開始有了夏蟬蹤跡，不時有蟬叫聲打破一室靜寂。

「鄧太醫與年家是世交？」那拉氏一直曉得鄧太醫與年家關係不淺，不過看到「世交」二字時還是有些驚訝。

「是，聽聞鄧太醫的父親曾救過年貴妃阿瑪的性命，而鄧太醫之所以能成為太醫院的副院正，與年家也有不少關係。」三福在一旁回答。

「這麼說來，鄧太醫完全有可能受年氏擺布了？」那拉氏挑眉問道，有一抹若有似無的冷意在眼底流轉。

三福微一低頭道：「奴才私底下去問過柳太醫，他雖沒有明說，但還是能從中聽出一二。二阿哥的脈象與所中劇毒並不難診，以鄧太醫的醫術不應診不出來。且……昨夜裡，本不該是鄧太醫當值，是另一名太醫臨時有事，才由鄧太醫替上的。」

「拿下去燒掉。」那拉氏用力揉緊了那張紙，眸中冷意漸盛。「本宮還沒動手，她就已經迫不及待想要弘時的命了嗎？」

「主子以為此事乃年貴妃所為？」三福自她手中接過已經揉作一團的紙張。

「本宮也不敢肯定，不過太過巧合的事總是讓人懷疑。」抬手緩緩撫過綴了孔雀藍珠花的鬢角，那拉氏道：「繼續讓人盯著承乾宮與翊坤宮，一有什麼動靜立刻來報與本宮知曉。另外，你去把小寧子給本宮叫進來。」

「請主子恕罪。」三福忽的屈膝跪下，一直頗為平靜的神色此刻帶著些許惶恐。

「怎麼了？」那拉氏不解地看著他。

「小寧子昨夜裡私入內殿，已經被奴才杖責二十趕出坤寧宮去了。」三福硬著頭皮說道。自上次鸚鵡事件後，他就瞧出小寧子是一個極具野心的人，這種人為了往上爬往往會不擇手段，留著他在坤寧宮中對自己始終是個隱患。所以，三福這次以他擅入內殿為由，將他杖責之後攆了出去。

「你動作倒是快。」那拉氏淡淡地說了一句，平靜的神色令人看不出她是喜是怒。

然越是如此，三福心中的恐懼就越發擴大，直至身子開始微微發抖。翡翠心有不忍地看了他一眼，卻不敢多言。

在一陣令人窒息的靜默後，那拉氏開口：「三福，你與翡翠都是跟隨本宮多年的老人，本宮什麼性子，你們是最清楚的。忠心於本宮的，本宮絕不會虧待的，但如果敢有異心，或是自以為是地耍手段，就休怪本宮不客氣了。」

那拉氏話音剛落，三福忙不迭地顫聲道：「奴才深受主子大恩，萬萬不敢對主子不忠。」

「如此最好。不管本宮要抬舉什麼人，你與翡翠都是本宮的左膀右臂，誰都取代不了。」三福那些心思怎麼能逃得過她的眼睛？不過三福做事還算勤勉又有能力，所以對於這點小錯，她也是睜一隻眼、閉一隻眼，敲打一番了事。

「謝主子不責之恩。」三福曉得自己逃過一劫，趕緊磕頭謝恩。

「得了，去把小寧子給本宮帶來。」說完這句她便閉目不語。她相信三福不敢再耍什麼花樣，若當真不開眼，敢繼續與她玩心思、使手段，那她不介意換一條臂膀。宮裡，什麼都缺，唯獨不缺奴才。

當走路一瘸一拐的小寧子被帶到那拉氏面前時，眼淚立時下來了，嗚咽道：「奴才給主子請安，主子萬福。」

那拉氏好笑地看著他。「好端端的哭什麼？」

「奴才……奴才之前還以為再也看不到主子了。」小寧子一邊哭一邊磕頭。「奴才知道自己不該進內殿，主子要打要罰，奴才皆無怨言，只求主子不要趕奴才走，奴才給主子磕頭了。」

「為什麼想在本宮身邊當差？想清楚再回答，本宮只給你一次機會。」那拉氏對他的磕頭無動於衷。若磕幾個頭就可以打動她的話，那今日坐在坤寧宮的就不會是她那拉蓮意了。

小寧子本來已準備好了說詞，但在聽得那拉氏後面那句話，不由得收住已經到嘴邊的話，低頭思索了一會兒，方才咬著牙道：「回主子的話，奴才不願做一輩子沒沒無聞的小太監，想要有出人頭地的機會。而主子，乃是後宮之尊，母儀天下，其他娘娘縱然再得寵，也難與娘娘並肩，所以奴才想要跟著主子，一輩子伺候主子。」

聽完這番話，那拉氏並未生氣，反而輕笑道：「你倒是老實。也罷，念在你昨夜立了一功的分上，往後就跟在本宮身邊伺候吧。三福是宮裡的首領太監，你叫他一聲師父，有什麼不懂的就跟他學，以前的事都忘了吧。」旋即她又對三福道：「本宮這麼安排，你沒意見吧？」

三福根本不願收這個徒弟，但那拉氏從來就是說一不二的性子，她已經開口，自己一個奴才又如何能說一個「不」字，當下道：「奴才聽憑主子安排。」

小寧子大喜過望，連忙使了勁地磕頭。「謝主子恩典，謝主子恩典。」隨後他又機靈地朝三福磕頭。「徒弟給師父請安，以前徒弟有不懂事的地方，還請師父大人不計小人過，莫與徒弟計較。」

三福勉強擠出一個笑容，扶起他道：「你我既是師徒，就不要說這些見外的話，往後一道伺候好主子就是了。」

恨意在小寧子眼底掠過，待得抬起頭來時，已是一臉感激與恭敬，瞧不出絲毫異樣。唯有忍受著後臀火辣辣疼痛的小寧子心底最清楚，二十下廷杖，他將來定要向眼前這個好師父要回來，且是百倍、千倍。

人犯我一尺，我必犯人千百丈！

熹妃傳 第二部第三冊

作　　者／解語
執 行 長／陳君平
榮譽發行人／黃鎮隆
協　　理／洪琇菁
總 編 輯／呂尚燁
執行編輯／陳昭燕
美術監製／沙雲佩
美術編輯／陳又荻
國際版權／黃令歡、梁名儀
文字校對／朱瑩倫
內文排版／謝青秀

國家圖書館出版品預行編目資料

熹妃傳．第二部／解語作．-- 1 版．-- 臺北市：城邦文化事業股份有限公司尖端出版：英屬蓋曼群島商家庭傳媒股份有限公司城邦分公司尖端出版發行，2022.12-
冊；　公分

ISBN 978-626-338-613-6（第 3 冊：平裝）

857.7　　111015552

出版／城邦文化事業股份有限公司　尖端出版
台北市 104 中山區民生東路二段 141 號 10 樓
電話：（02）2500-7600　傳真：（02）2500-2683
讀者服務信箱：7novels@mail2.spp.com.tw
發行／英屬蓋曼群島商家庭傳媒股份有限公司城邦分公司　尖端出版
台北市 104 中山區民生東路二段 141 號 10 樓
電話：（02）2500-7600　傳真：（02）2500-1979
劃撥專線：（03）312-4212
戶名：英屬蓋曼群島商家庭傳媒（股）公司城邦分公司
劃撥帳號：50003021
※ 劃撥金額未滿 500 元，請加付掛號郵資 50 元
法律顧問／王子文律師　元禾法律事務所　台北市羅斯福路三段 37 號 15 樓

台灣地區總經銷／中彰投以北（含宜花東）　楨彥有限公司
電話：（02）8919-3369　　傳真：（02）8914-5524
雲嘉以南　威信圖書有限公司
（嘉義公司）電話：（05）233-3852　　傳真：（05）233-3863
（高雄公司）電話：（07）373-0079　　傳真：（07）373-0087
馬新地區總經銷／城邦（馬新）出版集團 Cite（M）Sdn Bhd
電話：603-9057-8822　　傳真：603-9057-6622
E-mail：cite@cite.com.my
香港地區總經銷／城邦（香港）出版集團 Cite（H.K.）Publishing Group Limited
電話：852-2508-6231　　傳真：852-2578-9337
E-mail：hkcite@biznetvigator.com

版　次／ 2022 年 12 月 1 版 1 刷